诗史之间
——石云涛学术随笔

石云涛 / 著

中原出版传媒集团
中原传媒股份公司

大象出版社
·郑州·

图书在版编目(CIP)数据

诗史之间：石云涛学术随笔/石云涛著.—郑州：大象出版社，2018.11
ISBN 978-7-5347-9931-0

Ⅰ.①诗… Ⅱ.①石… Ⅲ.①随笔—作品集—中国—当代 Ⅳ.①I267.1

中国版本图书馆 CIP 数据核字(2018)第 209930 号

SHI SHI ZHI JIAN

诗史之间
——石云涛学术随笔

石云涛 著

出 版 人	王刘纯
责任编辑	吴韶明
责任校对	毛 路 安德华
装帧设计	王晶晶

出版发行	大象出版社(郑州市开元路16号 邮政编码450044)
	发行科 0371-63863551 总编室 0371-65597936
网　　址	www.daxiang.cn
印　　刷	河南文华印务有限公司
经　　销	各地新华书店经销
开　　本	890mm×1240mm 1/32
印　　张	10.375
字　　数	216千字
版　　次	2018年11月第1版 2018年11月第1次印刷
定　　价	38.00元

若发现印、装质量问题，影响阅读，请与承印厂联系调换。
印厂地址　新乡市获嘉县亢村镇工业园
邮政编码　453800　　　　电话　0373-5969992　5961789

前　言

这本书收入我五十多篇文章，这些文章是在二三十年间陆续写出的，内容涉及古代诗歌、历史，每部分有二三十篇。

这些文章的写作跟我长期以来的学习、教学工作和学术研究相关。我在大学本科阶段开始偏重魏晋南北朝文学学习，在河南大学王宽行教授指导下曾系统阅读这一时期主要作家的作品，搜集相关史料，并一度打算编著研究资料之类的工具书。在这样阅读的基础上，我撰写过一篇题为《〈洛神赋〉的写作时间》的考证性文章，竟得著名学者余冠英先生的夸奖，发表在《河南师大学报》上，后来又被中国人民大学复印报刊资料《中国古代、近代文学研究》转载。这可以说是我走上学术道路的第一步。那篇文章曾得到三十多元的稿费，又曾得到学术界的如此肯定，对我来说是一个极大的鼓励，它激发了我从事学术研究的兴趣。大学毕业后我被分配到河南许昌师范专科学校任教，从事中国古代文学教学，分工讲授唐宋文学。后来我又考入武汉大学中文系，师从苏者聪教授，攻读古代文学专业硕士学位，方向是唐代文学，主要从事唐诗学习和研究。研究生二年级，通过武汉大学研究生中期分流制度，我获得进入历史系攻读古代史专业博士学位的机会，师从朱雷教授，方向是魏晋南北朝隋唐史，后来以毕业论文《唐代幕府制度研究》获得历史学博士学位。

博士毕业后我任教于北京外国语大学中文学院，根据学校教学需要，这些年主要从事中国古代文学、丝绸之路和中外文化交流史的教学和研究，担任本科生中国文化概论和研究生中国文化通论课程教学工作。我从2007年起担任博士生导师，开设过中外关系史史料学、比较视域下的唐诗研究、佛教与中古文学等课程。这些教学和研究，伴随着每日里焚膏继晷的埋头读书。在大量阅读中有时也感到枯燥和乏味，但也不免偶有会心之处，时时有点滴体会和感悟，随时写出来，有的在报刊上发表了，有的放到了博客里，日积月累，遂有这五十多篇杂论文章。虽然"杂"，但在内容上主要集中在中国古典诗歌、两汉魏晋南北朝隋唐史、丝绸之路和中外文化交流史几个方面，并没有太多地漫溢到他处去。

这些文章谈的虽然是学术问题，但是有时应机而写，随感而发，写起来比较随意，称为"随笔""随感"或"随想"亦未尝不可。有人对"学术随笔"不以为然，以为"学术"与"随笔"是互相打架的两个概念，扯不到一起去。这是一方面把"学术"理解得太狭隘，一方面把"随笔"理解为太随意。我想学术问题未必一本正经地谈，"随笔"只是随时随地把所感所想所知所获记录下来的意思，并不排斥学术的严谨和学术的立场,虽然也包含笔法随意的意思。从这个意义上说,我的这些文章称为"学术随笔"也未尝不可。受个人专业所限,谈来谈去,离不开诗歌和古史,故名之曰"诗史之间"。我是一名栖居在诗史之间的读书人,别人早已视此为"鸡肋",我却敝帚自珍,如此而已。行文中论述不周和谬误之处,敬请读者指正。

目 录

古诗琐论

古代诗人咏枳　2

汉代诗赋中的胡人形象　5

兵役之苦辛

　　——左延年《从军行》赏析　9

直露大胆的情感表白

　　——北朝民歌《地驱歌乐辞》二首赏析　16

战乱中的民心向背

　　——《慕容垂歌辞》三首赏析　20

幽怨缠绵的心曲诉说

　　——南朝乐府民歌《西洲曲》　25

兰闺艳妾动春情

　　——唐太宗长孙皇后诗赏析　29
唐代咏元宵节最好的诗　33
武则天两首风格迥异的诗　38
唐诗中的"端正树"在哪里　40
杨贵妃的诗写得好不好　46
李白诗中的抑扬相形法　51
明月慰孤魂

　　——读李白《月下独酌》诗　54
红豆最相思　57
杜甫怀念唐玄宗的诗

　　——杜甫《洞房》诗赏析　60
把遗憾转化为审美

　　——读崔护《题都城南庄》诗　65
慈恩寺旧游成追忆　71
白居易《长安道》诗的及时行乐思想　75
敦煌五十九首佚名氏诗中的"退浑国"

　　——兼谈五十九首佚名诗写作年代　80
张祜佛寺题咏诗的艺术特点　85
落拓不羁的晚唐才子温庭筠　92
唐代舞马与诗　95
唐代诗人不喜欢县尉之职　101

母亲——唐诗遗忘的角落　110

瓷器上的唐诗　114

应驮白练到安西
　　——张籍《凉州词》诗的理解　119

一个公务员的厌倦心态
　　——黄庭坚《登快阁》诗欣赏　123

丧子之痛
　　——徐积《谁何哭》赏析　128

思念与嘱托
　　——罗与之《寄衣曲》三首　132

民族大义与故乡亲情之间
　　——夏完淳《别云间》赏析　136

历史杂谈

张骞出使西域的历史意义　140

玉门关故址和汉武帝"使使遮玉门"　149

真实的东方朔　152

万里移植安石榴　160

汉代合葬异陵与曹操墓　165

古代最豪华的厕所　170

王导之功业　174

塞上长城空自许

　　——檀道济的悲剧　　182

段荣在北齐建国过程中的地位　　190

一个有血性的亡国之君　　197

兰陵王墓见证的历史　　201

好大喜功的隋炀帝　　207

怀柔天下的大国姿态

　　——泱泱大唐的文化心态(一)　　211

玄奘西游：从学习到超越

　　——泱泱大唐的文化心态(二)　　215

鉴真东渡：慷慨大度的施与

　　——泱泱大唐的文化心态(三)　　221

虚者虚之空城计　　225

实者虚之空城计　　231

唐太宗深以为耻的两件事　　234

集贪官、奸臣、酷吏于一身

　　——漫话唐代酷吏来俊臣　　237

唐玄宗为什么不提防安禄山　　254

安史之乱为张九龄恢复名誉　　260

杨贵妃的哈巴狗从哪儿来的　　270

雄才未展的郭子仪

　　——唐代中兴诸将之一　　272

功大而枉死的来瑱

　　——唐代中兴诸将之二　279

令名不全的李光弼

　　——唐代中兴诸将之三　286

身败名裂的仆固怀恩

　　——唐代中兴诸将之四　295

唐朝时的一次沙尘暴　308

阿拉伯人的"鹬蚌相争"故事　312

党参为什么敌不过高丽参　315

古诗琐论

古代诗人咏枳

春秋时,齐卿晏婴出使楚国,曾用"橘生淮南则为橘,生于淮北则为枳"反击楚王,说明齐国人在齐国不偷盗,到楚国偷盗,是受了楚国人好偷盗的影响,维护了齐国的尊严。可见,枳给人的印象不好。

楚王不能反驳晏子的橘生淮北则为枳的论据,说明那时人们普遍认为这是事实。据说成书于战国时代的《周礼·考工记》也称"橘逾淮而北为枳"。其实这是个错误的认识,橘和枳并非异地变种而易名,它们本来就是两种树。

对于枳树的价值,人们在很长时期内缺乏认识。北魏杨衒之《洛阳伽蓝记》记载:"(正始寺)众僧房前,高林对牖,青松绿柽,连枝交映。多有枳树,而不中食。"唐代白居易对这种中看不中食的枳树痛下针砭,他的《有木》诗云:

有木秋不凋,青青在江北。谓为洞庭橘,美人自移植。上受顾盼恩,下勤浇溉力。实成乃是枳,臭苦不堪食。物有似是者,真伪何由识?美人默无言,对之长叹息。中含害物意,外矫凌霜色。仍向枝叶间,潜生刺如棘。

这首诗当作于白居易贬官江州(今江西九江)时。在他笔下,这枳树岂止是不中用的树,简直是外善心恶笑里藏刀的小人。白居易是受了中伤贬官到荒远的江州的,他所写的这株枳树的形象,不能说没有那些摇动笔杆向他泼污水的小人们的影子。枳树的果实小,球形,成熟时呈暗黄色,密被柔毛,果肉少而味酸,缺乏其他水果香甜的味道,故不堪食用。白居易说其味"臭苦",却未免贬之太甚。这里显然融入了诗人的感情色彩。

枳树的果实有药用价值,唐人似乎也意识到了。与白居易生活在同一时代的朱庆馀,有一首题为《商州王中丞留吃枳壳》的诗,云:

方物就中名最远,只应愈疾味偏佳。若教尽吃人人与,采尽商山枳壳花。

商州枳是名产,它的果实与别处的不同,不仅有医药价值,而且味道也比较好。不过,朱庆馀说的"味偏佳"就是从"愈疾"的角度说的,因为能治病,所以成了人们喜欢吃的东西。这种药用价值到李时珍的时代又有了进一步的认识。《本草纲目》记载:"今医家以皮厚而小者为枳实,完大者为枳壳。"枳树未成熟的果子,在中医医药学中称为"枳实",能破气消积,主治食积、胸腹气滞胀痛、泻痢里急后重等症。这种果实到了成熟干燥的时候,被中医称为"枳壳",其功效与枳实相同,而药性较和缓。

枳树的观赏价值也越来越受到人们的重视。晚唐诗人雍陶有《城西访友人别墅》诗：

  澧水桥西小路斜，日高犹未到君家。村园门巷多相似，处处春风枳壳花。

温庭筠《送洛南李主簿》诗写朋友任职之处的洛南景象：

  想君秦塞外，应见楚山青。槲叶晓迷路，枳花春满庭。

在雍陶和温庭筠的朋友那里，里巷庭院都种植枳树，春天枳花盛开，特别惹人注目。宋代大诗人陆游也酷爱枳树，从他的"傍篱丛枳寒犹绿，绕舍流泉夜有声""老枳垂藤昼尚黑，雏莺声作婴儿啼""门边枳作篱"等诗句，可知他篱边窗前种了不少枳树。这可能与陆游通医术有关，枳树的药用价值和观赏价值在陆游这里都得到了肯定。

由于对枳树花果价值的认识，后来再没有人遗憾于枳实的味不堪食了。我们看到的便是饱含赞叹之意的诗句，如李商隐"枳嫩栖鸾叶"，金代段成己"奇花间芳枳"，元代王逢"枫叶殷红枳实肥"等，而最有韵味的是明代陈献章《枳壳花》一诗：

  蓓蕾枝头春意长，卧看蜂蝶往来忙。不知今日开多少，薰得先生枕席香。

但枳毕竟赶不上橘，翻阅古人诗集，好不容易看到这些咏枳的诗，比起连篇累牍的咏橘之作，真是不啻霄壤了。可见在诗人的眼中，枳还是受冷落的。认识是一个过程，需要经过反复实践才能有所把握，这种把握也不是一成不变的，还有待不断深化。人们对人对物的认识，又往往一见而形成先入为主的成见，此后再难改变。有的人就是对枳的成见太深了，因而长期对枳冷眼相看。

汉代诗赋中的胡人形象

秦汉以后,中华民族统一国家基本形成,汉族同境内少数族群及域外国家的交往日益频繁。汉武帝以后,经西北丝路和海上交通入华的域外人日益增多。东汉时中外交往和交流更加扩大,"自中兴之后,四夷来宾,虽时有乖畔,而使驿不绝"(《后汉书·东夷列传》)。马雍《东汉后期中亚人来华考》指出,从西汉中期至东汉中期,"中亚人已频繁地往来于中国","从东汉后期开始,更掀起了一股前所未有的中亚人来华的热潮"。在这种交往中,大量域外胡人入华,有的经商,有的成为汉人的仆佣,有的从事各种娱乐伎艺,不仅为中原人民所喜爱,为汉廷王侯贵族所欣赏,他们异于汉人的形象也引起人们的好奇甚至嘲弄。汉代各种造型艺术中有不少胡人形象,而在语言艺术中也可见到对胡人形象的描写。这种形象出现在东汉后期北方作家的诗赋中,描写的基本上是中亚胡人。东汉诗人辛延年的《羽林郎》写一位胡姬拒绝无赖调戏的故事:

昔有霍家奴，姓冯名子都。依倚将军势，调笑酒家胡。胡姬年十五，春日独当垆。长裾连理带，广袖合欢襦。头上蓝田玉，耳后大秦珠。两鬟何窈窕，一世良所无。一鬟五百万，两鬟千万余。不意金吾子，娉婷过我庐。银鞍何煜爚，翠盖空踟蹰。就我求清酒，丝绳提玉壶。就我求珍肴，金盘脍鲤鱼。贻我青铜镜，结我红罗裾。不惜红罗裂，何论轻贱躯！男儿爱后妇，女子重前夫。人生有新故，贵贱不相逾。多谢金吾子，私爱徒区区。

"酒家胡"即当垆卖酒的胡人妇女。这首诗告诉我们，当时有大量的胡人（包括胡女）在中原从事各种工作，尤其是从事商业性、娱乐性工作。胡姬的穿戴颇具异域色彩，"大秦珠"即来自罗马的珍珠，酒店的器具"金盘"、调笑酒家胡的霍家奴坐骑披挂的"银鞍"之类的金银器也是来自域外。诗中的"霍家"即西汉大将军霍光之家，但在这里并不能坐实理解，只是权贵豪家的代称而已。

赋是汉代的代表性文学体裁，其中也有描写胡人形象的作品。《汉书·艺文志》杂赋列"杂四夷及兵赋二十篇"，杂四夷赋可能就是这类描写、歌咏或嘲弄胡人的作品。西汉焦延寿卜筮书《易林·噬嗑》之《萃》卜辞云："乌孙氏女，深目黑丑，嗜欲不同，过时无偶。"可见当时嘲笑胡女胡人的作品不少，所以焦氏才把它写进占卜辞中，形容错过时机将有不利后果。在赋中对胡人形象进行描写的，如蔡邕《短人赋》：

侏儒短人，僬侥之后。出自外域，戎狄别种。去俗归义，慕化企踵。遂在中国，形貌有部。名之侏儒，生则象父。唯有晏子，在齐辨勇。匡景拒崔，加刃不恐。其余尪么，劣厥倭寋。嚯嘖怒语，与人相距。蒙昧嗜酒,喜索罚举。醉则扬声,骂詈咨口。众人患忌,难与并侣。是以陈赋,引譬比偶。皆得形象,诚如所语。其词曰:雄荆鸡兮鹜䴔鹈,鹘鸠雏兮鹌鹦鹉。冠戴胜兮啄木儿,观短人兮形若斯。巴巅马兮柙下驹,蛰地蝗兮芦蜉蝣。茧中蛹兮蚕蠕𩖗,视短人兮形若斯。木门闑兮梁上柱,弊凿头兮断柯斧。鞞鞨鼓兮补履獏,脱椎柄兮捣薤杵。视短人兮形如许。

又如汉末繁钦的《明□赋》,残存十四字,据其内容亦写胡人形象:"唇实范绿,眼惟双穴,虽蜂䎃眉鬊,梓……"繁钦另有《三胡赋》写莎车人、康居人和罽宾人:"莎车之胡,黄目深精(睛),员耳狭颐。康居之胡,焦头折頞,高辅陷□,眼无黑眸,颊无余肉。罽宾之胡,面象炙猬,顶如持囊,隅目赤眦,洞頞仰鼻。"又云:"硕似鼬皮,色象娄橘。"这三个国家都是西域古国,都处于丝绸之路的要道,张骞出使西域后与汉朝来往频繁,他们的商贾和使节来到中原地区,汉地人得以见到他们的形象,所以引起繁钦的吟咏。繁钦的这两篇赋引起钱锺书的注意,他在《管锥编》中曾对这两篇残赋有如下解说:

《全后汉文》卷九三,……徐幹《明□赋》:"唇实范绿,眼惟双穴,虽蜂䎃眉鬊,梓……"按题与文皆讹脱,而一斑窥豹,当是嘲丑女者。同卷有繁钦《三胡赋》,描摹胡人状貌之恶,则幹此篇题倘为《胡女赋》耶?"眼惟双穴"与《三胡赋》之"黄目深睛""眼无黑眸"剧类。"蜂䎃"或是"蜂准"之误,杜甫《黄河》所谓"胡人高鼻"。目深鼻高乃胡貌特征,《世说·排调》即记王导笑胡人康僧渊之"目深而鼻高";《南部新书》戊卷载唐睿宗咏壁画胡人头:"唤出眼!何用苦深藏？缩却鼻！何畏不闻香？"《云溪友议》卷中载陆岩赠胡女诗："眼睛深却湘江水，鼻孔高于华岳山"；睿宗下句谓鼻塌亦能闻香，故不须高耳。"范"疑"规"之讹，如《淮南子·说山训》"画西施之面、规孟贲之目"之"规"，画也，"规"误为"轨"，三写而复误为"范"；"眉"疑"猬"之讹，谓鬓毛森刺，犹李颀《古意》之言"鬓如猬毛磔"。

繁钦《明□赋》，见《北堂书钞》卷一五八《地部》，严可均《全后汉文》卷九三系于繁钦，钱先生误作徐幹赋。繁钦的这两篇赋作都是嘲弄胡人的。汉唐之间大量胡人入华，他们的形象和言行受到汉地人们的好奇观看、挖苦和嘲笑。蔡邕和繁钦的赋代表了这种风气，可以与大量胡人俑的出现相印证。胡人形象被雕刻到建筑物上，王褒《鲁灵光殿赋》写建筑师把胡人与飞禽走兽、神仙玉女一起雕刻在灵光殿上，并对胡人形象进行了生动的状写：

> 绿房紫菂，窋咤垂珠，云楶藻棁，龙桷雕镂。飞禽走兽，因木生姿。奔虎攫拏以梁倚，仡奋㲊而轩鬐；虬龙腾骧以蜿蟺，颔若动而躨跜。朱鸟舒翼以峙衡，腾蛇蟉虬而绕榱。白鹿孑蜺于欂栌，蟠螭宛转而承楣。狡兔跧伏于柎侧，猿狖攀橼而相追。玄熊舑䤯以龂龂，却负载而蹲䠞。齐首目以瞪眄，徒脉脉而狋狋。胡人遥集于上楹，俨雅跽而相对。仡欺㒓以雕眹，鼺颓顡而睽睢。状若悲愁于危处，憯嚬蹙而含悴。神仙岳岳于栋间，玉女窥窗而下视。忽瞟眇以响像，若鬼神之仿佛。

从把胡人与禽兽、神仙同样作为建筑装饰和艺术表现的对象来看，汉人是把胡人当作另类人看待的。

兵役之苦辛

——左延年《从军行》赏析

三国时魏国诗人左延年有一首《从军行》，见于沈建《乐府广题》所引：

> 苦哉边地人，一岁三从军。三子到敦煌，二子诣陇西。五子远斗去，五妇皆怀身。

《从军行》是乐府《平调曲》曲名，汉唐间诗人喜用这一曲名写诗。《平调曲》是乐府《相和歌》乐曲的一部分，有《长歌行》《短歌行》《猛虎行》《君子行》《燕歌行》《从军行》《鞠歌行》等，所用乐器有笙、笛、筑、瑟、琴、筝、琵琶七种。《相和歌》名称最早见于汉代，是在民歌基础上继承先秦楚声等传统形成的音乐形式，特点是"丝竹史相和，执节者歌"（《宋书·乐志》），即歌唱者自击节鼓，与伴奏的管弦乐器相应和，因此得名。主要在官宦巨贾宴饮、娱乐等场合演奏，也用于宫廷的朝会、祀神乃至传统民俗活动等场合。

汉代的《相和歌》，除琴曲中尚存有少量相和旧曲和《乐府诗集》等书保存的部分歌词外，大部分已失传。从现有资料来看，部分曲目可能来自战国楚声旧曲，如《流楚窈窕》《今有人》等，大部分则是对汉代"街陌谣讴"进行加工整理或另填新词而成。从歌词内容看，来自民间的作品反映了人民的痛苦和呼声。来自文人创作的较复杂，有的与统治者追求神仙有关，也有反映现实的作品。《相和歌》的伴奏乐队无明确记载。据汉画像石与有关文献推测，早期有的主要用筝、瑟，后来则用筝、笛，或采用笙、箫（排箫）、琴、瑟、筑及节鼓、鼓、悬鼓等鼓类乐器。魏晋之际《相和歌》有新的发展，曹操、曹丕和曹叡所谓"魏之三祖"对《相和歌》尤为喜爱，亲自创作歌词交乐工演唱。曹操"及造新诗，被之管弦，皆成乐章"（《三国志·魏书·武帝纪》注引）。曹丕即位，成立音乐机构清商署，延请左延年等音乐家，改编旧曲，或另创新曲，从艺术上把《相和歌》推到一个新的阶段。

《相和歌·平调曲》之《从军行》，《乐府解题》说"皆军旅苦辛之辞"。左延年的《从军行》在内容上也与"从军"相合，咏征役之苦。这首诗不见于郭茂倩编《乐府诗集》，见于沈建《乐府广题》所引，所以有人怀疑不是全篇，而是残句。从现有六句来看，意思颇为完整，似可作为整篇来读。诗以悲叹开篇，用"苦"字概括边地人的遭遇和生活，提起全篇，定下了全诗悲悯同情的感情基调。诗人深沉的叹息立刻引起读者的关注，使他们产生疑问：边地人苦况如何？他们又为何而苦呢？第二句便交代苦因。"一"与"三"对照，极言征兵次数之繁。杜甫《兵车行》控诉唐代天宝年间对外战争的罪恶，先写了出征送行的凄惨场面,接着写他与新兵的对话:"道旁过者问行人,行人但云点行频。""一岁三从军"和"点行频"同义而更具体。从地理位置上说,边地人更便于征调,所以朝廷便频繁地从这里征发戍卒,开往前线。边地人所受战争之苦也便更为深重。

开头两句从身居边城的全体百姓而言,是概括交代,是背景。下面四句便由面进而突出一个点,以一个家庭为典型,具体写"点行频"中穷苦百姓的悲惨遭遇。在一年之内多次征调中,一个家庭的五个儿子一个又一个地被征发上了前线。"三子"即第三个儿子,"二子"是第二个儿子,"五子"是第五个儿子。第三个儿子到了敦煌郡戍守,第二个儿子到了陇西郡。"敦煌""陇西"都是汉代郡名,均为汉代抗击匈奴和羌人侵扰的前线。第五个儿子从军以后到了遥远的地方,杳无音信,连转战戍守的地方尚不得而知,而他们在家的妻子皆怀身孕。这是一个社会的缩影,它真切地反映了男子都到边关戍守征战,后方只有老弱妇幼的悲惨图景。

诗的收笔似乎很突然,使读者感到有许多问题应该交代而没有交代。诗只写了二子、三子、五子,那么大儿子和四儿子呢?只写了儿媳,那父母老人呢?这家人的日子又是怎么度过的呢?这些是因为这六句诗只是残篇而失去了许多内容,还是诗原本就是这样,只是诗人没有去写呢?我觉得把这六句看作全篇,这些问题是诗人故意为读者留下的空白更好。唯其如此,才给人以回味的余地,而且这些问题的答案也都是可以思而得之的,如果一一叙来,反觉得言尽意穷了。试想,在"一岁三从军"的连年征战中,大儿子和四儿子还能逃脱从军服役的命运吗?

即使他们没有从军，也必然有更加难堪的遭遇。古代男耕女织，妇女缺乏耕种收割的体力和经验，男子出门在外，农业定然遭到破坏。"纵有健妇把锄犁，禾生垄亩无东西。"何况"五妇皆怀身"，自己尚不能自顾，又怎么能种好庄稼呢？征战在外的人出生入死，后方的人无衣无食就是必然命运。

  这首诗运用了铺叙手法，但又非平铺直叙。诗没有按照五子的年龄顺序去写，颇为耐人寻味。先写三子应征入伍，说明二子本已超龄而五子尚不够服役年龄。在同一年内又征新兵，便连超龄者和不够服役年龄者也征去了，足见当时兵役的繁重。诗的语言极其质朴自然。明胡应麟《诗薮》评左延年《秦女休行》诗："叙事真朴，黄初乐府之高者。"《从军行》也具有同样的特点。左延年生卒年不可考，只知道他妙于音律，在黄初中"以新声被宠"（《晋书·乐志》）。他和曹植、"建安七子"同时，但拿这首诗和上述诗人的诗比较起来却风格迥异，似乎显得很缺乏文采。陆侃如、冯沅君二先生在《中国诗史》中论及左延年的诗，认为他的《秦女休行》所写大约是当时一个很流行的故事，他"也许是把民间流行的歌曲写定，再加以修改，使能入乐"。原因是"这种朴质而自然的故事诗，决不是七子之流所能作的"。也就是说这种朴质的诗不像是文人的作品。《从军行》也不无这种可能，我们读起来的确像是更早一些的汉乐府五言诗，它也可能是民间长期流行的歌词，左延年谱曲演唱时加以利用，也可能进行了加工修改。

【附记】

　　我的这篇赏析文章原载《乐府诗鉴赏辞典》(中州古籍出版社，1990年)，但这首诗在理解上颇有歧义。在吕晴飞等主编的《汉魏六朝诗歌鉴赏辞典》(中国和平出版社，1990年)中读到许逸民先生的赏析文章，与我的理解不同，他认为这首诗以一位老人的口气来写，还把诗中的数字理解为基数词，"三个儿子去了敦煌，两个儿子去了陇西"，"总共五个儿子全都到远方打仗"。我的文章发表后，卢甲文发表《是序数呢？还是基数呢？》一文(见驻马店师专学报《天中学刊》1991年第2期)，对我的分析提出疑问，他也认为诗中的数字都是基数词，他称我的文章为"石文"：

　　　　从词和词的组合来看，"三子""二子"和"五子""五妇"一样，都是"基数+名词"的偏正结构，即前边均为基数，后边均为名词。而石文却把"三子""二子"和"五子"视为"序数+名词"的偏正结构，把"五妇"视为"基数+名词"的偏正结构(从"他们在家的妻子"可以推出)，前后不一致，显然不妥。

　　　　从数字来看，在一年之内的三次征调中，一个五子五媳的家庭中，三个儿子到了敦煌，两个儿子到了陇西，交代了五个儿子的去处，五个儿子到远方战斗去了，五个儿媳在家中怀了身孕，不多不少，正好"五对夫妻"，不在一起，家庭破碎，其苦可见。

　　　　由于石文把基数误认为序数，不仅出现了"残篇论"，而且产生了许多不好解释而强为之辩解的矛盾。

许先生和卢先生的理解颇为顺理成章。但我在网上又读到这首诗的一

篇鉴赏文章,遗憾的是没有查到作者姓名,关于这首诗的数字词跟我一样理解为序数词:

> 诗人要具体叙述边人的凄苦不幸遭遇,但诗人不是将五个儿子的情况一一叙述,全盘托出,而是只列举了其中两个儿子的情况:"三子到敦煌,二子诣陇西。""敦煌",即今之甘肃省敦煌县;陇西,秦置郡名,在今临洮县之东北。两地均为荒远之处。在这里,诗人只列举了"三子""二子",而将其余"一子""四子""五子"略去,这样非小说诗歌文学作品的忽略,而是为了收到用字少而韵味长的艺术效果。写诗如同作画,善画龙者,总是云龙藏身,只写首尾,通过一鳞半爪,而想见全躯。如全画出,不给读者留有想象余地,便会兴味索然。从用韵讲,"煌"字用开口呼,是响韵,读来响亮,唱来有高远的音响效果;"西"字是唱腔"尖团"音中的尖音,读来悠长,唱起来给人以极其遥远的艺术想象。……此诗第二句的"一岁三从军"与第三句的"三子到敦煌",第五句的"五子远斗去"与第六句的"五妇皆怀身",这些都既非修辞学中的"顶真"和"续麻",也不属于词章学中的"重现"和"复沓",但在意念和音响上,却引起了灾难并至、纷至沓来的直觉感,从而更增加了对边民灾难生活的同情。这种感情,实际上不是文学意义的效果,而是音乐中特有的音响感应。前人评论此诗,曾有"以为不全者",认为这不是一首完整的诗章。其实,他们只注意了从"文学"的角度来研究,而忽视了这是乐师之诗,没注意从"音乐"的角度去开掘它的艺术特质。

看来真是"诗无达诂"。读文人诗太多的学者往往去深究诗的艺术手法,探讨诗的言外之意,我就有这样的习惯。如果作为基数词,全诗平铺直叙,便觉得了无余味。但如果考虑到诗虽冠名左延年,实际上却很可能是一首民歌,民歌往往就是这么直白,因此许先生和卢先生的意见是有见地的。可是,诗中称"三从军",又与下文"三子""二子""五子"的三次从军相合。而且,敦煌和陇西就是边地,为什么又说是"远斗"呢?所以这首诗中的数字词作为基数词,或是作为序数词又都可以讲得通。汉语中除"长子"和"一子"外,其他数词与"子"的搭配都可以作为基数词,也可以作为序数词,这样这首诗就给了读者一个模糊的可以从不同角度理解的想象空间。我暂时还不能完全接受许先生和卢先生的意见,而对我原来的分析也有些许疑惑。倒是上述网上的这篇分析文章又从艺术手法和用韵角度谈出了独到的见解,也可供我们参考。左延年可能是改造或者是直接吸收一首民歌入乐府,因此这首诗民歌色彩是十分浓厚的。从内容上看,这首诗反映的社会现实更像是汉代的,汉代在与匈奴争夺西域和与西北地区羌人的斗争中,西北边地戍守军务繁重,这首诗可能就是产生在西北边地的民歌,被左延年收入乐府,因此语言质朴,笔法直白。

直露大胆的情感表白
——北朝民歌《地驱歌乐辞》二首赏析

侧侧力力,念君无极。枕郎左臂,随郎转侧。

摩拊郎须,看郎颜色。郎不念女,不可与力。

以上北朝民歌《地驱歌乐辞》二首,见于宋人郭茂倩编《乐府诗集》,属《梁鼓角横吹曲》。《梁鼓角横吹曲》实为十六国及北朝时期的地方乐歌。《横吹曲》原来是一种在马上演奏的军乐,乐器有鼓和号角,故称《鼓角横吹曲》。北朝民歌大多是北魏以后的作品,随着南北方文化的融合,北方歌曲传到南方,齐、梁以后常常用于宫中娱乐,并由梁代的乐府机关保留下来,故称《梁鼓角横吹曲》。《地驱歌乐辞》共四首,这里所选是第三首和第四首,都是情歌,以一位女子自述的语气写初恋时的心情。诗表达感情的方式与文人诗大不相同,和同时期南朝民歌中的情歌亦迥异其趣,显示出典型的北朝民歌的风格。

第一首写女子和情人离别时殷切的盼望思念之情。"侧侧力力",

叹息声,和《木兰诗》开头"唧唧复唧唧"同为象声词。《梁鼓角横吹曲·折杨柳枝歌》四首其三:"敕敕何力力,女子临窗织。不闻机杼声,只闻女叹息。"首句也是叹息声。诗以连声叹息开篇,起到了先声夺人的作用,令人感受到女主人公内心强烈的愁苦之情。接下来第二句交代其愁苦的原因。这位姑娘大概和男子刚缔结婚约不久,而男子就因故离她而去,这位姑娘一直思念着他,她感到这种愁苦的思绪简直无穷无尽。"念君无极"四个字把女子的相思之情和盘托出。后两句转换一个角度来写,写女子的痴情想象。她在思念无极时设想起将来与情郎欢会的情景,那时她枕着情郎的胳膊,紧抱着他随他辗转反侧。她认为真情相恋的人就应该这样,她把这看成是一种幸福。这种想象一方面表现了她对幸福爱情的热烈向往,同时也反衬了她此时离别的孤独感受。

  第二首写她与情郎欢会的情景。"摩捋"就是抚摸、抚弄;"颜色"即脸色、神情。"摩捋郎须,看郎颜色"都是十分传神而含义丰富的细节。这两句使读者想象到一对情人欢会的情景,感受到女子初恋时微妙的心理。长久思念的情人终于见面了,当然他们离别也许并不太久,但痴情的姑娘却感到已经很久了,"一日不见,如三秋兮"正是情人特有的心理。你看他们多么亲热啊!两个人紧靠在一起,姑娘抚弄着情郎的胡须,她也许感到那正是情郎男子汉的标志,也许情郎的胡须确实好看,所以她格外喜欢抚弄他的胡须。《陌上桑》中罗敷夸夫,不是也曾炫耀丈夫"鬑鬑颇有须"吗?女子初恋的心情真是难以捉摸,欢乐之际,她忽然产生了一个念头:我这样一片痴情,他究竟对我又如何呢?

我投之以桃,他能报之以李吗?想到这里,她不禁观察起情郎的神情脸色。后两句写这位女子的情感变化。当她仔细观察时,这位男子或许是故作冷淡,或许是另有心事,总之,所表现出来的热情与姑娘所希望的程度相距甚远。"郎不念女,不可与力",意思是你心里没有我,那不可勉强。这里流露出的有一种愿望未遂的遗憾,有痴心爱着对方却猛然发现这原来不过是一厢情愿的失望。但这位姑娘毕竟有着北方游牧民族女子那种刚烈倔强的性格,她并不因此去乞求对方,她立即想到问题的另一方面,自己的爱也有条件,那就是对方也必须爱自己,而且是发自内心、出于情愿,而不能靠乞求去维持感情。但仔细体会一下,这种倔强的态度又包含着一丝怨情。韩愈有"昵昵儿女语,恩怨相尔汝"的诗句,这首诗最后两句所表达的正是这种情侣之间的恩怨之情。

《地驱歌乐辞》是北朝乐府民歌,和文人言情之作多讲究艺术表现、文字技巧不同,它显得十分质直,不用华丽的辞藻去修饰,通篇不用比兴。唯其语质,更显情真,因而也更动人。北朝是一个多民族聚居混合的时代,北方草原民族进入中原地区,带来游牧民族的粗犷豪放之风,较少礼教的约束,男女交往的空气比南朝自由得多。南朝姑娘浸染礼教的熏陶,思想行为拘谨得很。她们感情的表达格外缠绵,内心里的感情像火一样燃烧,但歌唱起来却不敢直喷而出,好像害怕灼伤了人似的,语言上运用各种修辞手法把真实的内心层层包裹。北朝女子就不同了,她们坦率得很,一点儿也不掩饰自己的感情,甚至也不掩饰内心的隐秘,想什么就说什么。你看这两首诗的女主人公那"枕郎左臂,随郎转侧"的想象,"摩挱郎须"的动作,恐怕很不合礼教的戒律,叫南朝姑娘听起来会感到粗俗不雅的。从这里可以看出南北朝乐府民歌的不同来。

战乱中的民心向背

——《慕容垂歌辞》三首赏析

郭茂倩《乐府诗集》收《慕容垂歌辞》三首：

  慕容攀墙视,吴军无边岸。我身分自当,枉杀墙外汉。

  慕容愁愤愤,烧香作佛会。愿作墙里燕,高飞出墙外。

  慕容出墙望,吴军无边岸。咄我臣诸佐,此事可惋叹。

这组诗属《梁鼓角横吹曲》,也是北朝民歌传入南方,被梁朝乐府收录。慕容垂（326—396）,鲜卑人,十六国时期后燕建立者。前燕时封吴王,为大将军,曾在枋头（今河南浚县西南）之战中大败东晋桓温军。因受排挤投奔前秦苻坚,助坚灭前燕,封宾都侯。前秦军在淝水之战中被东晋军击溃,他乘机独立,称帝于中山（治今河北定州）,是为后燕。慕容垂攻打苻坚之子苻丕,围邺城,苻丕被逼投降东晋,东晋派龙骧将军刘牢之救苻丕,"至邺,垂逆战,败绩,遂彻邺围,退屯新城"。晋军进围新城,慕容垂狼狈不堪。此三首歌辞就是产生在此时的北朝民歌,嘲笑慕容垂失败的窘况。

关于这组诗的作者,明人杨慎《升庵诗话》卷三曾云"慕容垂作"。可能因为诗中有第一人称"我"出现,杨慎便以为是慕容垂自嘲之作。实际上这只是一种修辞,乃百姓模拟慕容氏的语气,刻画其当时的心理。明胡应麟说:"殊不类垂作,盖当时童谣耳。""秦人盖因此作歌嘲之"(丁福保《历代诗话续编》)。《乐府诗集》云:"《梁鼓角横吹曲》多叙慕容垂及姚泓时战阵之事。其曲有《企喻》等歌三十六曲。"《慕容垂歌辞》便是其中最有代表性的一组歌辞。关于这组诗的背景,有人认为是枋头之战,"吴军"指慕容垂所率前燕军,因慕容氏曾被封吴王。萧涤非认为是新城之战,"吴军"指刘牢之所率晋军。(《汉魏六朝乐府文学史》)。丁夫《北朝民歌考辨二题》认为非枋头之战,而是广固战事:"《慕容垂歌辞》三首,其中所写非慕容垂与东晋的'枋头之战',而系慕容超守广固之战事。故其中慕容氏应系慕容超,歌辞应更名为《慕容超歌辞》,其创作时间应为公元409年底至410年初,为南燕人嘲笑慕容超所作。"(《内蒙古电大学刊》1993年第4期)枋头之战慕容垂取胜,不符合这些诗的内容;丁夫改动原字以强解,我们也姑暂不取。

五胡十六国时中原地区各族的混战,皆为争权夺利的非正义战争,人民深恶而痛绝之。慕容垂在前燕受到太傅慕容评的忌恶,险遭杀身之祸,惧祸降秦,秦王苻坚遇之甚厚,他却私怀野心,意欲图之。苻坚当政时,废除了一部分后赵的苛政,重用汉人王猛治理国家,劝课农桑,提倡儒学,关中水利工程得到修复,农业有了发展,后来又灭前凉和代国,夺得西蜀,使北方出现了统一的局面和短期的安定,"四夷宾服,凑集关中,四方种人,皆奇貌异色"。在这种情况下,慕容垂乘其危而叛之,就颇不得人心。所以当东晋大军进逼,慕容垂退守新城时,他就不可能得到人民的支持。这三首歌辞表现了当时百姓对他此时窘境的幸灾乐祸和轻蔑嘲笑。

第一首写东晋军的强大声势和慕容垂的畏阵怯战。"墙"指新城城墙。新城即慕容垂为攻邺时放置辎重所筑之新兴城。东晋军至,他退守于此。"吴军"即刘牢之所率东晋军。前两句写慕容垂登城而望所见景象。用一个"攀"字写出慕容垂惊慌失措、提心吊胆的情态。用"无边岸"形容东晋军如漫无边际的大水汹涌而来。"吴军无边岸"乃慕容垂视之所见,亦是其心理感受,烘托出他惊惧的心态。后两句以慕容垂自惭的语气嘲笑他的不敢出战。"我"是歌者代慕容垂自称。"墙外汉"指在城外为慕容垂作战的汉兵。当时一些少数民族的首领称帝中原后,为了提高本民族的地位,称本族人为"国人",而称中原汉族人为"汉儿""汉人"等。诗的大意是:我身首异处理所当然,只是让城外的汉人白白送死了。通过慕容垂的这处心理活动,一边写出城外的激战,一边写出慕容垂贪生怕死,躲在围城之中而让汉人为其卖命的丑行,表现出百姓对他的痛恨和诅咒。言外之意是说"墙外汉"的死太冤枉了,该死的其实是慕容垂本人。妙在用慕容垂的语气道出,显得委婉含蓄而又极具讽刺意味。

第二首写慕容垂突围无计时烧香拜佛祈求神灵保佑。慕容垂之"愁"乃东晋大军围城,新兴城难以固守的忧虑,用"愦愦"的叠字连绵词形容这种心情十分强烈。这就说明经过许多次的冲杀,慕容垂已经无力反攻,外面的局势十分严重。怎么办呢？他无计可施。在上天无路入地无门之时,他竟到佛寺里烧香拜佛,祈求佛祖保佑。他向佛祖祷告什么呢？他说情愿变成一只燕子,高飞出城逃命。这种荒唐的幻想,把他欲插翅而飞而又插翅难飞,贪生畏死、怯懦无能的丑态鲜明生动地刻画出来,真是可笑至极。诗以燕子作比,有其寓意,这里的"燕"是双关语。慕容垂之父慕容皝于公元337年称燕王,都龙城(今辽宁朝阳市),史称前燕;前燕后为前秦所灭,及至淝水战后,慕容垂叛秦自立,称燕王,承制行事。人们把慕容垂身为燕王与困居围城巧妙地联系起来,称之为"墙中燕",饱含着对慕容垂辛辣的嘲笑和讽刺。从这里可以看出当时人民对于慕容垂建立的所谓"后燕"是持何种态度了。显然,当时的人民对那些"有枪便是草头王""你方下台我登场"走马灯似的割据政权是不以为然的。"烧香作佛会"还反映了一时风气,中国人传统的求"天""神"保佑的形式和内容发生了变化。佛教从汉代传入中国,东晋五胡十六国时开始日益兴盛,于是"天命"观念被拜佛烧香所取代。

第三首写慕容垂对群僚的叹息,刻画他走投无路、无计可施的神态。前两句写他再次登城瞭望。"出墙",探身出墙。他祷告完毕,又去观望城外形势。他希望佛祖显灵,敌军尽撤,但当他从城墙上探身出来,所看到的依然是"吴军无边岸",他完全失望了。后两句写他的叹惋。回到中堂,面对臣僚们,他连声哀叹,今日的处境实在令人伤心悲叹啊！那连声叹息,使人们仿佛看到他垂头丧气坐以待毙的可怜相。

据《晋书》记载,慕容垂是一个骁勇善战的人,他和东晋军的交战虽然暂时失利,但很快就扭转了战局,退屯新城时也并非无路可走。"垂自新城北走,牢之追垂,连战皆败。又战于五桥泽,王师(东晋军)败绩。(慕容)德及(慕容)隆引兵要之于五丈桥,牢之驰马跳五丈涧,会苻丕救至而免"。由此看来,《慕容垂歌辞》三首中所写其败状及狼狈相,多出于当时人们的想象,这种想象显示了人民的机智与幽默,也表现了当时的民心向背,他们诅咒这个因争权夺利而轻肇战端、祸国殃民者落得一个可悲的下场,这才是这组诗的认识价值所在。

幽怨缠绵的心曲诉说
——南朝乐府民歌《西洲曲》

忆梅下西洲,折梅寄江北。单衫杏子红,双鬓鸦雏色。西洲在何处?两桨桥头渡。日暮伯劳飞,风吹乌臼树。树下即门前,门中露翠钿。开门郎不至,出门采红莲。采莲南塘秋,莲花过人头。低头弄莲子,莲子青如水。置莲怀袖中,莲心彻底红。忆郎郎不至,仰首望飞鸿。鸿飞满西洲,望郎上青楼。楼高望不见,尽日栏杆头。栏杆十二曲,垂手明如玉。卷帘天自高,海水摇空绿。海水梦悠悠,君愁我亦愁。南风知我意,吹梦到西洲。

《西洲曲》是南朝乐府民歌的代表作,过去也有人以为是文人的作品。最早著录《西洲曲》的《玉台新咏》题为江淹作,清代沈德潜《古诗源》题为梁武帝作。这些都不可信,《西洲曲》保留着民歌的本色,诗中纯真的思想感情、浓郁的生活气息及民歌所独具的想象方式与表现方式,与文人创作大异其趣。因此,宋代郭茂倩将它收入《乐府诗集》的

《杂曲歌辞》,视之为民歌,看来是比较恰当的。但从格调的缠绵、词句的工巧及将乌桕树下女子的居处写成青楼,楼上并有垂帘与十二曲栏杆等描写来看,显然又是经过文人润饰改定的。

对于诗中的抒情主人公是谁,也颇有争论,有人认为是以少女自述的口吻来写;有人认为是少女的情侣用"忆"的方式来抒写真挚的思念之情,全篇都作男子的语气;也有人认为是诗人以第三人称的口气叙述。细绎诗意,当以第一说为是,是女主人公自述的语气,回忆与情郎的相识、交往、离别、相思的心理活动。

开头四句为第一层,写春天相思。前两句用折梅寄远表现女主人公的相思之情。"下"作"落"解,这位女子和她的情人曾经在西洲欢会,那时正是梅花凋零的季节,如今看到梅花盛开,便使她想起西洲梅落时节的欢会情景。可是情人已远去江北,不得重会,为了排解缠人的思绪,便折下一枝梅花幻想能寄给对方,寄托自己的相思。写梅暗示了时节是春天,"江北"则点出情人之所在。三、四两句用倒插笔法点出女主人公,她身着杏红色的单衫,头发像小乌鸦的羽毛乌黑发亮,只从衣着和鬓发上着笔,让人去想象她的美貌,用笔含蓄。

"西洲"以下六句为第二层,写夏天相思。五、六两句补充交代西洲所在,说西洲离女子居处不远,从桥头渡上船,划两桨便可到达。这两句以设问语气,引起读者的注意,又以夸张手法极言西洲之近,说明过去相会的地方虽近,如今却不能和情人相见,意在说明情人的久去未归,这正是她折梅寄远的原因。七、八两句以伯劳鸟的鸣叫,写季节已经暗转为夏季。"树下"两句通过等待情人的行动揭示她的内心。当情人不归,天又黄昏的时候,她不由得从门中向外张望,跨出门外站立等待,从而透露出她急切盼望情人归来的焦虑心情。

"开门郎不至"以下八句为第三层,写清秋季节的相思。莲子成熟在秋季,这几句通过采莲子的活动写人物的心情。这位女子在盼郎不归时,只好出门采莲以排遣内心的烦闷。她来到长满莲藕的南塘,这里一片秋色,莲花高出人头,莲子已经成熟了。她低头摆弄莲子,采来莲子放进怀抱和衣袖。这里的"莲"和"莲子"都是谐音双关语,"莲"谐"怜",是爱怜之意。所谓"莲子青如水",意思是说爱你的心情纯净如水。"莲心彻底红"比喻爱情完全成熟了。

以上三层,写女子盼望情人归来,从春到夏,又从夏到秋,无非是说她长久盼望,而情郎终未至。这些都是为下文作铺垫的,从"忆郎郎不至"至结束,为第四层,正面写眼前的相思之苦。从春盼到秋,情郎未归,于是这位女子又转而盼望情人的书信。人未归,也该有些书信消息吧,于是她不自觉地仰望大雁,因为传说大雁能够传书。幻想鸿雁传书,流露出她的一片痴情。然而大雁传书只是传说而已,尽管西洲落满了鸿雁,也不曾有一只能为女主人公带来情人的书信,于是她又由盼信转而盼归,她登上高楼向远处眺望,希望能看见情人的身影,然而终不能望见。看不到情人归来,她就舍不得下楼,以至整天在高楼围栏前徘徊瞻眺。"栏杆十二曲,垂手明如玉",产生了自怜自伤之情。为了望得更远,看得更清,她卷上竹帘,但所见无非是天高地阔,江水空自摇荡,没有送来情人归来的船只。一天的盼望就这样过去了。从春到秋这许多的日子哪一天不是如此呢?她不知做了多少好梦,然而眼前海水悠悠,令人思念良苦。在无可奈何之下,女主人公只能自我安慰:南风如果理解我的心情,就把我的梦魂吹到西洲吧。在盼郎不至时,希望梦中能和情人在西洲相会。如果说前三层是写女主人公从春到秋的相思,这一层则写她从早到晚的盼归。诗歌选择了清秋季节的一个傍晚时分来写,突出了这位女子殷切的盼望之情,表现了她对情郎的一片痴心。

南北朝时期,由于长期分裂对峙,北朝又受鲜卑贵族统治,南朝与北朝在政治、经济、文化及民族风尚、自然环境等方面都大不相同,因而乐府民歌也呈现出不同的色彩和情调。如果以本篇和北朝乐府民歌的代表作《木兰诗》对比,便可以明显地看出它们的不同来。南朝乐府民歌几乎全部是写男女情爱的,语言清新工巧,抒情委婉含蓄。《西洲曲》便是这样一首长篇抒情诗,它写了一位少女倾诉她的相思之情,诗以景衬情,融情入景,善于通过人物的动态揭示其内心,又运用了谐音双关的修辞手法和接字韵句蝉联而下的章法,写得极其幽怨缠绵,含蓄蕴藉,具有阴柔之美。北朝民歌的内容较南朝民歌广泛得多,除了写男女爱情,诸如战争、尚武、羁旅、人民的贫寒等内容,都有所反映。加之语言质朴无华,抒情爽直坦率,很符合北方民族粗犷豪迈的性格,具有刚健豪放的风格。《木兰诗》就体现出这种特色,诗歌歌颂了木兰代父从军十年征战的故事,塑造了一位巾帼英雄的形象,艺术上运用了夸张铺叙的手法,长短错落的句式,以及排比、对偶、比喻、象征等修辞手法,渲染人物的紧张心情和战争气氛,是一首激越昂扬的战歌,鲜明地体现了北朝民歌的阳刚之美。

兰闺艳妾动春情

——唐太宗长孙皇后诗赏析

唐太宗长孙皇后是一位具有政治头脑又富于艺术才情的女性。她会写诗,现在流传下来的诗只有一首,即《春游曲》:

上苑桃花朝日明,兰闺艳妾动春情。井上新桃偷面色,檐边嫩柳学身轻。花中来去看舞蝶,树上长短听啼莺。林下何须远借问,出众风流旧有名。

诗写女性之美,歌咏的对象是"兰闺艳妾"。"兰闺"是女子居室的美称,汉代时专指后妃宫室。《后汉书·皇后纪赞》:"班政兰闺,宣礼椒屋。"唐李贤等注云:"班固《西都赋》曰:'后宫则掖庭椒房,后妃之室:兰林、蕙草,披香、发越。'兰林,殿名,故言兰闺。"后来泛指女性的居室。唐王勃《春思赋》:"自有兰闺数十重,安知榆塞三千里。"但是因为此诗第一句有"上苑"二字,可知此兰闺指后宫妇女居室。上苑即上林苑,是汉武帝于建元三年(前138)在秦代旧苑址上扩建而成的宫苑,规模宏伟,宫室众多,纵横三百里,有灞、浐、泾、渭、丰、镐、涝、潏八水流贯,既有优美的自然景物,又有华美的宫室组群分布其中。

诗有诗眼,是理解诗的关键。这首诗的诗眼就是"艳妾"的"艳"。后宫妇女对皇上都自称"妾""贱妾",艳妾就是美妾,那么这首诗就是写后宫妇女的美艳,整首诗都是围绕这一"艳"字来写的。这首诗的妙处是不仅仅从正面写艳妾之艳,而且用烘托、映衬、侧写等虚实相生的手法,写出艳妾难以用语言形容的美。

开头两句主要是烘托,用美景渲染人之美。题目是"春游",诗人把艳妾放在一个春光烂漫的环境中。方圆数百里的上林苑里,春暖花开,桃杏竞艳。诗中的"桃花",有的本子作"杏花"。或许作"杏花"更好,一是因为杏花洁白,让人想象到艳妾肤色之白皙;二是因为下文还写到"新桃",如果这里也是桃花,字面上有点儿重复。早上太阳初升,阳光洒满了上林苑,苑中花鸟楼阁都沐浴着阳光,那带露的杏花更加妩媚动人,我们的主人公就出现在这优美的环境中,她也是苑中一景。"动春情"破题,交代出游的原因,春日美景吸引着她走出闺房,一览苑中美景。

三、四两句写艳妾面容的姣美和身材的窈窕。井栏周围桃花新开,那红艳艳的颜色好像是从美人面色偷去的;楼檐下嫩绿的柳条迎风招展,像是效仿美人轻盈的身姿摇摆。这里首先是映衬,写人面,让我们想到后来崔护的佳句"人面桃花相映红"。两句诗用意相同,但比较起来,长孙皇后是新创,崔护则是学习;崔护的诗更明白、更晓畅,长孙皇后的诗则更含蓄、更婉转。当然,长孙皇后的诗也有借鉴,那就是南北朝时庾信的《春赋》,赋中写春日出阁游赏的美人,有云:"钗朵多而讶重,髻鬟高而畏风。眉将柳而争绿,面共桃而竞红。"但"偷"字的使用却颇具巧思与新意。写身材,让我们想到后来杨贵妃的诗写张云容的舞姿如"嫩柳池边初拂水"。我想,长孙皇后的诗杨贵妃应该读过,用嫩柳形容女性的身姿,或许是从这里受到的启发。妙在长孙皇后倒折入题,她不说人面如花,身姿若柳,而将桃花、嫩柳拟人,说它们偷去美人的红颜,效仿美人的身姿。一个"偷"字,一个"学"字,用得多么俏皮。人评杨贵妃的诗"出语波俏",正是这种风格,这一点似乎也是向长孙皇后学习的。

　　如果说前面两句写形态之美,五、六句则写情态之美。你看她,在姹紫嫣红的花间徘徊,观赏那翩翩飞舞的蝴蝶;树林间隔叶传来黄莺的婉转歌唱,她驻足聆听。天真活泼、热爱大自然的少女心态跃然纸上。"来去"二字,把这位年轻宫女活泼地奔来跑去,在花丛间到处寻觅飞舞的蝴蝶的情态写得淋漓尽致。"长短"二字则写出黄莺的啼声婉转多变,咏叹大自然的美妙无穷。这两句一句写所见,一句写所闻,既写出上林苑声色之美,又写出年轻宫女的天真可爱。

　　那是谁啊,如此之美!诗人告诉读者,那是大家都知道的美人,不需要特地告知。"出众风流"便把她的绝色之美做了进一步交代,但她的美还是需要你通过想象进行补充,因为诗人只说她的美"出众",至于如何美,美到什么程度,读者自可根据自己的审美标准去想象,去完成这个美的形象的塑造。

　　这是一首宫体诗。宫体是南朝梁代以太子萧纲(即简文帝)的宫廷为中心形成的一种诗风。这种诗大都描绘声色,是当时统治阶级荒淫生活的反映,以浓艳富丽、雕琢精巧的语言,描写女性的外貌、服饰、神态、举止,甚至描写男色,描写男女私情,有的充满了色情的味道。唐初承南朝诗风余绪,仍流行这种宫体诗。唐太宗就写过这种轻艳的诗,因为受到虞世南的批评,自己烧掉了。长孙皇后身处深宫,她自然也写这种反映宫廷女性生活的诗,这首诗有宫体诗的色彩,但我们也看到这首诗写春日美景,写女性形体神态之美,写得比较清新,并不绮艳,堪称佳作。史称长孙皇后"尝作《春游曲》,帝见而诵之,啧啧称美"。太宗皇帝品读着皇后这首诗赞不绝口的情态,我们至今还能想象出来。明代诗论家钟惺评价这首诗:"开国圣母,亦作情艳,恐伤盛德。诗中连用井上、檐边、花中、树上、林下,一气读去,不觉其复。可见诗到入妙处,亦足掩其微疵。休文四声八病之说,至此却用不著。"(《名媛诗归》卷九)他对这首诗艺术上的评价非常到位,但对这首诗道德上的批评却表现出古代文人的迂腐。

唐代咏元宵节最好的诗

下午,从商场出来,天色阴沉,冷风飕飕,心想:"雪打灯,好年成。今天是正月十五元宵节,莫非要下雪吗?"傍晚时分,果然纷纷扬扬下起雪来,转眼间便漫天飞絮,满地皆白,但人们的节日兴致丝毫不减,整个北京早已笼罩在一片烟花爆竹声中。雪花飞舞中,我们小区大门口,燃放烟花爆竹的人仍很多。随着一声声爆炸声,一枚枚烟花飞上天空,又在天空炸响,并迸发出一大片银花,引起一阵阵喝彩。今晚有几种新奇的烟花,特别有一种像火中的凤凰,扭头晃腰地飞上天空,而后一声爆响,炸开大面积五彩斑斓的火花,从上而下呈巨大的雨伞状落下。还有一种只在地面上有一声轻微的炸响,飞上天时并没有声音,但特别明亮,好似一条飞龙,直上云霄,龙头就是最亮的光团,把天空大地照得通亮。当几只凤凰和数条银龙同时飞上天时,周围如同白昼,"火树银花不夜天"的诗句不觉溜出嘴边。

由眼前火树银花的景象,想到了唐代诗人苏味道写上元节的诗句,由此又想到了唐人的上元节。正月十五元宵节,唐朝时称上元节。每逢节日游赏,诗人们都吟诗遣兴。写上元节的诗数量不少,但最受称赏的是苏味道、崔液和郭利贞的诗,有"绝唱"之称。唐人刘肃《大唐新语·文章》记载:

> 神龙之际,京城正月望日,盛饰灯影之会,金吾弛禁,特许夜行。贵游戚属及下隶工贾,无不夜游。车马骈阗,人不得顾。王主之家,马上作乐,以相夸竞。文士皆赋诗一章,以纪其事。作者数百人,惟中书侍郎苏味道、吏部员外郭利贞、殿中侍御史崔液三人为绝唱。

"神龙"是武则天的年号,唐中宗即位,相沿不改,只用了一年多,即公元705年至707年。京城即唐都长安,正月望日即正月十五日。古人称阴历每月十五日为望日,十六日为既望。苏轼《赤壁赋》云"壬戌之秋,七月既望",既望即十六日。从神龙元年(705)正月十五日开始,长安开始举办盛大的"灯影之会",即点花灯,放焰火。"金吾"即执金吾,官名。金吾为两端涂金的铜棒,此官执之以示权威。另有一种说法,"吾"应该语为"御",谓执金以御非常,即手持金棒以防备突发事件。还有一种说法,金吾是鸟名,是吉祥鸟,有辟邪作用。汉武帝时改中尉为执金吾,为督巡三辅治安的长官。东汉沿置,三国时有时称中尉,有时称执金吾。《辞海》解释,此官"晋以后废"。此说不甚确切。官名虽废,但负责京城治安的官职总是有的,唐初称为"左、右金吾卫大将军"。据《旧唐书》卷四四《职官志》记载,左、右金吾卫大将军各一员,正三品,"掌宫中及京城昼夜巡警之法,以执御非违"。

唐初京城夜里实行戒严,不许人们夜行,其事即由左、右金吾卫大将军负责,在他们指挥下,轮流到京城执行治安任务的卫士有巡夜的任务。但正月十五日夜是特例,"金吾弛禁,特许夜行",于是造成了唐朝长安的狂欢之夜。这一天长安城内盛放焰火,上至皇亲国戚,下至工商小贩,无不通宵达旦地游赏。里巷街道,人流如潮,你只能跟着人流往前挤,想拐个弯或掉头回去是不可能的。在这个盛大节日里,有两种活动是最受人们注目的:一是"王主之家,马上作乐,以相夸竞"。那些亲王、公主之家成群结队地出游,马身上载着乐队,一边游行,一边弹拉歌唱,而且还互相攀比,竞出新奇,极大地增加了节日的热闹气氛。二是文士吟诗赋咏,数百人都参与了这次诗歌比赛,他们每人都赋诗一首,一争高下,极大地提高了这个节日的文化品位。结果,上述三位才子的诗被评为并列第一名。

今将三人诗录出,以供欣赏。崔液《上元夜》六首:

玉漏银壶且莫催,铁关金锁彻明开。谁家见月能闲坐,何处闻灯不看来。

神灯佛火百轮张,刻像图形七宝装。影里如闻金口说,空中似散玉毫光。

今年春色胜常年,此夜风光最可怜。鸬鹚楼前新月满,凤皇台上宝灯燃。

金勒银鞍控紫骝,玉轮珠幰驾青牛。骖驔始散东城曲,倏忽还来南陌头。

公子王孙意气骄,不论相识也相邀。最怜长袖风前弱,更赏新弦暗里调。

> 星移汉转月将微,露洒烟飘灯渐稀。犹惜路傍歌舞处,踟蹰相顾不能归。

郭利贞《上元》:

> 九陌连灯影,千门度月华。倾城出宝骑,匝路转香车。烂熳惟愁晓,周游不问家。更逢清管发,处处落梅花。

苏味道《上元》(一作《正月十五夜》):

> 火树银花合,星桥铁锁开。暗尘随马去,明月逐人来。游伎皆秾李,行歌尽落梅。金吾不禁夜,玉漏莫相催。

诗是社会生活的剪影,正月十五夜的节日活动和人们的心情如何,正史里没有具体的记载,但我们可以从这些诗人的作品中得到许多信息。

上元节是唐人的狂欢之夜,直到唐玄宗时依然如故。据《资治通鉴》卷二一五记载,天宝五载正月十五日夜,太子出游,与大舅哥韦坚相约见面;韦坚又与从边境地区回京的将军皇甫惟明到景龙观道士房里见面。杨慎矜揭发了这件事,他认为韦坚是皇亲,不应该和边将接近。李林甫借机诬陷韦坚与皇甫惟明结谋,要把皇上赶下台,那是谋反,十恶不赦的大罪。于是韦坚、皇甫惟明被关进大狱,李林甫派杨慎矜与御史中丞王铁、京兆府法曹吉温一起审讯此案。这几个人都是李林甫的爪牙,于是很快结案,罪名成立。韦坚被贬为缙云太守,皇甫惟明被贬为播州刺史,算是轻饶了他们。唐玄宗又下了一道制书,告诫百官不要重蹈韦坚和皇甫惟明的覆辙。从这件事我们知道,对于唐代长安人来说,正月十五日夜是一年中唯一的可以尽情玩赏的夜晚,所以这一天才充分地放松,大家都珍惜这个难得一游的夜晚。韦坚只是遭了暗算,他的事与上元节活动无关。

  这篇博文写完,发现时间已过了午夜,算是第二天的凌晨了。近处鞭炮声不知何时已经停歇了,只能听到远处断断续续还有人燃放烟花爆竹,那是郊区的农民余兴未尽。

武则天两首风格迥异的诗

雄才皆有才，一代女皇武则天以政治家著称，同时又是一位有杰出成就的诗人。据文献记载，她著有《垂拱集》百卷、《金轮集》六卷，惜皆不传。《全唐诗》中存诗四十六首，并不是她传世作品的全部，后人还从其他文献中搜集到她的若干诗作。武则天与唐高宗合葬的乾陵保护得很好，我们寄希望于将来乾陵的发掘，或许有武氏诗集的陪葬。武则天诗集中的诗有的是臣下捉刀之作，但有两首可以认为出于她的手笔，不是别人能代劳的。一是《如意娘》，一是《腊日宣诏幸上苑》。武则天具有一般女子的性情，向往爱情，并用诗表达了她的追求。试读她《如意娘》一诗：

看朱成碧思纷纷，憔悴支离为忆君。不信比来长下泪，开箱验取石榴裙。

《乐苑》云："如意娘，商调曲，唐则天皇后所作也。"诗写一名女子的相思痛苦，可能是她作于感业寺思念高宗的作品。史载，武氏原是太宗才人，高宗为太子时入侍太宗，"见才人武氏而悦之"。太宗死，武氏入感业寺削发为尼，高宗至感业寺行香，武氏见之黯然而泣，高宗亦泣，说明二人曾有某种默契，可谓"心有灵犀一点通"。这首诗应当写在武氏未获高宗纳入后宫之时，写得极具柔情。她虽眷恋高宗，但无缘接近，只能任由相思之苦折磨自己，以至于身心憔悴。这种思念令她神魂颠倒，竟至于把红色看成绿色。南朝梁代诗人王僧孺有诗写忧愁："谁知心眼乱，看朱忽成碧。"武则天此诗便用其意极写精神错乱失魂落魄之状。末二句则以铁的事实即石榴裙上的斑斑泪迹说明思念之持久而强烈，痛苦之深切而沉重。

武则天即位称帝后的另一首名作《腊日宣诏幸上苑》更是表现她个性的好诗：

明朝游上苑，火急报春知。花须连夜发，莫待晓风吹。

武则天作此诗时已是一位主宰国家命运的君主，她不但要主宰人事，而且要主宰自然，主宰宇宙的一切。因为明朝要游上苑，花儿必须当夜开放，绝不能挨到明晨。这种令大自然俯首听命的语气，显示出一种凛凛威风，给人一种振奋的力量，从中透露出盛唐人的豪迈气概，当然也显示了武后施政的那种专制作风。此诗发自性情，明快刚毅，堪称佳作。武则天的传世作品中有她的文学侍臣们捉刀代笔之作，但这两首却是极具个性的诗篇，那种情感和气魄非别人所能道。由此我们可以知道，武则天不仅是一位刚健有为甚至有时可以说心狠手辣的政治人物，还是一位具有丰富情感和卓越才华的女性。

唐诗中的"端正树"在哪里

晚唐诗人温庭筠有一首七言绝句诗《题端正树》:"路傍佳树碧云愁,曾侍金舆幸驿楼。草木荣枯似人事,绿阴寂寞汉陵秋。""百度百科"上有对此诗的赏析,指出:"此诗借感叹唐玄宗与杨贵妃之事,以表达对世事人事之多变、美好时代一去不复返的无奈与伤怀。"注中解释"端正树"云:"华清宫有端正楼,为杨贵妃梳洗处。至于端正树所在,有不同说法,难以确知。就此诗而言,想象成端正楼前或附近路旁之树即可。"赏析资料来源为"新浪文化读书频道"。赏析进一步解释:"金舆:皇帝的车驾,此指唐玄宗的车驾。""玉楼:对楼的美称,此处指端正楼。"这些解释都是错误的。端正树究竟在哪里?这涉及对这首诗诗意的理解,需要探讨。

端正树不在华清宫端正楼前,也不在其附近路旁,而在自长安西行赴蜀中的道路上,距马嵬坡兵变发生地马嵬驿不会太远。温庭筠另有《题望苑驿》一诗,原注云:"东有马嵬驿,西有端正树。"可知望苑驿在马嵬驿西,端正树在望苑驿西。马嵬驿在今陕西兴平,距长安一百余里。从温庭筠《题端正树》诗可知,端正树旁亦有驿楼。唐代一驿一般三十里,则端正树应在马嵬驿西六十里处。清代曾益等《温飞卿诗集笺注》引《关中记》云:"望苑驿即博望苑,旧址在西安,汉武帝戾太子筑通灵台即此。"把望苑驿解释为博望苑是误解,这是因误解温诗而造成的。温庭筠《题望苑驿》云:"弱柳千条杏一枝,半含春雨半含丝。景阳寒井人难到,长乐晨钟晓自知。花影几年通博望,树名何世号相思?至今十二楼前月,不向西陵照戚姬。"这里的"博望"指汉代张骞,张骞被封博望侯。望苑驿在长安西一百多里处,是张骞出使西域经行之地,故云"花影几年通博望"。汉武帝戾太子的博望苑在长安城内,与望苑驿相距甚远。

唐代赵嘏《咏端正春树》(《全唐诗》卷五五〇)可以印证端正树的位置:

> 一树繁阴先著名,异花奇叶俨天成。马嵬此去无多地,只合杨妃墓上生。

说明端正树在距马嵬驿不远的地方。这首诗又见于《太平广记》卷四〇七引《抒情诗》,与此字句有所不同:"长安西端正树,去马嵬一舍之程。乃唐德宗皇帝幸奉天,睹其蔽芾,锡以美名。后有文士经过,题诗逆旅,不显姓名。诗曰:'昔日偏沾雨露荣,德皇西幸赐佳名。马嵬此去无多地,合向杨妃墓上生。'风雅有如此焉。"唐诗流传中因版本不同,同一首诗字句上往往有差异。"蔽芾",茂盛貌;"文士"即赵嘏。一天一夜行经两驿六十里,此云"一舍之程"与温诗题注相合。从这个记

41

载可知,此诗咏唐德宗在泾原兵变中西幸奉天时作。德宗建中四年(783),泾原镇士卒路经长安,因衣粮不济而发生兵变,陷长安。德宗仓皇逃至奉天(今陕西乾县),被叛军包围月余,史称"奉天之难"。奉天在兴平西,德宗西幸奉天路经马嵬驿、望苑驿,途中经此地时看到这棵树长势茂盛,命名为"端正树",树由此得名。

《全唐诗》卷七八四录此诗,字句上又有所不同,与《太平广记》所引有一字之差,"墓上生"作"冢上生"。题注云出于晚唐段成式《酉阳杂俎》,有误,在《太平广记》卷四〇七"端正树"条后,有"崇贤里槐"条,此条出于《酉阳杂俎》,《全唐诗》编者误取之。诗的作者被《全唐诗》编者署为"贞元文士",亦不当。"德宗"是庙号,"德皇"之称定然在德宗去世后,贞元时文士是不会以"德皇"称德宗皇帝的。赵嘏,字承祐,楚州山阳(今江苏淮安市楚州)人,约生于宪宗元和元年(806)。文宗大和七年(833)预省试进士下第,留寓长安,似曾入岭南幕府。武宗会昌四年(844)进士及第,一年后东归。会昌末或大中初复往长安,入仕为渭南尉。约宣宗大中六、七年(852、853)去世。可知赵嘏生活在德宗去世之后,这才有可能称德宗为"德皇"。知道了端正树所在,才能理解温诗中"曾侍金舆幸驿楼"一句,即咏德宗西幸之事。

知道了端正树所在,也好理解温诗最后一句"绿阴寂寞汉陵秋"中的"汉陵"之寓意。此地距昭陵和乾陵很近,昭陵是唐太宗的陵墓,乾陵是唐高宗和武则天的陵墓。唐诗中喜以汉代唐,明明咏唐事,却说是汉朝。这在唐诗中比比皆是,如"汉家烟尘在东北""汉皇重色思倾国"等等。唐太宗、高宗和武则天的时代正是大唐王朝鼎盛时期,德宗时已经是大乱之后,唐王朝日益走下坡路。至温庭筠的时代,更是日薄西山,气息奄奄。诗人抚今追昔,感慨万千。一个"秋"字,既是时代衰飒的气象,又传达出诗人心中的悲凉。

然而,关于端正树的来历,另有一说,清乾隆年间《临潼县志》记载:"芙蓉汤,一名海棠汤,在莲花池西,沉埋已久,人无知者,近修筑始出,石砌如海棠花,俗呼为杨妃赐浴池。"据说华清宫之莲花汤乃玄宗专用,芙蓉汤为杨贵妃所用,两个池子都在端正楼里,"春寒赐浴华清池,温泉水滑洗凝脂"正是在端正楼里发生的故事。马嵬坡兵变,杨贵妃被赐死于马嵬驿。玄宗怀着悲凉的心情入蜀,行至扶风,在一座寺庙里暂歇,禅院里有一棵石楠树,开满了雪白的五瓣花,玄宗觉得这花开得整齐端庄,想起杨贵妃来,便称之为"端正树",用华清宫里那座有鸳鸯池的楼名给这棵孤清寺庙里的石楠树命名,史云"盖有思也"。这是后世的传说,我们更接受唐人诗中所云"德皇西幸赐嘉名"之说。但因此地与马嵬驿不远,提起德宗西幸,便自然联想到玄宗和僖宗的幸蜀,都令人唏嘘不已。

但从唐人诗中,似乎华清宫也有一棵端正树。温庭筠有长诗《过华清宫二十二韵》,徐夤和之,题曰《依御史温飞卿华清宫二十二韵》(《全唐诗》卷七一一),诗云:

> 地灵蒸水暖,天气待宸游。岳拱莲花秀,峰高玉蕊秋。朝元雕翠阁,乞巧绣琼楼。碧海供骊岭,黄金络马头。五土更入帐,七贵迭封侯。夕雨鸣鸳瓦,朝阳晔柘裘。伊皋争负鼎,舜禹让垂旒。堕珥闲应拾,遗钗醉不收。飞烟笼剑戟,残月照旌旄。履朝求衣早,

临阳解佩羞。宫词裁锦段,御笔落银钩。帝里新丰县,长安旧雍州。雪衣传贝叶,蝉鬓插山榴。对景瞻瑶兔,升天驾彩虹。丹书陈北虏,玄甲摆犀牛。圣谟多屯否,生灵少怨尤。穹旻当有辅,帷幄岂无筹。凤态伤红艳,鸾舆缓紫骝。树名端正在,人欲梦魂休。谶语山旁鬼,尘销陇畔丘。重来芳草恨,往事落花愁。五十年鸿业,东凭渭水流。

这首诗写华清宫景象,其中有"树名端正在",好像晚唐时华清宫有"端正树"。这棵端正树可能与端正楼有关,但显然不是温庭筠《题端正树》诗中之端正树。从温诗还可知,望苑驿还有一树名相思树。《红楼梦》第七十七回写抄检大观园后,怡红院逐出了晴雯、芳官和四儿,宝玉愀然不快,袭人劝慰他,宝玉哭哭啼啼地说,此事春天就有了兆头,阶下好好的一株海棠花竟无故死了半边,当时就知道有坏事,原来就应在了晴雯身上。袭人笑他一个读书人也信这些,宝玉就说:"不但草木,凡天下之物,皆是有情有理的,也和人一样,得了知己,便极有灵验的。若用大题目比,就有孔子庙前之桧、坟前之蓍,诸葛祠前之柏,岳武穆坟前之松。这都是堂堂正大随人之正气,千古不磨之物。世乱则萎,世治则荣,几千百年了,枯而复生者几次,这岂不是兆应?小题目比,就有杨太真沉香亭之木芍药,端正楼之相思树,王昭君冢上之草,岂不也有灵验?"贾宝玉所云相思树当在华清宫,华清宫有端正楼,人们又因此把楼旁之相思树误称为端正树,而不知端正树其实在长安西。这种误会晚唐时已经产生,所以徐夤诗便说华清宫"树名端正在",这棵树或许就是相思树。

"新浪文化读书频道"分析温诗云:"此诗借唐玄宗与杨贵妃之事而伤世事、人事之多变。首二句写端正树之愁,想当年杨贵妃集万千宠爱于一身时是何等的风光,然而人事之变、富贵之不可常保,正如草木的荣枯一般,是万古不变的真理。且莫说一介女流的杨贵妃,便是当年盛极一时、雄踞中国的大汉王朝,如今也只剩下一座座仅供后人瞻仰、凭吊的皇陵了。联想到飞卿一生均在衰世中蹉跎,曾经一个个繁华盛世都是他毕生所追慕的。愈渴求,愈是得不到,愈是得不到便愈追慕,所以此诗并无丝毫讽刺之意,纯是对美好时代一去不复返的无奈与伤怀。"其中的失误显而易见。其实这首诗咏唐德宗事,感叹的并非一人一事之变迁,从最后一句可知,诗人在感叹一个王朝的盛衰、一个时代的变迁。

杨贵妃的诗写得好不好

杨贵妃是才女,多才多艺,史书说她能诗文,善歌舞,通音律,长于击磬、弹琵琶。大唐是诗的国度,举国喜欢诗歌。常言说"熟读唐诗三百首,不会写诗也会吟"。在那样的环境里,好像会写诗是很正常的,不会写诗反而是不正常的了。杨贵妃也不例外,她能诗,流传下来的作品有《赠张云容舞》一首:

罗袖动香香不已,红蕖袅袅秋烟里。轻云岭上乍摇风,嫩柳池边初拂水。

这首诗收入《全唐诗》卷五。诗写得如何呢?按前人的评价,不算好也不算差。清代诗论家陆昶评这首诗,曰:"诗不为佳,却字字形容舞态,出语波俏,亦足见其风致可喜。"(陆昶《历代名媛诗词》卷四)他首先是给这首诗一个定位,认为属于不好的诗。评价一首诗,笼统地说好或者不好,没有意义。这位陆先生论诗,却喜欢这样做。他的《历代名媛诗词》一书影响还比较大,有线装清代刻本传世。在这本书里,他评论李清照的诗词,也说:"清照诗不甚佳,而善于词,隽雅可诵。"从对李清照诗的评价上,大家可以看出来,这位陆先生评诗是颇为苛刻的。李清照的词"寻寻觅觅,冷冷清清,凄凄惨惨戚戚",连下叠字,用语的大胆创新历来受到好评,他却说"此却不是难处"。我认为,他对杨贵妃诗的这个定位也有点苛刻。是的,如果跟李白、杜甫等大家之作相比,和唐代那些传世名篇相比,杨贵妃这首诗可能称不上太好。但如果想到作为一位不是以诗词为专业的皇妃,能写出这样一首诗,已经很难得了。当然这不是赞扬她的诗的理由,更重要的是我们吟赏一下这首诗,能发现它还是很精彩的。陆先生也认为这首诗有优点,但只是"出语波俏",就是语言比较俏皮,用我们现在的话说,就是语言活泼。从语言活泼中可以知道杨氏"风致可喜",就是她的性格讨人喜爱。我觉得这个特点是有的,但这个肯定是不够的。

从题目上看,这是一首咏舞姿的诗,是写来赠人的。据本诗题注,"张云容"是贵妃的侍儿,就是宫中的丫鬟仆女,善霓裳羽衣舞。这首诗就是赠送给她的。有一次,杨贵妃随唐玄宗巡幸绣岭宫,命侍儿张云容献舞。歌舞方面,张云容是杨贵妃的学生,因此这也可以说是杨贵妃向玄宗的汇报演出,让玄宗了解自己培养演员的成绩。事后杨贵妃写了这首诗,咏张云容舞姿,并赠送给她。就像你跳舞时我给你拍了照片,然后冲洗出来送给你作纪念。这首诗虽然只有四句,却曲折有致地写出了一场乐舞场面,刻画了舞者的生动舞姿,虚实相生,刻画传神。四句诗只有第一句是实写,从罗袖写起,乐声响起,舞者张云容伴随着音乐,轻抖罗袖,开始了她曼妙动人的舞蹈。所以诗人首先凝神注目于她的罗袖,诗便从罗袖写起。这一句妙在一个"动"字,这是炼字的结果。"动"本来是一个平常的字眼,为什么在这一句里却不同寻常呢?因为它动的是"香",香气。当罗袖抖动、飘舞时,一阵香气随之弥漫开来。唐代宫中妇女化妆使用香料,服装衣料都是用香料熏染的。诗句还叠用了一个"香"字,起了强调的作用,进一步加深了读者的印象。又用了一个补语"不已",那香气不是一阵风刮过,而是久久地弥漫在舞场的空气里,于是整个乐舞场面便有声有色又有味了。接下来诗从罗袖的特写进入到舞者身体整体的描写。一句诗怎么能把舞者全身的姿态动态表现出来呢?实写肯定是做不到的,诗立刻转入虚写,诗人用了一个比喻来形容张云容的舞姿。"红蕖"即红色的荷花。"袅袅"形容舞者婀娜多姿的动态,让人想到她亭亭玉立的身段。因为身影缥缈,观众无从看清舞者衣着的细节,便产生一种朦胧之美,所以说那一枝红莲就像在"秋烟"里摆动摇曳。

  舞蹈跟其他艺术一样,进入高潮前总要先有铺垫,经过那一阵秋风中红莲迎风般的轻歌曼舞之后,音乐和舞蹈忽然进入昂扬激烈的阶段。诗仍然出于虚写,用轻云疾风形容舞者强烈的动感。"摇风",扶摇风,暴风。南朝梁江淹《恨赋》云:"摇风忽起,白日西匿。"岭上高处风力当更猛,所以把风卷轻云放到岭上来写。"乍"字形容来得突然。后来南唐冯延巳有"风乍起,吹皱一池春水"的名句,李清照用"乍暖还寒"咏秋。乐舞进入高潮,舞者疯狂地舞动起来,就像岭上风卷云飞,令人目不暇接、心潮澎湃。高潮过后,这场乐舞并不是戛然而止,而是再经过一阵舒缓的音乐和舞蹈才终止。这煞尾的部分,便像池塘边上那依依青柳轻拂水面,渐拂渐缓,终于随着音乐停下来。这一句中的"嫩"字特有味道,给人以新鲜感。诗用柳写人,又用"嫩"形容柳的青翠可爱,用柳条轻拂池水形容舞姿。"嫩"也让我们想象到张云容小姑娘青春年少的鲜嫩俊俏。诗把柳树欲动不动,随着风停而终于停止了摆动的样态细致地刻画出来,让人想象着张云容是怎样慢慢地结束了自己的表演。

　　唐诗中有一部分描写乐舞的诗,这首诗应该算是较为精彩的一首。这样的描写除了要有一定的语言功力和艺术表现能力,更重要的是诗人实际的观感。杨贵妃写这首诗时,可能并没有像我分析的这样去进行刻意的安排,只是把她实际的感受写下来而已。当然,杨贵妃的艺术感觉绝非寻常人可比,因为她精通音律,善歌舞,对舞蹈的欣赏和吟咏属行家里手,她把自己的审美感觉生动地传达出来,让我们好像观看了一场乐舞表演。欣赏者如果没有深入诗的意境中去体会,便会有平铺直叙之感。当读者把四句诗看成并列的关系,便觉得诗人只是简单铺叙舞蹈的姿态,没有曲折变化,所以算不得好诗。杨贵妃知道用一连串的比喻去形容实写不容易表现的事物和意境,说明她一定读过不少的诗赋作品,对前人的创作经验有所借鉴。我的猜想不能说完全没有根据。像这样完全用比喻形容人的姿态之美,曹植的《洛神赋》是最著名的一篇。我想,杨贵妃一定读过《洛神赋》,从中学到了虚实相生的手法和比喻的技巧,所以她这首诗通过三个精彩的比喻写舞姿,诉诸读者的想象,整个舞蹈过程、乐舞场面及那艺术表演的美妙,都让读者去想象。这三个比喻还有一个妙处,就是诗人没有简单地用红蕖、轻云和嫩柳三种事物作比,而是把它们分别放在清水秋烟、疾风岭上和春池岸边这样的环境中,因此造成三种意境,让读者的想象进入这不同的意境中驰骋,想象着那乐舞的曲折变化,从而在四句诗仅仅二十八个字里包含了味之不尽的意蕴。

李白诗中的抑扬相形法

李白《草书歌行》诗赞美书法家怀素,说与他相比,"王逸少,张伯英,古来几许浪得名"。王逸少即东晋书法家"书圣"王羲之,张伯英是汉代书法家张芝,有"草圣"之称。这两个人代表着书法史上的两个高峰。李白诗里说他们与怀素相比,是"浪得名",就是说有了怀素,如果称他们为"书圣""草圣",那么这种名称就用得太滥了,太随便了。李白诗里不仅拿怀素与古代的书法家相比,还与同时代人相比,他说"张颠老死不足数","张颠"就是唐代书法家张旭,与张芝同有"草圣"之称。李白说与怀素相比,那位已经去世的张旭不值得称道。

明代朱谏因此怀疑这首诗是伪作。他在《李诗辩疑》卷上说:"抑扬太遽,褒贬太过,为可怪耳。"他说这首诗里把怀素抬得那么高,夸得那么好,而把王羲之、张芝、张旭贬得那么低,批评得那么厉害,太奇怪了。李白怎么会做出这种批评呢?不可能。所以这首诗应是伪作。清代编《李太白全集》的学者王琦也说:"以一少年上人,而故贬王逸少、张伯英以推奖之,大失毁誉之实。至张旭与太白既同酒中八仙之游,而作诗称谓有'胸藏风云世莫知'之句,忽一旦而訾其'老死不足数',太白决不没分别至此。"这种认识的失误在于把这首诗当作了书法评论。诗人赞美怀素,只是一时兴到之词,并非在作书法鉴定和艺术定评。以人所共知、世有定论的书法名家来作衬托,说怀素超过了他们,来突出强调其书法成就之高,是夸张性的对比,可以称之为抑扬相形法。

这在李白诗中还能举出别的例子。如《鸣皋歌奉饯从叔翁清归五崖山居》赞美李清书法,云:"我家仙翁爱清真,才雄草圣凌古人。"这里的"草圣"指汉代张芝,李清则非知名之辈,李白竟说他超过了"草圣",甚至所有的古代书法家,如果作为书法评论,岂不也是"褒贬太遽""大失抑扬之实"?此亦一时兴到为扬此而故抑彼的赞美之词,正好像突出天姥山之高便说它超过了天台山、赤城山,甚至五岳。正是这种过甚之词,才显得有情趣。诗人这样写,在字面上好像在贬低名家,而对眼前的朋友过分赞美,其实从艺术上看,拿那些名家作比本身就是在肯定其成就。正是因为他们才高名大,所以才成为比较的对象。我们读这种诗,不仅不会因为诗人的这种"贬低"而改变对这些书法大家的评价,反而通过这种戏笔更加深了对他们的认识和印象。

杜甫诗中也有这种抑扬相形法。他的《饮中八仙歌》写到张旭:"张旭三杯草圣传,脱帽露顶王公前,挥毫落纸如云烟。"殿中监杨某出示张旭的草书作品让杜甫看,杜甫写了《殿中杨监见示张旭草书图》一诗,其中又称赏张旭的草书说:"俊拔为之主,暮年思转极。未知张王后,谁并百代则?"他说张旭的书法风格以"俊拔"为主,晚年他的书法才思达到顶点,不知道在张芝和王羲之之后,还有谁能与张旭并称,成为百代效仿的对象。对张旭,杜甫可谓称赏备至。可是杜甫有一首《李潮八分小篆歌》却说:"吴郡张颠夸草书,草书非古空雄壮。岂如吾甥不流宕,丞相中郎丈人行。"赞美李潮,又把平日敬重的张旭贬了一通。这都说明,抑扬相形在李杜诗中都是一种艺术手法。

诗人为了表达一时一地某种情感的需要,在不同场合往往对同一人物事件作出迥然不同甚至完全相反的判断和评价。如李白《梁园吟》借谢安以自况:"东山高卧时起来,欲济苍生未应晚。"《送梁四归东平》讽梁四不要隐居忘世,却又非议谢安:"莫学东山卧,参差老谢安。"在《赠常侍御》中,他把常比为秦将白起:"传闻武安将,气振长平瓦。"而在《述德兼陈情上哥舒大夫》中,又说"白起真成一竖子"。与此相类,对王羲之的书法,他在《王右军》一诗中说过"笔精妙入神",但为了赞美怀素,又说他"浪得名"。对张旭,他既说过"胸藏风云世莫知",又说"张颠老死不足数"。情境不同,有时庄重,有时诙谐罢了。

明月慰孤魂

——读李白《月下独酌》诗

李白的《月下独酌》是一首脍炙人口的诗。这首诗深沉含蓄,耐人寻味。

花间一壶酒,独酌无相亲。举杯邀明月,对影成三人。月既不解饮,影徒随我身。暂伴月将影,行乐须及春。我歌月徘徊,我舞影零乱。醒时同交欢,醉后各分散。永结无情游,相期邈云汉。

"诗缘情而绮靡",这首诗写得深情绵邈。那么诗人表达的是什么感情呢?诗的题目已经告诉我们,就是写孤独之感。明月的光辉普洒大地,应该与亲人朋友共饮才好啊,但这一天不知道为什么,李白却一个人在月光之下自斟自饮。这让诗仙心里涌出莫名的烦恼。他要寻找点什么填补自己精神的空虚,安慰自己孤独的情怀。这时明月逗起他的灵感。他觉得天上那轮明月也是孤独的,它高悬天空好像就是为自己而来的,就是为了陪他而来的。他顿时感到与明月同病相怜,但明月逗起的其实是更强的孤独感。

有人看到这首诗咏月,便以为是中秋节写诗,这是误解。诗一开头写到"花",后面又有"行乐须及春"一句,可知这首诗是春天写的。李白已经喝得不少,但他越喝越感到孤独,这时他才吟出开头两句:"花间一壶酒,独酌无相亲。"这两句把孤独的感受渲染得非常强烈。明月当空,春意盎然,鲜花盛开,暗香浮动,是美景。诗有"以乐景写哀,以哀景写乐,一倍增其哀乐"的效果,这里用的正是这种反衬的手法。在这良辰美景之中,应该与亲朋好友对饮尽欢才好啊,可是相对的只有一壶酒,这孤零零的"一壶酒"正是孤独诗人的写照。"独酌"与"无相亲"是同义,从行文上看几乎可以说是重复。本来已经用了一个"独"字,点出是一个人自斟自饮、孤独难耐的情感,又用"无相亲"加以强调,这是抒情的需要。

酒让李白已经有点飘飘然了,"举杯邀明月"不是一个清醒的行为,"对影成三人"更是错觉。面对明月,李白的心情非常复杂,正孤独难耐时,忽然有遇到知己之感。天上一轮明月和地上自己的身影都成了自己的酒友。当他举杯相邀,月却没有回应时,他一下子又清醒过来了。"月既不解饮,影徒随我身"是互文见义,既然那月亮、身影乃无情之物,不知道我邀请它们共饮的动机,不知道饮酒的效用,它们只知道跟随着我,寸步不离,却都不了解我的心情,难慰我孤独的情怀啊。所以他用了"徒"字,意思是白白地。明明知道月亮和身影为无情之物,但他仍然要以明月、身影为伴,劝其同饮。这是无奈之举,因为他实在找不到亲人朋友,只能这样自我安慰。所以"暂伴月将影,行乐须及春"虽然字面上写到"乐",却是全诗最沉痛之语。为了不辜负这大好春光,尽管没有亲人朋友相伴,我也要喝个尽情。想到此,诗人不仅独饮,而且自舞自唱起来。这场面却让读者更加伤心,你看我们的诗人孤独到什么地步了,一个人一会儿喝,一会儿跳,自斟自饮,边舞边唱,近乎失常了。醉眼蒙眬,顾影自怜,诗人忽然又产生了错觉:谁说明月、身影无情啊,当我歌唱时,月亮像是被感动了,在天上徘徊相随;当我舞动时,身影在地上也散乱了,似与我共舞。

明月、身影始终伴随诗人饮酒、跳舞、歌唱,直到诗人终于醉倒。"醒时同交欢,醉后各分散",本来是诗人醉卧床榻,自然不见了明月、身影,却写明月、身影眼看诗人酩酊大醉才离去。这让李白产生很强烈的感激之情,当自己最孤独的时候,明月、身影却给自己精神上的慰藉。所以诗人说,虽然明月、身影为无情之物,但我要与它们结下永远的友谊,交游相伴,并且与之相约在天上仙境相会。用想象中的未来在天上与明月、身影的相会,安慰此时孤寂的灵魂,其实这还是在写眼下的孤独感受。

孤独是人们常有的情感,这首诗充满孤独和感伤,但读起来却给人无穷的美感。唐代诗人善于把各种情感转化为审美,这里就是把孤独感转化为美感。诗的美感从哪里来?诗人写明月,写明月的多情,让人感到诗人是那么可爱,当他孤独时连明月也来相伴。诗的美感还表现在诗人的达观和幽默,明明在写孤独,却写明月、身影相伴,孤独的诗人在酒中、在诗国里获得了亲情和安慰。

红豆最相思

从位于日本东京板桥区的大东文化大学板桥校区本部,到位于琦玉县的东松山校区,要先乘校车至大东文化会馆,在东武练马站乘东武东上线电车至高坂站,出站便有学校班车接送。学校班车站旁边有一棵大树,春夏季节绿叶繁茂,葱翠喜人。绿叶间长出一串串红豆,晶莹透亮,像一颗颗珍珠掩映于绿叶中。秋来树叶变红,珍珠便被浓密的红叶所遮掩,看不出好处来。待红叶随着天气转寒,逐渐干枯飘落,枝头树叶稀疏时,那一串串红豆又露出笑脸,而且那一颗颗珍珠比之春夏时更大、更饱满、更鲜亮了。

这种树我在东京常常见到,东松山校区停车场附近有几棵,瑞圣寺钟亭旁有几棵。有一天我在学校附近闲逛,也看到这种树。每次我都不由得取出相机,拍下她们的倩影。触景生情,我想起了王维的《红豆》诗:"红豆生南国,春来发几枝。愿君多采撷,此物最相思。"我知道诗人不说"日日我思君",而说"最相思"的是"红豆",只是委婉的说法,相思的其实还是"君"啊！我没有见过王维说的南国红豆,也不知道那是什么样的树。关于这种树,李时珍在《本草纲目》中说:"按《古今诗话》云,相思子圆而红。故老言:昔有人殁于边,其妻思之,哭于树下而卒,因以名之。此与韩凭冢上相思树不同,彼乃连理梓木也。或云即海红豆之类,未审的否？"日本的这种树是王维写过的树吗？问了几个人,都叫不出树的名字。后来博学的寺村政男教授告诉我,那种树是从美国移植而来的,日文名字叫"ハナミズキ"。从使用的片假名也可以知道,这种树是从域外引进的,因为日语中用片假名写外来语。译成中文是"花水木"。看来不是中国南方的红豆树了。

但既然满树红豆,就不能不让我联想到王维的诗;一想起王维的诗,就不能不触起相思之情了。于是,便吟出下面这首诗来:

  冬来花叶残,红豆傲寒枝。只道生南国,尝读王维诗。东瀛睹此物,顿然生相思。举头望明月,天涯共此时。

有意思的是,日本前些年著名流行音乐歌手一青窈的歌曲专辑,名字叫《花水木》(ハナミズキ),收入的歌曲都是歌唱爱情的,其中的代表曲目《花水木》更不用说。那"希望无尽的梦终有结果,希望你和心爱的人百年好合……"的歌词一直在KTV中传唱着。这首歌在日本也常常被作为结婚典礼上的歌曲播放和演唱。今年日本又推出了一部写爱情的电影,名字也是《花水木》(ハナミズキ),土井裕泰导演。这是一部纯情片,描写了一个催人泪下的爱情故事。影片是以一青窈的同名歌曲中的情感为基调创作而成,可以说是歌曲的电影化。大致情节是北海道学生平沢纱枝(新垣结衣饰演)和水产高中的学生木内康平

(生田斗真饰演)相遇,产生恋情。纱枝上了大学,到东京就读,两人开始了远距离恋爱,后来两人都为对方着想选择了放弃。纱枝结识了学校的前辈北见(向井理饰演),并渐渐成长为事业女性。十年后,仿佛被纱枝老家庭院里的山茱萸指引一般,缘分又降临到纱枝与康平身上。十年间一直想着的那个人又出现在眼前,又会发生什么故事呢?……这部影片在日本的北海道、东京和美国、加拿大等地取景,不仅故事动人,而且场景也很美,轰动全国。

为什么"红豆最相思"呢?为什么它能引起不同国度、不同文化背景下的人们对爱情的共同联想呢?红豆鲜红的色泽让人联想到爱情的炽热,红豆的透亮、晶莹让人联想到爱情的纯洁无瑕,红豆的圆润饱满让人联想到幸福生活的美满,它的耐寒、坚贞象征着爱情和婚姻的持久和执着……总之,红豆把人们对婚姻和爱情的理想具象化了,那像宝石一样的红豆正象征着宝石般的爱情。不同的文化背景却对爱情婚姻有着共同的追求和向往,从王维的《红豆》诗、日本以《花水木》为题的歌曲和电影就可以看出来。看来,在许多事情上人类存在着普遍的价值观,我们不能过分强调民族的特性而忽视人类的共同性啊。

查点资料,知道日本引进这种树,主要用于在马路旁、公园里装点风景。来日本的人都会感觉到,日本的环境美化做得非常好。起初我只认为日本之所以环境这么美,跟日本的自然环境有关,日本属海洋性气候,雨水充沛,各种植物都适宜生长,品种多,所以风景美。现在知道,这种美的环境并不仅仅是大自然的恩赐,也是日本人精心加工的结果。从美国引进这种树,用于美化环境便是一例。

杜甫怀念唐玄宗的诗
——杜甫《洞房》诗赏析

我们善于给人"戴帽子","戴帽子"历来是整人的手段。但"帽子"又不仅仅是给坏人戴的,有的人也给一顶好看的"帽子"戴,那是"光荣称号"。那些做了好事的人,给个好名称本来是应该的,问题是这样做把复杂的问题简单化了。就像京剧里的脸谱一样,什么角色什么脸谱,一看便知。但事实上现实生活中的人却是复杂的,并不能简单地一言以蔽之。我们不仅给今人"戴帽子",也给古人"戴帽子"。文学史喜欢给古代诗人进行阶级定性,例如杜甫就曾有"人民诗人"的桂冠。在我们的观念中,封建社会的"人民"是统治阶级的对立面,站在人民的立场,必然要揭露统治阶级的罪恶,反映社会的黑暗。杜甫的诗的确有这类作品。

可是杜甫实际上并不是一位与统治阶级作对的人,他写人民疾苦,反映社会现实,其实还是为统治阶级着想,希望改革,达到封建王朝的长治久安。称他"人民诗人",便容易让人们忽略这一点。即便在那首有"朱门酒肉臭,路有冻死骨"名句的《自京赴奉先县咏怀五百字》里,他一边说自己"穷年忧黎元",一边说自己是"生逢尧舜君,不忍便永诀"。这个"尧舜君"指的就是唐玄宗,杜甫写这首诗时,玄宗早已是荒淫腐化的帝王,但杜甫对他的态度仍是"葵藿倾太阳,物性固莫夺",仍称玄宗为"圣人"。

忠君是中国士人的传统道德,杜甫也不例外。例如他对唐玄宗就是这样。尽管唐玄宗的统治导致了安史之乱,尽管天宝年间社会政治那么黑暗,尽管自己的命运那么悲惨,他对玄宗仍充满爱戴之情。在他看来,安史之乱的发生和社会的黑暗,是妲己似的杨贵妃造成的,是安禄山那个"逆胡"造成的,是朝廷里的奸相造成的,玄宗没有责任。所以他一直对玄宗充满爱戴与怀念之情。《洞房》就是玄宗死后,杜甫怀念玄宗的作品。

洞房环佩冷,玉殿起秋风。秦地应新月,龙池满旧宫。系舟今夜远,清漏往时同。万里黄山北,园陵白露中。

这首五律是杜甫在夔州时写的,跟另外七首五律(《宿昔》《能画》《斗鸡》《历历》《洛阳》《骊山》《提封》)应为系列之作,可以看作组诗。这一组诗是杜甫反思安史之乱的产物,《洞房》是第一首。对安史之乱的回顾是由玄宗之死引起的。玄宗一生,由励精图治到"渐肆奢欲",以致荒淫误国,最后寂寞死去,与安史之乱前后的社会变化密切相关。所以这首诗作为首篇,写长安故宫物是人非的沧桑之变,伤悼玄宗之死。"洞房"并不是概括全篇内容的题目,只是用首句前两字为题,杜甫的这组诗八首全是如此。

前四句遥想长安秋夜之景,感慨旧宫今昔变化。首联写人事已非。"洞房""玉殿"皆指玄宗后宫。当昔全盛之时,明皇宫中佳丽如云,环佩玎玑,玉楼宴饮,朝歌夜弦,绿云扰扰,明星荧荧,何其热闹繁华!而今人去楼空,萧然寂寥,那悦耳的环佩声听不到了,歌台暖响春意融融的景象不见了,居然生起阵阵秋风,寒气袭人。真是"玉殿空掩扉,秋风动琪树。昔日繁华事,尽逐流波去"。在诗人的想象中,宫中乐事已经杳然无迹。这里写旧宫凄凉的景象,是把它作为时代的象征来写照的,读者由此不难想到大唐盛世已如东逝流水一去不返。颔联写环境依旧。"秦地"指都城长安所在的关中地区,"龙池"代指玄宗曾居住的兴庆宫。史载玄宗未即位称帝时,居兴庆里,此地有龙池溢出,后来水面越来越大,开元年间于此建兴庆宫。这两句大意是:长安的景象应该一如其旧,今夜又该新月临空;旧宫的景象也应该依然如故,在月光辉映之下,溢满的龙池波光粼粼。"应"乃悬想推测之词,说明此二句所写乃心中景,非眼前景。时诗人在夔州,与长安远隔千山万水。但他虽处江湖之远,仍眷眷于魏阙之下,因此举头天上新月,心驰万里之外,长安故宫的景象便浮现在眼前。这种想象表现了诗人对故都的眷恋与怀念,我们仿佛看到在寒月清辉之下,迎着飒飒秋风,满怀思绪的老诗人久久地向着北方凝望,他的思绪在遐想中飞到了远方。在变与不变的对比中,流露出诗人对人事沧桑繁华已逝的深沉感慨。

后四句感慨身世,遥念玄宗园陵。颈联由"今夜"而念"往时",引出切身之思。浦起龙说:"'系舟'非在船上,即'孤舟一系'意。"这是说自己漂泊远方,故国万里。"往时"特指诗人待制集贤院时。天宝十载(751),杜甫献《三大礼赋》,引起玄宗的赏识,"玄宗奇之,召试文章",命他待制集贤院,让宰相考他,使他一时名声大噪。在杜甫和玄宗的关系中,这是杜甫印象最深、永难忘怀的一件事。当他待制集贤院时,年轻人对前途该充满多大的希望啊!如今虽老病孤愁,但咀嚼一下昔日的憧憬,似乎也能给自己带来一丝安慰,同时也是对君恩的一种感戴和怀念。所以他说,在新月临空的今夜,身处远离故都的夔州,想到故宫的昔盛今衰,自然念起明皇在位的时候。那年那月那夜,漏壶滴水的情景应该与今夜相同,那个充满幻想和希望的时代多么令人眷恋和怀想。今日远方漂泊天涯羁旅的处境是当时万难想到的啊!抚今追昔,念远伤逝的人生感慨油然涌上诗人的心头。尾联写对玄宗的伤悼。"黄山"是汉代宫殿名,汉武帝的陵墓茂陵在黄山宫北,此借以喻玄宗泰陵。今夜漏声依旧,而昔人长往。流逝的生命和时间是一去不返的,玄宗的陵墓在万里之外,风吹露浸,冷落凄凉,令人伤感。对唐玄宗,唐代的人们感情是复杂的,他们没有忘记他作为开元盛世的创造者在历史上所起的作用,诗人们不断用诗歌表达着对他的崇仰,即便在对他有所批判时,也常常流露出惋惜之情。杜甫也是这样,对这样一位代表了一个时代的人物,尤其是把他和已成泡影的盛世联系起来时,笔端便充满浓厚的怀念和强烈的叹惋之情。诗末两句以景结情,余味悠然不尽。你看老杜对玄宗的感情是多么深厚啊!

玄宗死于宝应元年(762)四月五日,杜甫这首诗应当写于此后不久。苏轼诗云:"不识庐山真面目,只缘身在此山中。"我们可以肯定地说,杜甫对玄宗的了解不及我们。他生活的时代,谁能大胆地说玄宗不好呢？他得到的信息是片面的,这是因为他"身在此山中",虽然他生活在唐代,反而不如我们对玄宗的认识深刻。造成时代和自己悲剧的,其实就是那个人,可是老杜不仅在诗里,而且是发自内心地怀念他,把他看作盛世的象征。这是杜甫的另一层悲剧。

把遗憾转化为审美
——读崔护《题都城南庄》诗

我们说的遗憾,不是外交辞令中的"遗憾"一词,外交上一旦用上这个词,实际上事态已然相当严重,表示遗憾只是为了委婉一些罢了。我们说的是生活中的遗憾,这种遗憾是一种情感,但这是一种什么样的情感,总觉得辞书上的解释并不准确,或者说不到位。《现代汉语词典》中把这个词释作"遗恨",举出的例子是"一时失足成了他终生的遗憾"。这是把"一失足成千古恨"的熟语变成了另一种说法,可是琢磨起来却是有问题的。"恨"在古代汉语里就是"遗憾"的意思,所以可以说"一失足成千古恨",但在现代汉语里,它的意义更强调愤恨、仇恨。你可以说他"一时失足成了他终生的遗憾",但要说"一失足成了他终生的遗恨"就不恰当。他有国仇家仇未报,含恨而死,我们可以说这成了他终生的遗恨。在语义的轻重上,两词有很大的不同,"遗恨"词义重,"遗憾"词义轻。

遗憾是生活中常常发生的事,也是人类普遍的一种情感体验。遗憾总是源于美好的愿望没有实现,或者美好的事物的消失。愿望有的大,有的小,事物有的重要,有的不太重要,因此造成的遗憾有深有浅。不管深浅,当遇上这种情况,人们常常会这样感叹:"如果是……那该多好啊!"当然还有另外一种表达:"唉,真是……!"诗人、艺术家能把这种感叹转化为审美,也就是说他们能把这种情感很优美地表达出来,让人们与他们产生共鸣,一起为美的愿望没有实现,或者美的事物的消失而感到惋惜,从对美的遗憾中感受到人们对美的追求和爱惜。既然遗憾是人人心中曾经发生或曾经存在的情感体验,那么表达这种情感的文学艺术作品便容易拨动人们的心弦,引起人们普遍的共鸣。这就是唐代诗人崔护《题都城南庄》诗的艺术魅力所在。

关于崔护这首诗的本事,唐人孟棨《本事诗》记载:

> 博陵崔护,姿质甚美,而孤洁寡合。举进士下第,清明日,独游都城南,得居人庄,一亩之宫,而花木丛萃,寂若无人。扣门久之,有女子自门隙窥之,问曰:"谁耶?"以姓字对,曰:"寻春独行,酒渴求饮。"女入,以杯水至,开门设床命坐,独倚小桃斜柯伫立,而意属殊厚,妖姿媚态,绰有余妍。崔以言挑之,不对,目注者久之。崔辞去,送至门,如不胜情而入。崔亦睠盼而归,嗣后绝不复至。及来岁清明日,忽思之,情不可抑,径往寻之。门墙如故,而已锁扃之。因题诗于左扉曰:"去年今日此门中,人面桃花相映红。人面只今何处去,桃花依旧笑春风。"后数日,偶至都城南,复往寻之,闻其中有哭声,扣门问之,有老父出曰:"君非崔护耶?"曰:"是

也。"又哭曰:"君杀吾女。"护惊起,莫知所答。老父曰:"吾女笄年知书,未适人,自去年以来,常恍惚若有所失。比日与之出,及归,见左扉有字,读之,入门而病,遂绝食数日而死。吾老矣,此女所以不嫁者,将求君子以托吾身,今不幸而殒,得非君杀之耶?"又持崔大哭。崔亦感恸,请入哭之。尚俨然在床。崔举其首,枕其股,哭而祝曰:"某在斯,某在斯。"须臾开目,半日复活矣。父大喜,遂以女归之。

读者千万不可相信这是事实。如果说这个故事前半部分还有点儿可取的话,后半部分则是传奇小说的情节了。类似的这种死而复生的情节,我们在唐传奇小说《离魂记》中也读到过。那是因为这首诗脍炙人口,流传过程中被添枝加叶附会上去的,唐诗中这种例子不少。实际上这首诗的本事我们完全可以从诗本身体会出来,这个故事就隐藏在诗句的背后。基本的事实就是诗人去年曾到此一游,这是都城长安城南的一个村庄,在这里他曾驻足一家门前,看到一位漂亮的姑娘,她热情地跟这位陌生的年轻人打招呼,甚至曾给年轻人送水解渴。姑娘倚门而笑,红润的脸庞与身边鲜艳的桃花互相映衬。那如花的笑容给诗人留下深刻的印象,或者说是美好的记忆。崔护是博陵人,唐代博陵郡在今河北定州市,年轻的崔护为什么到长安去呢?按当时的情况,应该是赴京城应举。唐代士子被地方上推荐后,头一年就来到长安,第二年春天考试。如果未能中举,不想放弃且家里又有资费的,还可以在长安继续待下来,等待下次再试。从诗中桃花春风的描写来看,崔护第一次到访,应该是在他应试后、放榜前到城南游玩时。考试前没有闲心游赏,考完正好放松一下,那时曾遇到这位美丽的姑娘。第二次到访,则应该是第二年的这个时候了。去年考试失利,今年再战,大概这次考试感觉比较好,为了释放一下愉快的心情,便又到城南来游玩了。他想再见到那位姑娘,甚至想把自己考试的感觉与她分享。他的目的倒未必像传说中说的那样,是想向女孩子求婚,唐代缔结婚姻的程序也不是这样的,一位贵族出身的士子也不可能与一个村女结婚。但当他再次来到这里时,这户人家已人去室空。这个家庭发生了什么变故?不知道。崔护的心情一下子变得非常失落,一个很平常的心愿、一个美好的梦像轻风一样吹过去了。于是崔护很遗憾地写了这首诗,以表达他遗憾的心情。

读这首诗有一种说不尽的美的感受充溢心间,一位漂亮姑娘的身影,一位美丽姑娘的红润脸庞在脑海里挥之不去。但是当你再读这首诗时,发现诗中并没有对女孩子做什么描写。直接的描写其实只有三个字:"人面……红"。但在每一位读者的心目中,这个女孩子的形象都不可能仅此而已,而是一个活生生的完整的美女形象,她的身材,她的脸庞,她的姿态,她说话的声音,她的眉眼、纤手……似乎都浮现在我们的脑海里。那是读者的想象,而这种想象是基于诗人为你创造的空间,是诗中的描写在引导你进行如此这般的想象。在这里诗人运用的是映衬的手法,是虚实相生的手法。诗人用桃花相映衬,而不去对姑娘的形象进行直接的刻画,让读者的想象去补充诗人留下的空间,那么这个女孩子的美就在读者的想象中了。每个人对女性美有不同的要求,这是审美观不同,每个人都根据自己的想象去完成美的女孩子的形象,可能每个人心中的姑娘都不一样,"一千个观众就有一千个哈姆雷特",但都是美的,是符合每一个读者的审美观的美。从表情达意考虑,这样写更能渲染出诗人的遗憾之情,你越想象姑娘的美,你的遗憾就越强烈。人的怜香惜玉爱花叹美之情是一种健康的情感,是应该培养和保持的。所以这种遗憾就是一种对美的爱惜。

  遗憾是一种普遍的情感,每个人都有自己的遗憾,遗憾的具体内容不同,但遗憾的情感特征却是相同的。读了这首诗,我们为崔护的遗憾而遗憾,同时也因为崔护的遗憾而引起我们对遗憾的体验,生活中谁没有错过一些机会,丧失过美好的东西呢?遗憾是一种不好的感受,而在艺术中却是一种审美体验。鲁迅说,好诗都被唐人写完了。如果说诗是抒情的,唐人几乎把人类所有情感都作了美的抒写,连遗憾这样的感受也被写得这样脍炙人口,因此不能不佩服唐人抒情的本领。这样的诗,我们还读到过晚唐诗人杜牧的一首。据《唐诗纪事》记载,杜牧早年游湖州,观民间水戏,路遇一女孩,长得漂亮可爱,因其年幼而未娶。十四年后,杜牧出任湖州刺史,当他又找到这位女孩时,她早已嫁人生子。惆怅之余,作《叹花》诗,云:"自恨寻芳到已迟,往年曾见未开时。如今风摆花狼藉,绿叶成荫子满枝。"叹花其实是叹人,"绿叶成荫子满枝"的"子"语意双关。崔护是为寻而不见而遗憾,杜牧是为寻见而美的对象发生了变化而遗憾。是的,通常情况下,一位手拉着几个孩子的母亲显然没有一位豆蔻年华青春年少的姑娘更有美感。

  现代人的生活中一样充满了遗憾,所以前些年,新加坡歌手许美静又以一首题为《遗憾》的歌打动了无数的听众。那是以一位女性的口吻为离她而去的男友而遗憾:"与其让你在我怀中枯萎,宁愿你犯错后悔。让你飞向梦中的世界,留我独自伤悲。与其让你在我爱中憔悴,宁愿你受伤流泪。莫非要你尝尽了苦悲,才懂真情可贵。"正因为如此,千余年前唐人写就的那些诗篇依然能打动读者,拨动人们的心弦,这就是唐诗永久的魅力所在。

慈恩寺旧游成追忆

提到长安慈恩寺，大家都很熟悉。唐僧玄奘长期在此寺翻译佛经，著名的大雁塔就在那里。《旧唐书·玄奘传》记载："高宗在东宫，为文德太后追福，造慈恩寺及翻经院，内出大幡，敕《九部乐》及京城诸寺幡盖众伎，送玄奘及所翻经像、诸高僧等入住慈恩寺。"寺院落成，高僧玄奘便受命为上座住持，并在此翻译佛经十余年。慈恩寺亦称大慈恩寺，是唐代长安四大佛经译场之一，佛教法相宗祖庭，在中国佛教史上具有十分重要的地位。

佛教对于唐代文学的影响是多方面的，其中佛寺与唐诗便结下不解之缘。唐代文士和僧人所写与佛教寺院相关的诗作数量庞大，据统计约占《全唐诗》所收作品的近五分之一。就是说在传世的五万多首唐诗中，就有上万首诗与佛寺有关。长安是唐诗中心，慈恩寺是长安最著名的寺院，诗人云集长安，慈恩寺是诗人必游之地，于是歌咏慈恩寺成为唐代持续不衰的诗的题材，著名诗人皆有与慈恩寺相关的诗作。

慈恩寺既然成为诗人文士欢聚之所,那里必然留下许多令人追忆的往事,慈恩寺旧游成为诗人们美好的回忆。在遭受了仕途的坎坷和人生的波折之后,旧地重游时不免触景生情,感慨今昔。元稹有《元和五年予官不了罚俸西归三月六日至陕府与吴十一兄端公、崔二十二院长思怆曩游因投五十韵》长诗一首,诗里回忆了与朋友们"闲行曲江岸,便宿慈恩寺"的往事(《全唐诗》卷四〇〇),昔游慈恩寺的情景历历在目,成为诗人心中永久的记忆。

元稹与白居易之间有关慈恩寺旧游的回忆,更是文学史上的佳话。元稹有《三月三十日慈恩寺相忆》诗相寄,追怀与白居易游慈恩寺的经历,白居易作《酬元员外三月三十日慈恩寺相忆见寄》(《全唐诗》卷四三九):

怅望慈恩三月尽,紫桐花落鸟关关。诚知曲水春相忆,其奈长沙老未还。赤岭猿声催白首,黄茅瘴色换朱颜。谁言南国无霜雪,尽在愁人鬓发间。

白居易与元稹自青年时代在长安相识,直到元稹去世,近三十年心心相印,情同手足。元稹任监察御史,到剑南道梓潼郡(在今四川三台)理案。其时白居易在长安,一日与时辈到慈恩寺游玩,在花木间设宴小酌。此时好友唯元稹不在,白居易触景生情,作《同李十一醉忆元九》诗,寄给元稹,诗云:"花时同醉破春愁,醉折花枝当酒筹。忽忆故人天际去,计程今日到梁州。"(《全唐诗》卷四三七)这时元稹果然正走到属于梁州的褒城县(在今陕西勉县),梦及故人,也写下寄给白居易的《梦游诗》:"梦君兄弟曲江头,也向慈恩院里游。驿吏唤人排马去,忽惊身在古梁州。"白居易和元稹一道在京为官时,朝夕相处,往往同游共吟,曲江池和慈恩寺之游成为两人共同系念的情结。

白居易诗集中有不少关于曲江、慈恩寺旧游的诗。其《慈恩寺有感》:"自问有何惆怅事,寺门临入却迟回。李家哭泣元家病,柿叶红时独自来。"(《全唐诗》卷四四二)这首诗乃元和末年白居易由贬地回到长安,因李杓直去世、元居敬老病而单独到慈恩寺出游时所作。李端有《慈恩寺怀旧》一诗怀念诗友,诗云:

去者不可忆,旧游相见时。凌霄徒更发,非是看花期。倚玉交文友,登龙年月久。东阁许联床,西郊亦携手。彼苍何暧昧,薄劣翻居后。重入远师溪,谁尝陶令酒。伊昔会禅宫,容辉在眼中。篮舆来问道,玉柄解谈空。孔席亡颜子,僧堂失谢公。遗文一书壁,新竹再移丛。始聚终成散,朝欢暮不同。春霞方照日,夜烛忽迎风。蚁斗声犹在,鹈灾道已穷。问天应默默,归宅太匆匆。凄其履还路,莽苍云林暮。九陌似无人,五陵空有雾。缅怀山阳笛,永恨平原赋。错莫过门栏,分明识行路。上智本全真,郄公况重臣。唯应抚灵运,暂是忆嘉宾。存信松犹小,缄哀草尚新。鲤庭埋玉树,那忍见门人。

此诗序云:"余去夏五月,与耿沣、司空文明、吉中孚同陪故考功王员外,来游此寺。员外,相国之子,雅有才称,遂赋五物,俾君子射而歌之。其一曰凌霄花,公实赋焉,因次诸屋壁以识其会。今夏,又与二三子游集于斯,流涕语旧。既而携手入院,值凌霄更花,遗文在目,良友逝矣,伤心如何。陆机所谓'同宴一室',盖痛此也。观者必不以秩位不侔,则契分曾(一作甚)厚,词理不至,则悲哀在中,因赋首篇,故书之。"(《全唐诗》卷二八四)序与诗共同表达了对亡友的怀念和痛悼之情。

　　唐代长安是全国政治文化中心,是佛教中心,也是诗歌中心。唐代著名诗人不是从长安走向各地,就是从各地汇集长安,那些闪耀在唐代诗坛上的明星皆与长安慈恩寺结下不解之缘。慈恩寺成为诗人游赏的胜地、歌咏的对象,慈恩寺的自然人文景观时时激发人们的诗兴,为后人留下大量优美的诗篇,吟咏慈恩寺的诗折射出大唐文化、诗人心态的方方面面。从这个小小的角度可以见出佛教文化对唐代诗歌繁荣所产生的极大的促进作用。

白居易《长安道》诗的及时行乐思想

白居易有一首题曰《长安道》的诗:

花枝缺处青楼开,艳歌一曲酒一杯。美人劝我急行乐,自古朱颜不再来。君不见,外州客,长安道,一回来,一回老。

这首诗除了见于《全唐诗》白居易部分,又见于《全唐诗》卷一八第七十一首,列入《横吹曲辞》,说明这首诗当时是被谱曲歌唱的,是唐代的流行歌曲。《横吹曲辞》,顾名思义,即为《横吹曲》填写的歌词。《横吹曲》,汉代时叫作《鼓吹曲》,是马上演奏的音乐,是军乐。后来分为两部,使用的乐器和使用的场合不同。有箫、笳者称为《鼓吹曲》,用之朝会和道路(皇上出行),也用来给赐将相(给赐是皇上给臣下的一种奖赏、一种荣誉);有鼓、角者称为《横吹曲》,用之军中,即马上所奏者。自隋朝以后,以横吹与鼓吹列为四部,专供大驾及皇太子、工公享用。按照唐朝的制度,太常寺负责音乐的使用和调配,其专门负责的是太常鼓吹令,"掌鼓吹施用调习之节,以备卤簿之仪"。卤簿,即仪仗队,起初专指帝王出行时扈从的仪仗队。东汉学者蔡邕书中记载:"天子出,车驾次第,谓之卤簿。"唐封演《封氏闻见记》卷五:"舆驾行幸,羽仪导从谓之卤簿,自秦汉以来始有其名。"实际上,汉代以后,后妃、太子、王公大臣皆有卤簿,各有定制,并非为天子所专用。

唐代时供大驾及皇太子、王公享用的乐曲分为五部:"一曰鼓吹部,其乐器有棡鼓、金钲、大鼓、小鼓、长鸣角、次鸣角六种。棡鼓一曲十叠,大鼓十五曲,严用三曲,警用十二曲,金钲无曲,以为鼓节。小鼓九曲,上马用一曲,严警用八曲。长鸣一曲三声,上马、严警用之。中鸣一曲三声,用与长鸣同。二曰羽葆部,其乐器有歌、鼓、箫、笳、铙于五种,凡十八曲。三曰铙吹部,其乐器与羽葆部同,凡七曲。四曰大横吹部,其乐器有角、节鼓、笛、箫、筚篥、笳、桃皮筚篥七种,凡二十四曲。五曰小横吹部,其乐器有角、笛、箫、筚篥、笳、桃皮筚篥六种,其曲不见,疑同用大横吹曲也。凡大驾行幸,则夜警晨严。大驾夜警十二曲,中警七曲,晨严三通。皇太子夜警九曲,公卿以下夜警七曲,晨严并三通。夜警众一曲,转次而振也。"(《全唐诗》卷一八)

白居易这首诗歌唱时应该是在大横吹部,歌唱时伴奏的乐器有角、节鼓、笛、箫、筚篥、笳、桃皮筚篥七种,凡二十四曲。这首诗就是二十四种曲中之某曲的歌词。读惯了白居易《秦中吟》十首和《新乐府》五十首,一读这首诗,立刻改变了我们对白居易的印象,因为这首诗塑造的抒情主人公形象根本不关心时事和现实,而是追求及时行乐。你看他栖身青楼,听着艳歌,看着艳舞,喝着美酒,身边还有"三陪女"一杯一杯地劝饮,简直是颓废。"艳歌"就是歌唱艳情的歌曲,用现在的话说就是黄色歌曲。

长安是周秦汉唐古都,汉代就有咏长安道的诗,汉乐府《横吹曲》中有此曲名,南朝陈后主、徐陵等皆有以《长安道》为题的诗,内容多写长安道上的景象和游子漂泊的感受。唐代时长安是首都,帝国的心脏。唐代交通发达,长安城内有十二条大道,由长安通向全国各地的驿道把帝国各地连成密集的交通网络。我们可以想见长安城中和由长安通往各地的大道两旁定然是青楼、店铺林立,那笔直的大道和繁华热闹的景象总是引起诗人们的遐思。唐代诗人喜用乐府旧题作诗,因此《长安道》成为诗人共同吟咏的题目,《全唐诗》卷一八除白居易这首诗外,还有沈佺期、崔颢、孟郊、顾况、聂夷中、韦应物、贯休、薛能等人的同题之作。面对长安的繁华,诗人们各有所思。有的人惊叹于长安的繁华。沈佺期诗云:"秦地平如掌,层城出云汉。楼阁九衢春,车马千门旦。绿柳开复合,红尘聚还散。日晚斗鸡回,经过狭斜看。"聂夷中诗云:"此地无驻马,夜中犹走轮。所以路旁草,少于衣上尘。"因为车马喧阗,日夜不息,所以路边少草,而人则行衣蒙尘。有的人则由长安的繁华引起人生的感叹。崔颢的诗是由长安的繁华想到人生的无常,一位得势一时的将军,可能"日晚朝回拥宾从,路傍拜揖何纷纷",但"莫言炙手手可热,须臾火尽灰亦灭"。孟郊则由长安的繁华和富人的奢侈想到自身的贫贱、穷人的不幸和社会的不公:"胡风激秦树,贱子风中泣。家家朱门开,得见不可入。长安十二衢,投树鸟亦急。高阁何人家,笙簧正喧吸。"顾况看到长安的繁华,想到找不到出路的归隐者:"长安道,人无衣,马无草,何不归来山中老?"韦应物写因战争而蒙主恩的将军的豪奢,揭露长安繁华背后的阴暗。和尚贯休一边颂扬明君贤臣,一边看到这繁华的长安实际上是一个充满世俗风尘的名利场:"黄尘雾合,车马火热。名汤风雨,利辗霜雪。"真是"天下熙熙,皆为利来;天下壤壤,皆为利往"(《史记·货殖列传》)。大家都为争名逐利而来,奔波于红尘之中。

白居易的诗则宣扬及时行乐。那是春光明媚的长安,大道两旁绿树成行,繁花似锦。成排的青楼歌馆掩映于绿树繁花之间,青楼里正觥筹交错,浅斟低唱。花枝缺处,指楼窗外花枝少的地方。开,是青楼窗开,诗人透过敞开的窗户,看到楼外的绿树。此时诗人正在青楼之内,有歌妓陪伴。诗人一边饮酒,一边听歌妓歌唱,一声声一句句都是劝客人及时行乐。"青楼"这个词,本义是青漆涂饰的豪华精致的楼房,原本指豪华精致的雅舍,有时则作为豪门高户的代称,如《晋书·麹允传》:"南开朱门,北望青楼。"曹植《美女篇》:"借问女安居,乃在城南端。青楼临大路,高门结重关。"唐张籍《妾薄命》诗:"君爱龙城征战功,妾愿青楼欢乐同。"邵谒《塞女行》:"青楼富家女,才生便有主。"后来专指妓院。南朝梁刘邈《万山见采桑人》诗:"倡妾不胜愁,结束下青楼。"(倡,古代泛指表演歌舞杂戏的艺人,也指妓女,通"娼",这里也可能指家妓)唐杜牧《遣怀》诗:"十年一觉扬州梦,赢得青楼薄幸名。"《警世通言·杜十娘怒沉百宝箱》说孙富"生性风流,惯向青楼买笑,红粉追欢"。清纪昀《阅微草堂笔记·槐西杂志一》:"姬蹙然敛衽跪曰:'妾故某翰林之宠婢也,翰林将殁,度夫人必不相容,虑或鬻入青楼,乃先遣出。'"而白居易此诗中的"青楼"则是歌舞妓院无疑。对此,大家也不必少见多怪,因为到青楼饮酒买唱,是唐代文人的常态。

唐代青楼歌馆流行以艳歌劝酒,晚唐诗人元晦《除浙东留题桂郡林亭》云:"莫遣艳歌催客醉,不堪回首翠娥愁。"(《全唐诗》卷五四七)施肩吾《代征妇怨》写五陵轻薄儿"长短艳歌君自解"(《全唐诗》卷四九四)。白居易此时正是一边饮酒,一边听歌妓唱艳歌。于是青楼里一派靡靡之音,歌妓唱着婉转动人的歌劝客人及时行乐,理由是"自古朱颜不再来"。人生如流水,一去不返,如不及时行乐,年老体衰时再想享受也没有条件了。为了强调自己的观点,青楼歌妓举出最有力的论据:客官您看,那些来长安经商的"外州客",他们常年奔波在长安道上,我看到他们每次来我青楼歌馆,都比上次更加老迈。这也符合人们的实际感觉,常常厮守在一起的人不觉得对方容颜的悄悄变化,而过了一段时间又见面的人才明显观察到对方的衰老。这可能就是歌妓的唱词,白居易从中获得灵感,信手拈来,写入诗里。歌妓也是取眼前景即事说理,可能就在白居易青楼买醉之时,旁边便有外州客也在那里饮酒寻欢呢。白居易显然被歌妓的劝说打动,不然他又为何写诗劝说我们呢? 歌妓为什么以"外州客"为例呢? 因为那些经商的外州客大都是腰缠万贯的大款,他们的日益衰老印证了一个事实,那就是尽管有钱,但钱不能阻挡时光飞逝,不能阻挡容颜日衰。歌妓的意思是,那些外州客活明白了,不惜到青楼歌馆一掷千金,学学他们吧。所以举外州客为例,还包含着钱不重要,享乐才最重要的意思。

敦煌五十九首佚名氏诗中的"退浑国"
——兼谈五十九首佚名诗写作年代

敦煌发现的《残诗集》存诗五十九首,见于敦煌写卷"伯2555号"文书。王重民在巴黎调查伯希和所获汉文写卷时全文录出,并进行了整理。关于这些作品的作者、写作年代及背景,王重民在《伯希和劫经录》中提示:"陷蕃者之诗。"在后来发表的《〈补全唐诗〉拾遗》一文中又说:"按其内容和编次,当是一人所写,……这位作者很可能是一位身遭吐蕃拘禁的敦煌使臣。这些诗所表现的时间和地点,约在唐代宗大历元年(766)凉州陷于吐蕃到德宗建中二年(781)敦煌沦陷之间。"王先生还认为他"出使吐谷浑",这是无从谈起的,因为此时吐谷浑早已不存在。唐高宗龙朔三年(663)吐谷浑已被吐蕃所灭。这些诗收入《敦煌唐人诗集残卷》,编入《全唐诗外编》。后又以《补全唐诗拾遗》为题收入陈尚君辑校《全唐诗补编》。

法国汉学家戴密微(P. Demiéville)将诗作注释,收入《吐蕃僧诤记》的"史料疏义"部分，并冠以"在吐蕃统治期间的汉文诗词"标题，认为这些作品反映了"唐代被囚困在吐蕃的汉人精神状态"。舒学《敦煌唐人诗集残卷》认为这些诗"是唐朝中期我国国内民族战争中被吐蕃俘虏的两个敦煌汉族人所作"，诗的作者"是唐德宗建中二年（781）吐蕃攻占敦煌后，在此年初秋被押解离开敦煌，经过一年零一二个月的时间，由墨离海、青海、赤岭、白水，到达临蕃"。《全唐诗外编》的编者在《敦煌唐人诗集残卷》中的按语采取了此说。高嵩《敦煌唐人诗集残卷考释》承此说，对每首诗进行了系年说明。阎文儒《敦煌两个陷蕃人残诗集校释》也认为诗集是德宗建中二年敦煌陷蕃时被掳去的文人的作品，并对诗集中所收诗作进行了校释和分析。与以上观点不同，柴剑虹《敦煌伯二五五五卷"马云奇诗"辨》认为，这些诗是唐至德或大历元年后、敦煌陷蕃之前，受猜疑而被吐蕃扣留的使臣之作，指出此五十九首与另外十二首可能为一人所作，但作者不是马云奇，"附记"中提出可能是"落蕃人毛押牙"的作品。台湾学者潘重规《敦煌唐人陷蕃诗集残卷作者的新探测》表达了与柴剑虹类似的观点，并进行了细致论证。

陈国灿师发表《敦煌五十九首佚名氏诗历史背景新探》一文，认为这五十九首诗虽经不少学者研究，仍觉疑问不少，关于作者的籍贯、身份地位问题，诗作反映的空间是哪个时期的背景，作者"入戎乡"的性质、任务及时间等都值得重新探讨。通过细致考证，他认为作者应是一位年轻时曾出家为僧的沙州寿昌县人氏，在敦煌受到可称之为"殿下"的沙州统治者恩遇和赏识，出仕为官，其地位比"落蕃人毛押牙"要高。从诗文本身考察，诗作反映的时代应该是归义军张承奉称金山国天子之后。作者从敦煌入蕃,其南行的性质是"被命出使",而不是被蕃军解离敦煌押往青海。其出使"肩负着金山国的重要政治使命",在金山国受到甘州回鹘进攻时入蕃求救。但在吐蕃,形势发生了变化,金山国屈服于甘州回鹘,他被吐蕃人猜疑囚系长达两年多,"诗人910年冬出使吐蕃,请求援兵的使命没有完成,反被监禁了两年多,可以说是彻底失败了。他的五十九首诗作,通过其经历、见闻,却给我们揭示了一段鲜为人知的历史秘密。它展现了金山国张承奉南结吐蕃的策略及活动,也反映了吐蕃对沙州屈服于甘州回鹘的不满,以及对其来使的迁怒。同时也是对10世纪初吐蕃统治下青海地区的一次社会风情大扫描。从历史学的角度看,佚名氏用自己亲身经历和泪水写成的这五十九首纪行诗篇,是对历史空白作的一个重要补充,具有极高的史学价值"。

我认为陈师的结论是可以接受的,一下子廓清了与这五十九首诗相关的诸多谜团。特别是关于《梦到沙州奉怀殿下》一诗的分析更是有力的论据,过去论者都没有注意到"殿下"之称所指,当陈师揭出这一论据之时,如果把这些诗仍然理解为沙州陷蕃时为吐蕃人所掳沙州官吏的诗,显然就无法解释这首诗中"奉怀"之"殿下"当作何指。但在论证诗作反映出的时代时,陈师认为诗中称敦煌郡与吐蕃陷落沙州不合,因为有唐一代,沙州改称为敦煌郡的时间仅在唐玄宗天宝元年(742)至肃宗乾元元年(758)之间,在这十六年的时间里,敦煌郡未曾被他族攻陷过。按传统见解,建中年间吐蕃攻陷沙州,诗人如是唐官,是不能违制擅自称沙州为敦煌郡的,州、郡并称的现象只有在归义军时代才有可能。这并不符合唐诗的实际。唐朝没有严格规定改郡为州时只能称州不能称郡,或改州为郡时只能称郡不能称州。诗人写诗更是随意,而且唐诗中喜用旧称几乎成为惯例,这在唐诗中相当普遍,比如李白诗中就常称徐州为彭城郡,白居易《长恨歌》"渔阳鼙鼓动地来"之渔阳即渔阳郡,此例不胜枚举。因此以诗中称沙州为敦煌郡,无法判定诗作的写作年代。

残诗集中第一首题曰《冬出敦煌郡入退浑国朝发马圈之作》,陈师认为"退浑"国名也是到唐末五代才出现的新写法,他举《旧唐书·吐谷浑传》"今俗多谓之退浑,盖语急而然",以为"今"就是《旧唐书》的作者、后晋刘昫等人的时代,也就是归义军统治敦煌时期。在敦煌卷子中,中唐以前的写卷只有"吐谷浑"或"吐浑"的称谓,而不见"退浑"一词。经过吐蕃统治沙州六十年之后,对居于墨离川一带的吐谷浑人始以"退浑"称之。这个论断不符合唐代的实际。"吐谷浑"改称"退浑",只是发音问题,与吐蕃统治无关。唐德宗贞元二十年(804),吕温奉使入吐蕃,曾赋《蕃中答退浑词二首》,其一:"退浑儿,退浑儿,朔风长在气何衰。万群铁马从奴虏,强弱由人莫叹时。"其二:"退浑儿,退浑儿,冰消青海草如丝。明堂天子朝万国,神岛龙驹将与谁?"诗序云:"退浑种落尽在,血为吐蕃所鞭挞。有译者诉情于予,故以此答之。"吕温(772—811)是中唐人,他于德宗贞元十四年(798)进士及第,次年中博学宏词科,授集贤殿校书郎。贞元十九年(803),得王叔义推荐任左拾遗。贞元二十年夏以侍御史为入蕃副使出使吐蕃,顺宗永贞元年(805)秋使还,转户部员外郎。历司封员外郎、刑部郎中。宪宗元和三年(808),因与宰相李吉甫有隙,被贬道州刺史,后徙衡州,世称"吕衡州"。可见中唐时人们已称亡国的吐谷浑人为"退浑儿"。所谓"退浑国"只是指吐谷浑故地,吐谷浑早已无国存在,吕温的诗即称"退浑种落"。因此,以"退浑"之称论断这些诗的写作年代,认为诗作印上了归义军时期称谓的烙印,不是可靠的论据。

张祜佛寺题咏诗的艺术特点

张祜,字承吉,唐代贝州清河(今河北邢台清河西)人,约唐德宗贞元八年(792)出生在清河张氏望族,家世显赫,被人称作张公子,初寓姑苏(今江苏苏州),后至长安,长庆年间令狐楚上表举荐他,但没有被朝廷任用。应辟诸侯幕府,受到元稹排挤,遂至淮南,喜欢丹阳曲阿之地,隐居以终,卒于唐宣宗大中六年(853)。张祜是中晚唐之际的著名诗人。杜牧评价他:"谁人得似张公子,千首诗轻万户侯。"张祜喜题咏,所至名胜多题诗,说他为"唐诗题咏第一人"非为过誉。他一生喜游佛寺,结缘禅理,交游僧侣,多有描写寺院禅林之诗。南宋诗论家葛立方在《韵语阳秋》卷四中说:"张祜喜游山而多苦吟,凡历僧寺,往往题咏。"元辛文房《唐才子传》卷六说他"忭爱山水,多游名寺"。

唐代佛寺题咏诗数量庞大,据李芳民《水亭山寺长年吟:唐代诗人寺院之游与诗歌创作》(收入《唐五代佛寺辑考》,商务印书馆,2006年)一文的统计,唐代文士和僧人所写与佛教寺院相关的诗作,约占

《全唐诗》所收作品的近五分之一。这种题咏诗可以分为两种：一种是言佛理，写景物；另一种是不涉佛理，只写景物。张祜的佛寺题咏诗多为不涉佛理，却在景物描写中展现佛思。"一切景语皆情语"，在静谧的佛寺中，钟声缭绕于耳，内心更为清净，苦闷之情也跃然纸上。一生坎坷的张祜，在遭受挫折之后，为寄托自己的失意之情，遂游心物外，到僧寺禅理中获取精神慰藉。张祜集中三百四十九首诗中涉佛诗达五十多首，直接题咏佛寺的诗有四十五首，"张祜集中题咏佛寺作品之多，的确为其他诗人所不及，共计有五律二十七首、五古四首、七绝八首、七律六首"（尹占华：《张祜诗集校注》前言，巴蜀书社，2007年）。大部分为游赏题咏寺院僧房之作。在看似逍遥无为的游览吟咏中，往往隐藏着诗人深深的苦闷之情。

这是张祜佛寺题咏诗情感内容最突出的特征。张祜的佛寺题咏诗在艺术上也颇具特色，尹占华先生《张祜诗集校注》对此有很高的评价："张祜的作品都能抓住那个特定地方的特定风貌，并加以集中、提炼与概括，因而'个性'特别突出。"如润州金山寺的"超然"、甘露寺的"开阔"、招隐寺的"静谧"，苏州虎丘东寺的"奇峻"、楞伽寺的"僻远"，常州善权寺的"奇异"、惠山寺的"幽清"、重居寺的"空寂"，杭州孤山寺的"幽静"、龙泉寺的"明媚"、普照寺的"奇清"，"都能抓住每一地方独特的环境氛围，创造出独特的艺术境界"。

首先，从结构上看，张祜佛寺题咏诗基本沿用"寺院—近/远景—近/远景—结语"的形式。诗人首联多描写佛寺的全貌，点出地点和寺名；颔联和颈联分别进行近景或远景的描写，近景为寺院之景，远景为在寺院远望之景;尾联多为诗人的抒情感悟。其中近景描写多为诗人所见之景,细润、清切、淡逸,极力摹其状貌,使现其真;而远景描写多为超然之景,幽胜、赏心、灵动,极力展其意境,使现其情。诗人在景物描写中常常以"虚景"和"实景"的对比,显其刻画之传神、观察之细腻。如《题万道人禅房》:"何处凿禅壁？西南江上峰"乃描写禅房近景,"残阳过远水,落叶满疏钟"为远景描写,"世事静中去,道心尘外逢"是影射自己,"欲知情不动,床下虎留踪"乃抒发对古之禅师的钦佩之情。屈复《唐诗成法》卷五评曰:"一、二禅房,三远景,五、六禅力,七、八证验。"黄生《唐诗摘抄》卷一云:"'落叶满疏钟'以虚境作实境,灵活幽幻,无理而有趣者也。"又如《题润州金山寺》:"一宿金山寺,超然离世群"点出寺院;"僧归夜船月,龙出晓堂云"为近景描写,朝夜对比显其幽隐之奇,乃诗人一宿之所见;"树色中流见,钟声两岸闻"为远景,乃超然之景,表现了见闻清远之逸。此乃屈复所说的"一、二寺,三、四近景,五、六远景,题外结"之意。又如《题杭州孤山寺》:"楼台耸碧岑,一径入湖心"状寺院之态,"不雨山常润,无云水自阴"乃超然之远景,"断桥荒藓涩,空院落花深"为诗人所见近景描写,"犹忆西窗月,钟声在北林"为诗人追忆之语。此也正如屈复所评:"一、二寺,三、四山水,五、六时景,七、八言前曾宿此也。"诗人《题虎丘东寺》描写虎丘东寺的近景"寺门山外入,石壁地中开",观察细致入微,着力刻画。方回《瀛奎律髓》卷四七云:"此诗非亲到虎丘寺,不知第四句之工。高堂之后,俯视石涧,两壁相去数尺,而深乃数十丈。其长蜿蜒曼衍而坼裂到底,泉滴滴然,真是奇观。故其诗曰'石壁地中开',非虚也。"这也体现了诗人观察之细。

其次,张祜的佛寺题咏诗往往与山水景物描写相结合,意境深远。张祜对佛寺景物的描写喜用"深""远"二字。如:"残阳过远水,落叶满疏钟"(《题万道人禅房》),写一抹残阳照耀在那遥远的水上,可见其空间距离之大。"断桥荒藓涩,空院落花深"(《题杭州孤山寺》),描写院落被落花覆盖,"深"字显落花之多、覆盖之深、之严密,落花之态也体现了环境之幽静。"中路见山远,上方行石多"(《题余杭县龙泉寺》),描写了山之高远。"远岫碧光合,长淮清派连"(《题濠州钟离寺》),写山光水态。"洞壑江声远,楼台海气连"(《题杭州天竺寺》),写江水的远去,也有时光如江水远逝之意。"凿石西龛小,穿松北坞深"(《题苏州思益寺》)中"深"有深入、深藏不露之意,表现了苏州思益寺的僻静。"竹径深开院,松门远对山"(《题重居寺》),写松竹静静地植根于深院中,与远处之山遥相辉映,反映出诗人内心的宁静。"松径上登攀,深行烟霭间"(《题南陵隐静寺》),写诗人攀缘而上直深入烟雾中,"深"字表现出了隐静寺笼罩于一片烟雾之中,神秘而清幽。"云树拥崔嵬,深行异俗埃"(《题虎丘东寺》)也表达了诗人前行不后退的信念。又如:"松色入门远,岗形连院多"(《题虎丘西寺》),写虎丘西寺地处幽僻,远离尘嚣,周边连松树都不生长;"惆怅旧禅客,空房深荔萝"写其萧索,房间中角落处有着薜荔与女萝,表达了诗人对往昔的怀念与惆怅之情。"秋风吹叶古廊下,一半绳床灯影深"(《题灵澈上人旧房》),写秋风萧瑟,古廊被落叶覆盖,旧房内满是灯影,表达了诗人的孤寂落寞之情。"夜半深廊人语定,一枝松动鹤来声"(《峰顶寺》),写通道幽深,寂寂无人语,只闻松枝瑟瑟和仙鹤振翅飒飒之声,表现了夜晚的寂静、峰顶的人迹罕至。"楼影暗连深岸水,钟声寒彻远溪烟"(《秋夜登润州慈和寺上方》)写塔楼映照水面的暗影,"深"字点出水之深度,而深水无波澜,这静谧与烟雾缥缈中的钟声相映成趣。在张祜诗中,"深"大多写眼前佛寺近景,"远"多形容从寺院远望之景,既是他的实际观感,又加深了诗歌境界的深幽阔远。

再次,张祜对佛寺自然景物的描写喜用"云"作为意象。诗人离乡远游,漂泊无定,"云"容易触发其身世飘零之感;张祜最终以处士终身,作为一个隐者,常出入于僧院禅房,深受佛教观念影响,有着宗教感化下的佛家心态,深明佛理禅意,"云"又往往引起他对佛教禅理的感悟。因此,在他的诗中写到云的地方特别多。云作为自然界中的景物,既真切可见又缥缈不定,不禁让人生起光阴飞逝、世事无常之感。云又是洁白的、通透的,它的高远洁净表达了诗人对真善美的向往。"冷云归水石,清露滴楼台"(《题润州甘露寺》),用"冷"形容云,写云给诗人造成的清冷之感。"蹑云丹井畔,望月石桥边"(《题杭州天竺寺》),"月""云"相互映衬,见诗人自然洒脱之情,一个"蹑"字给人以缥缈之感。"更怜飞一锡,天外与云还"(《题南陵隐静寺》),写诗人想与云一同归去,可见诗人渴望身心解放,渴求自由的心灵空间。"殷勤望城市,云水暮钟和"(《题惠山寺》),写寺钟与云水相谐应,即便望着喧嚣的城市,也静心清思,体现了诗人空灵、睿智的禅心。"雾青山色晓,云白海天秋"(《题虎丘寺》)中云雾缭绕,"青""白"相映,从淡逸之景中即反映出诗人的无所执着、随性之举。"石上漱秋水,月中行夏云"

（《题惠昌上人院》），描写月亮在云中穿行，体现了云的温柔性情与流动之美，展现了玲珑剔透的意境。"蠧户浮云过，斜轩早雁翔"（《题重玄寺阁八韵》），用"浮"字写云的缥缈不定，影射出诗人对世事变幻、空虚的感叹。"乱云行没脚，欹树过低腰"（《题天竺寺》），云虽乱但诗人的心不乱，正是诗人的淡泊无心、闲适清净才能于乱中取静。

最后，张祜描写环境氛围时喜取夜景。在四十五首佛寺题咏诗中，描写夜景的有十六首，占三分之一以上。根据诗人情绪的变化，夜晚也被赋予了不同含义。"星霜几朝寺，香火静居人"（《题赠仲仪上人院》）有夜的静谧，有独观香火的清幽。"夜香闻偈后，岑寂掩双扉"（《题造微禅师院》）是诗人于夜深人静之时思考禅理，强调领悟佛理后心情的安静与畅适。"僧归夜船月，龙出晓堂云"（《题润州金山寺》）的朝夜对比，凸显出环境之幽隐。"犹忆西窗月，钟声在北林"（《题杭州孤山寺》）乃月景之夜，表达了诗人对往昔的思念之情，写当年在此听闻钟声的情景至今历历在目。"月色荒城外，江声野寺中""不妨无酒夜，闲话值生公"（《秋夜宿灵隐寺师上人》）乃写秋夜的萧索之景，表达与高僧大德闲话打发时光的意愿。"五更楼下月，十里郭中烟"（《题杭州灵隐寺》）写夜月于炊烟中清晰可见。若诗人心情是愉悦的，则夜景也变得可爱起来："泉声到池尽，月色上楼多"（《题惠山寺》）写临泉赏月，夜晚也变得轻快起来。"竹光寒闭院，山影夜藏楼"（《题招隐寺》）写竹子于夜晚反射出的月光使深院生寒，山影掩盖之下的楼阁影影绰绰，不免让人感到冷漠和晦暗。"半夜四山钟磬尽，水精宫殿月玲珑"（《东山寺》），夜半钟磬声给人一股沁入肌肤的寒意。"夜半深廊人语定,一枝松动鹤来声"(《峰顶寺》)写出高居峰顶的佛寺夜晚的寂静。"清夜浮埃出井鄘,塔轮金照露华鲜""人行中路月生海,鹤语上方星满天"(《秋夜登润州慈和寺上方》)又写秋夜之景,天空被星星点缀,夜也变得清新。张祜题咏佛寺的诗中多写夜景与他的生活经历有关,唐代佛寺有栖寄功能,可供行旅寄宿。当时的名士喜与高僧交游,自然也常寓居僧房禅院。对于政治失意、漂泊无定的张祜来说,夜宿佛寺,正是思绪万千、静思逆旅之时,自然界深夜凄清静寂之景与个人失意情怀融为一体,便成为激发其灵感赋诗的契机。

唐代佛寺与诗歌结下不解之缘,佛寺成为诗人游赏的胜地、歌咏的对象,佛寺的自然人文景观时时激发人们的诗兴,为后人留下大量优美的诗篇。吟咏佛寺的诗折射出大唐文化、诗人心态的方方面面,从张祜佛寺题咏诗这个小小的角度,可以见出佛教文化对诗人心态的影响,以及对唐代诗歌繁荣所产生的极大的促进作用。

落拓不羁的晚唐才子温庭筠

温庭筠(？—866)，本名岐，字飞卿，太原(今山西太原市西南)人，早年居住在长安近郊鄠县(今陕西户县)，后又曾随家客于江淮。他是唐初宰相温彦博的后代，主要生活在唐代文、武、宣、懿四朝。

温庭筠少敏悟，工为辞章。宣宗大中初年，入京应举，由于他苦心钻研，尤长于诗赋，因此初至京师时甚为士人推重。但由于他为人放荡，不修边幅，能配合音乐作侧艳之词，喜与贵族无赖子弟交游，赌博饮酒，常酣醉终日，有行为不检的名声，所以累年不第。他不守考场规则，恃其才思敏捷，考场上多次作弊，代人作文，因此为主考官所不满。

徐商任襄阳观察使，引温庭筠入幕，任为观察巡官。懿宗咸通年间，徐商诏征入朝，温庭筠失意归江东，路过扬州。这时令狐绹任淮南节度使，镇扬州。温庭筠因为令狐绹为相时，自己应举没有得到令狐绹的援引，有所怨恨，因而不去谒见，却与新进少年出入于青楼歌馆。他曾到扬子院借钱，深夜醉酒，违犯禁令，被巡逻的虞候打破脸面，还打折了牙齿,这时才见令狐绹告状。令狐绹捉拿虞候,审理此案。虞候大讲温庭筠出入青楼歌馆的丑闻,于是令狐绹对二人都未治罪。此事闻于京师,温庭筠名声大坏。他亲自到京,投书公卿大臣,替自己洗刷冤屈。此时徐商执政,替他说了些好话,后来温庭筠还得到国子监助教之职。但不久徐商罢相出镇,杨收为相,他对温庭筠的所作所为非常愤恨,把他贬为方城尉,不久温庭筠即抑郁而终。

在晚唐诗坛上,温庭筠颇负盛名,人们曾将他跟另一位大诗人李商隐并称为"温李"。当时李商隐、温庭筠和段成式皆以诗闻名于世,其诗皆有"以浓致相夸"(辛文房《唐才子传》卷八)的倾向,三人都在兄弟中排行第十六,因此有"三十六体"之说。温庭筠在诗歌方面的成就虽然比不上李商隐,但诗歌内容也很丰富,其中也有不少佳篇。落拓不遇的生活遭际,使他对当时的政治弊端有较深的感触,因此他也写了一些反映现实的诗篇,如《烧歌》就反映了晚唐沉重的赋税剥削,表达了对农民的同情和对统治者的不满。《过华清宫二十二韵》《鸡鸣埭歌》和《春江花月夜》等诗则借古讽今,在批判历史上荒淫腐化的君王的同时,为晚唐统治者传神写照。温庭筠富于才华,但他生活在政治腐败的晚唐时期,未展其用,因此他的诗更多的是咏叹个人身世,抒发流落不偶的感慨。这种诗有的把个人失意之感与感时忧世之情联系起来,格调较高,如《山中与诸道友夜坐,闻边防不宁,因示同志》就是这样的好诗。他的吊古抒怀诗也有一些好的作品,如《过五丈原》《过陈琳墓》《蔡中郎坟》等。他描写自然景物的小诗有的也写得清新可喜。"鸡声茅店月,人迹板桥霜""高风汉阳渡,初日郢门山""波上马嘶看棹去,柳边人歇待船归"等,都是脍炙人口的名句。

关于温庭筠诗的艺术成就,清代诗论家吴乔说:"七古句雕字琢,腴而实枯,远而实近","五言律尤多警句,七言律实自动人"(《围炉诗话》)。王国安说:"温庭筠的诗作具有两种不同的面貌。他的乐府诗和七古,受到吴歌西曲和梁陈宫体诗的影响较多;在唐代诗人中,则主要是模仿李贺,但又缺乏李贺诗中所蕴含的政治内容。有些作品,除了内容空虚外,由于过分讲究藻饰,使人读了产生朦胧恍惚的感觉,其词意晦涩的弊病,较之李贺、李商隐更为严重。而他的一部分近体诗,却是气韵清拔,格调高峻,面貌同他的乐府诗迥然不同。""温庭筠很注意诗歌语言的锤炼,遣词造句不肯蹈袭前人。如果我们仔细地加以鉴别,剔除那些浓词艳语,确能体味到其工丽奇崛的特点。"(《温飞卿诗集笺注》前言,上海古籍出版社,1980年)温庭筠精通音律,善于填词,又是骈文名家,因此他的诗歌还富于音节之美,特别是一些乐府诗,读起来更是音调和谐。

温庭筠是文学史上第一位大力写词的作家,在词史上与韦庄并称"温韦"。他现存词作有约七十首,几乎都是写男女恋情,艺术上以浓丽绵密为主,深受五代后蜀词人推崇,赵崇祚编《花间集》,把温庭筠列为首位,他对词的发展有很大影响。

唐代舞马与诗

西安市南郊何家庄发现的唐代金银器窖藏坑，出土文物多达千余件，装在两口大瓮和一个银罐中，其中金银器皿271件。窖藏地点位于唐代长安城内兴化坊遗址西南部，专家们考证埋藏时间约在安史之乱以后。兴化坊西门附近有邠王李守礼（中宗次子）的府宅，推测这批窖藏是邠王府的遗物，可能是战乱中仓促埋下而后因故未能挖出。

这批金银器中有一件鎏金银质仿皮囊壶，高18.5厘米，扁圆腹，莲瓣纹壶盖，弓形提梁，一条细链连接着壶盖与提梁。壶底与圈足相接处有同心结图案一周，系模仿皮囊上的皮条结。圈足内墨书"十三两半"，系银壶的重量。壶腹两侧用模具冲压舞马图，马臀肥体健，长鬃披垂，颈系花结，绶带飘逸。舞马口衔酒杯，前腿斜撑，后腿蹲屈，马尾上摆，好似配合着音乐节拍舞蹈。马身和提梁、壶盖及同心结纹带均鎏金，使得银壶华贵精美，明快悦目。银壶构思巧妙，工艺精细，匠心独运，堪称国宝。

唐代在举办盛大典礼和逢节日时,特别是玄宗朝每年八月五日千秋节(唐玄宗生日),常于兴庆宫勤政殿楼下举行宴会庆典,有舞马表演。舞马有从外国入贡得来的,玄宗手下的梨园弟子也为他训练了不少舞马。这些马用金银珠玉装饰鬃毛,背上披挂文绣彩衣,然后按毛色分别部目,起名为"某家宠""某家骄"等。又选年少俊美的乐工数人,着淡黄衣衫,系文玉腰带,在舞马表演时伴奏乐曲。舞马有单匹表演,设三层板床,驭手乘马而上,旋转如飞。有时由大力士手举一榻,马舞于榻上。也有群舞,成群的舞马、驯犀、驯象在音乐的伴奏下先后入场,跪拜起舞。杜甫《千秋节有感》诗中写舞马:"舞阶衔寿酒,走索背秋毫。"千秋节宴会上,舞马衔杯而舞,为皇帝祝寿。贾至《白马》诗写舞马场面:"白马紫连钱,嘶鸣丹阙前。闻珂自蹀躞,不要下金鞭。""蹀躞",小步慢舞的动作。寒食节宫中亦表演舞马。李德裕《寒食日三殿侍宴奉进诗一首》写寒食宫中的活动:"宛转龙歌节,参差燕羽高。风光摇禁柳,霁色暖宫桃。春露明仙掌,晨霞照御袍。雪凝陈组练,林植耸干旄。广乐初跄凤,神山欲抃鳌。鸣笳朱鹭起,叠鼓紫骍豪。象舞严金铠,丰歌耀宝刀。""紫骍",良马名,它随着鼓声豪迈地起舞。诗中除了舞马,还有舞象。

舞马来自域外,本身已经包含着皇威远被、外族来朝的意味。中国人又用"百兽率舞"象征帝王修德,时代清平。《尚书·舜典》中夔云:"予击石拊石,百兽率舞。"以此赞美舜的圣明。盛唐时把舞马、舞犀、舞象的表演视为太平盛世的象征,正体现了"百兽率舞"的内涵。诗人张说有《舞马千秋万岁乐府词》七言诗三首,其中有云:"圣皇至德与天齐,天马来仪自海西。腕足徐行拜两膝,繁骄不进踏千蹄。髟髵奋鬣时蹲踏,鼓怒骧身忽上跻。更有衔杯终宴曲,垂头掉尾醉如泥。"又有《舞马词》六言诗六首,其中有云:"屈膝衔杯赴节,倾心献寿无疆。""圣君出震应箓,神马浮河献图。足踏天庭鼓舞,心将帝乐踌躅。"舞马之曲在中宗时为《饮酒乐》,在玄宗时为《倾杯乐》《升平乐》。此曲出自饮宴,故奏乐之时,舞马亦须"以口衔杯,卧而复起"。唐代舞马辞有两体,一为六言四句,一为七言八句。前者应为《饮酒乐》《倾杯乐》之辞,后者应为《升平乐》之辞。在借舞马歌功颂德的诗中,薛曜《舞马篇》最有代表性:

> 星精龙种竞腾骧,双眼黄金紫艳光。一朝逢遇升平代,伏皂衔图事帝王。我皇盛德苞六宇,俗泰时和虞石拊。昔闻九代有余名,今日百兽先来舞。钩陈周卫俨旌旄,钟镈陶匏声殷地。承云嘈囋骇日灵,调露铿鋐动天驷。奔尘飞箭若麟螭,蹑景追风忽见知。咀衔拉铁并权奇,被服雕章何陆离。紫玉鸣珂临宝镫,青丝彩络带金羁。随歌鼓而电惊,逐丸剑而飙驰。态聚踊还急,骄凝骤不移。光敌白日下,气拥绿烟垂。婉转盘跚殊未已,悬空步骤红尘起。惊凫翔鹭不堪俦,矫凤回鸾那足拟。蘅垂桂裹香氛氲,长鸣汗血尽浮云。不辞辛苦来东道,只为箫韶朝夕闻。闾阖间,玉台侧,承恩煦兮生光色。鸾锵锵,车翼翼,备国容兮为戎饰。充云翘兮天子庭,荷口用兮情无极。吉良乘兮一千岁,神是得兮天地期。大易占云南山寿,趑趄共乐圣明时。

薛曜是武则天时期人,诗极尽歌功颂德之能事。

美国汉学家薛爱华(Edward H. Schafer)在《撒马尔罕的金桃：唐代舶来品研究》一书中，曾经指出这种舞马"应该属于中唐之际外来的珍奇异物"。薛爱华说它是舶来品，但并没有说明最早什么时候传入，来源地是哪里。他引用了晚唐诗人陆龟蒙写舞马的一首诗，其中有"月窟龙孙四百蹄"之句，指出这里的"月窟"就是李白诗中提到的西突厥斯坦的"月支窟"。言下之意，这种舞马当是从西域或中亚传来的。这种猜测并不准确。舞马传入中原，不自唐代始，至迟南北朝时已经传入，是从以现在青海省为腹地的吐谷浑国传入的。《宋书·鲜卑吐谷浑传》记载："世祖大明五年，拾寅遣使献善舞马、四角羊。皇太子、王公以下上《舞马歌》者二十七首。""世祖"是刘宋孝武帝刘骏，"拾寅"是吐谷浑国主。拾寅向刘宋进贡舞马的事，在《宋书·谢庄传》也有记载："河南献舞马，诏群臣为赋，……又使庄作《舞马歌》，令乐府歌之。"吐谷浑国主因为接受南朝政权的"河南王"封号，吐谷浑政权又称河南国。古代青海之地出良马，唐初"频遣使朝贡"(《旧唐书·吐谷浑传》)。太宗时唐军远征吐谷浑，将军李大亮"俘其名王二十人，杂畜数万"。高宗时唐朝与吐谷浑建立和亲关系，吐谷浑也会频繁入贡。在吐谷浑的贡物和唐军战利品中都可能有其特产"舞马"。唐朝的舞马有的是宫廷调习的，玄宗宫廷有调习舞马的驯马师，"塞外亦有善马来贡者，上俾之教习，无不曲尽其妙"(《明皇杂录》)。诗人韩翃看到过调习舞马的情景，其《看调马》诗云："鸳鸯赭白齿新齐，晚日花中散碧蹄。玉勒斗回初喷沫，金鞭欲下不成嘶。"赭白，马名。诗写调马师以金鞭调教一对赭白马。王建《楼前》诗也写宫中舞马："天宝年前勤政楼，每年三日作千秋。飞龙老马曾教舞,闻著音声总举头。""作千秋"即为玄宗祝寿。舞马表演是千秋节的规定节目,每当千秋节宴会上音乐响起,那匹年迈退役的舞马仍习惯性地随之昂首奋蹄。

这种驯兽表演是唐朝宫廷重要的娱乐节目。宋顾文荐《负暄杂录》记载,"唐宴吐蕃蹀马之戏",马鞍上装饰着五色彩丝、金具装,马头上套着麒麟头饰,马身上配上凤凰翅膀。当音乐响起,舞马皆"随音蹀足,宛转中节",那场面令吐蕃使者看得惊诧不已。唐玄宗时宫廷里养了更多的舞马,据说有"四百蹄"(一百匹)之多。驯兽表演是玄宗生日千秋节和朝廷重大典礼上的节目。安禄山担任边镇节度使后,有机会多次到长安,他亲眼看到过这种表演。上百匹的舞马分为左右两队,衣以文绣,络以金银,饰其鬃鬣,间杂珠玉,一边随着音乐舞蹈,一边口衔酒杯以祝寿,舞曲名《倾杯乐》。那些舞马奋首鼓尾,纵横应节,皆如人意。舞马退场,成群的犀、象入场,它们在音乐伴奏下时而跪拜,时而起舞,动作姿态、行列次序,皆合于音律,那情景真叫人目眩神迷。

在唐玄宗庆祝生日的宴会上,舞马、舞犀、舞象场面壮观的表演引得野心家安禄山垂涎三尺,进而产生了夺取大唐江山的幻想,于是导致了后来的安史之乱。《明皇杂录》记载:"禄山常观其舞而心爱之。"《资治通鉴》的作者司马光认为,安禄山这种艳羡之情成为他后来发动叛乱的动因之一。司马光批评唐玄宗:"自谓帝王富贵皆不我如,欲使前莫能及,后无以逾,非徒娱己,亦以夸人。岂知大盗在旁,已有窥窬之心,卒使銮舆播越,生民涂炭。乃知人君崇华靡以示人,适足为大盗之招也。"当安史叛军打破潼关,玄宗仓皇幸蜀,叛军进入长安,远在洛阳的安禄山便迫不及待地"命搜捕乐工,运载乐器、舞衣,驱舞马、犀、象皆诣洛阳"(《资治通鉴》卷二一八)。安禄山在洛阳凝碧宫举行了盛大的乐舞表演。他还特意挑选了几匹舞马送到范阳,以便他临幸时观赏。看来声色之欲的确是安禄山祸心的发酵剂。杜甫《斗鸡》诗讽刺唐玄宗生活的奢侈腐化:"斗鸡初赐锦,舞马既登床。帘下宫人出,楼前御柳长。仙游终一闷,女乐久无香。寂寞骊山道,清秋草木黄。"显然看到了舞马与玄宗的悲剧之间的因果关系。李商隐的诗《思贤顿》的命意与杜诗相同:"内殿张弦管,中原绝鼓鼙。舞成青海马,斗杀汝南鸡。不见华胥梦,空闻下蔡迷。宸襟他日泪,薄暮望贤西。"在中原地区一片歌舞升平中,宫中盛行舞马和斗鸡的游戏,直到悲剧发生,玄宗仓皇西幸。此诗题注:"思贤顿,即望贤宫也。"顿是途中住宿处,思贤顿在咸阳县境,是玄宗逃往蜀中途经之地,玄宗至此十分狼狈。《旧唐书》记载,天宝十五载(756)六月乙未辰时,"至咸阳望贤驿置顿,官吏骇散,无复储供"。

与舞马同样进行杂技表演的驯犀、舞象是从东南亚国家传入的。《三国志·士燮传》记载,士燮为交趾太守,"每遣使诣(孙)权,致杂香细葛,辄以千数,明珠、大贝、流离、翡翠、玳瑁、犀、象之珍,奇物异果,蕉、邪、龙眼之属,无岁不至"。南朝时犀、象是林邑国入贡的常用物品。唐贞观时林邑"遣使贡驯犀"(《旧唐书·林邑传》)。林邑在今越南南部。唐朝宫廷就是以成群的马、犀、象的舞蹈表演,来形象地诠释"百兽率舞"这一成语的内涵的。

唐代诗人不喜欢县尉之职

吟赏唐初诗人王勃《送杜少府之任蜀川》一诗，眼前常常浮现出与王勃拱手作别的杜少府泪眼汪汪的样子。诗最后两句说："无为在歧路，儿女共沾巾。"意思是说：男子汉嘛，不要在分别时哭哭啼啼，像小儿女一样。如果当时杜氏没有流泪的话，这两句诗就成了无的放矢之辞，或者是替朋友过分担心。那么，杜氏为何如此伤感，甚至在朋友面前失态呢？这首诗的题目已经回答了这个问题，一是他担任的职务是"少府"，二是他赴任的地方是"蜀川"。蜀川，有的本子作"蜀州"，大概有误，因为王勃送别杜氏时唐朝还没有在现在的四川一带置蜀州。《新唐书》卷四二《地理六》云："蜀州唐安郡，紧。垂拱二年析益州置。"武后垂拱二年即686年，这时王勃已于十年前即高宗上元三年（676）去世。"蜀川"不过是泛称，就是指四川一带。唐前期士人仕宦心态是重内轻外，更视远宦为流贬，四川远离唐朝政治中心长安，地接夷蛮，蜀道之难又是两地交通的巨大障碍，这样的任命令人失望和痛苦。

这个我们且不说,但说"少府"一职。古时称县令为"明府",县尉是县令的僚佐,故称少府。周煇《清波杂志》卷十云:"古治百里之邑,令拊其俗,尉督其奸,故令曰明府,尉曰少府。"说明杜氏千里迢迢赶往四川,是到这样一个偏远的地方任某县的县尉。这可能是杜氏倍加痛苦的原因。如果是担任益州刺史或益州大都督,虽然仍在剑外,情况可能就不同了。在诗人的观念中,赴边远地区任县尉,是人生的一大悲剧。在唐诗中我们还读到不少县尉写的诗,或写给县尉的诗,这些诗几乎异口同声地嫌弃这一职务。县尉不管怎么说,在唐代也是国家公务员,按照台湾学者赖瑞和教授的研究,属基层文官,是吃皇粮的。诗人们为什么就对这个职务不"感冒"呢?

县尉之职设置很早,《通典》卷三三《职官十五》云:

尉:汉诸县皆有。(长安有四尉,分为左右部)后汉令、长、国相亦皆有尉。大县二人,小县一人,主盗贼,案察奸宄,(应劭《汉官》曰:"大县丞、左右尉,所谓命卿三人。小县一丞一尉,命卿二人。")署诸曹掾史。边县有障塞尉,掌禁备羌夷犯塞。(洛阳有四尉,东西南北四部,曹公为北部尉是也)魏因之。晋洛阳、建康皆置六部尉。宋、齐、梁、陈并因之。余县如汉制。诸县道(道字疑衍)尉,铜印黄绶,朝服,武冠。江左止单衣介帻。北齐郡县置三尉。隋改为正,后置尉,又分为户曹、法曹。(说在《县佐篇》)大唐初,因隋制。(武德元年,万年县法曹孙伏伽上表论事,后为尚书右丞)武德中,复改为正。七年三月,复改为尉。赤县置六员,他

县各有差,分判诸司事。(上县二员,万户以上者增一员;中县一员,四千户以上者增一员;中下县一员。佐史以下各有差)

从汉至唐,其职名时有改换,职责亦曾有分合,员额亦曾有增减。由此我们知道,县尉是县一级政府的职官,一般一县一尉,但大县则置二尉,首都西汉时有四尉,晋以后有六尉。隋朝时还曾称为县正,但不久仍称县尉。其职责是"主盗贼,案察奸宄",即负责地方治安。跟现在派出所掌握地方户口一样,县尉也要掌握当地人口户籍,还要精通法律,熟悉处罚条例。所以隋朝曾设户曹、法曹分掌其事。唐初也曾依隋制设户曹和法曹,后来改称县正,不久又改称县尉。据《唐会要》卷六九"丞簿尉"条,武德七年(624)三月二十九日,改县正为县尉。其员额根据县的级别高下与人口多少而有不同。具体来说,即赤县有六员,上县和超过四千人的中县二员,一般的中县和小县一员。

县尉一职官小位卑,但各县因距京都远近、所辖之地人口多寡和经济文化发展水平不同,其县尉地位也不同。据《旧唐书》卷四四《职官三》,其品阶如下:

京县尉即长安、万年、河南、洛阳、太原、晋阳六县县尉,六人,从八品下。

畿县尉即京兆、河南、太原所管诸县县尉,二人,正九品下。

上县尉,二人,从九品上。

中县尉,一人,从九品下。

中下县尉,一人,从九品下。

下县尉,一人,从九品下。

可知,县尉之职有美有恶。县尉是县令的僚属,在县政府里还有县丞、主簿等,品位都比县尉要高。《新唐书》卷四九下《百官四》下云:"县令掌导风化,察冤滞,听狱讼。凡民田收授,县令给之。每岁季冬,行乡饮酒礼。籍帐、传驿、仓库、盗贼、堤道,虽有专官,皆通知。县丞为之贰,县尉分判众曹,收率课调。"上文讲到县尉掌握当地户口,跟他"收率课调"有关,率、调依户口收缴,负责收率课调的县尉当然要熟悉户口的增减、多少。百姓不完纳赋税,甚至起而反抗,便被视作盗贼,加以惩处,当然成为县尉的职责。不管美恶,县尉之职掌和地位,在那些风流倜傥的诗人眼里,不仅地位卑贱而且低俗。

唐朝县尉之卑,如果公务有失,会当众遭到责打。施鸿保《读杜诗说》卷二曾有考证,云:

> (杜甫)《送高三十五书记》云:"脱身簿尉中,始与捶楚辞。"注:捶楚有二说,一是尉自受楚,一是尉楚罪人。邵博《闻见录》引杜牧之诗"参军与簿尉"云云,言尉自受楚也;张绖引韩昌黎诗"栖栖法曹掾"云云,言尉楚罪人也。万斯同说:与人赠寄而举其戮辱贱事,似不近情,考高适为封邱尉时,诗云"鞭挞黎庶令人悲",故公诗云然,即用高适诗意也,作尉楚罪人为是。今按顾亭林《日知录》,历引前史簿尉有罪受捶楚者,谓诗当从邵说。窃意簿尉受楚,虽当时常事,然不必凡簿尉皆同也。高虽为尉,或未受楚,故诗及之。云"脱身",云"始辞",正幸其自此可以终免,从邵说正是。若作尉楚罪人说,则簿尉之事,猥琐甚多,即高诗又云"拜迎官长心欲碎"亦是,何必独举此事言之,且高在封邱所作诗,公亦未必

遽见。

顾炎武说见《日知录》卷二八"职官受杖"条。

我们注意到,由于县尉之职卑俗,那些担任了此职的人往往情绪低落,心怀抑郁,有的干脆弃职而去,另谋他就。唐前期从军入幕,有借军功而获出身和升迁的机会,那些辞去县尉之职者往往选择这种方式作为改变命运的途径。陈子昂《饯陈少府从军序》中的陈某因为"才高位下","耻为州县之职",所以远赴戎机,从军征战。吴保安罢义安尉,说自己"幼而嗜学,长而专经,才乏兼人,官从一尉,僻在剑外,地迩蛮陬,乡国数千,关河阻隔。况此官已满,后任难期。以保安之不才,厄选曹之格限,更思微禄,岂有望焉!将归老丘园,转死沟壑"(《太平广记》卷一六六引《纪闻》)。这简直就是官场中沉重的呻吟。在这种情况下,吴保安只好向素不相识的郭仲翔求助,希望能从军入幕,到战场上作生命赌博。唐前期的苏味道、慕容知廉、杜安、寇泚、王易从、晁良贞等人都是以县尉身份入军幕的。

唐代诗人中担任此职者不少,这个职务还真激发过不少人的诗兴,他们因为担任这个职务而写了诗,这些诗透露出唐代担任县尉者的心态,表达了他们的感受和情绪,于是高雅的唐诗与这个卑俗的官职发生了联系。杜甫奔波多年,几经周折,好不容易得到河西尉一职的任命,却坚辞不做,宁愿担任左卫率府管理兵械仓库的胄曹参军,他的《官定后戏赠》一诗云:"不做河西尉,凄凉为折腰。老大怕趋走,率府且逍遥。"高适被任命为封丘县尉,内心充满辛酸和屈辱,作《封丘县》诗云:

我本渔樵孟渚野,一生自是悠悠者。乍可狂歌草泽中,宁堪作吏风尘下？只言小邑无所为，公门百事皆有期。拜迎官长心欲碎，鞭挞黎庶令人悲。归来向家问妻子，举家尽笑今如此。生事应须南亩田，世情付与东流水。梦想旧山安在哉？为衔君命且迟回。乃知梅福徒为尔，转忆陶潜归去来。

高适所谓"拜迎官长"即杜诗中"凄凉为折腰"。东晋时陶潜不愿"为五斗米折腰向乡里小儿"，辞去彭泽县令。杜甫亦因此不愿担任河西县尉，高适也作了辞官归隐旧山的打算，只是因为尚有公务未完而暂作流连。高适任封丘县尉时，曾送新兵至青夷军，他所谓"君命"大约即指此。高适集中还有《送白少府送兵之陇右》，可知送新兵入伍至边塞，乃县尉之职责。杜甫说"趋走"，高适说"作吏风尘下"，都是说做县尉有出差奔波之劳，送兵出塞显然便是这类苦差事。高适做封丘尉大约也就两年光景，便辞职而远赴河西入哥舒翰之幕。

从高适的诗可知，高适的朋友中有不少任县尉者，高诗中亦常写及他们，也可看出当时任县尉者的生活和心情。如《九月九日酬颜少府》云：

檐前白日应可惜，篱下黄花为谁有？行子迎霜未授衣，主人得钱始沽酒。苏秦憔悴人多厌，蔡泽栖遑世看丑。纵使登高只断肠，不如独坐空搔首。

重阳佳节，那位落拓失意的颜少府却独坐空室，苦闷彷徨。高适还有《同颜少府旅宦秋中》，是与颜氏唱和之作，对颜氏高才留滞深感惋惜：

传君昨夜怅然悲，独坐新斋木落时。逸气旧来凌燕雀，高才何得混妍媸！迹留黄绶人多叹，心在青云世莫知。不是鬼神无正直，从来州县有瑕疵。

"黄绶"是系印丝带。《隋书·礼仪志》云:"诸县尉铜印,环钮,黄绶。"唐制同。这里代指县尉。这位颜兄高才逸气,年轻时壮志凌云,可是如今久为县尉,不得升迁,心中郁闷,当深秋木落之夜,独坐不眠,怅然自悲。其原因是州县官场有"瑕疵",所谓"瑕疵"即指那些不如意的事,诸如"拜迎官长""鞭挞黎庶"之类。高适《巨鹿赠李少府》诗云:"李侯虽薄宦,时誉何籍籍?"《酬李少府》又云:"伊人虽薄宦,举代推高节。"都是说李某品行之美,却身处薄宦。高适那些任县尉的朋友中,还有远贬流放的,如《送李少府贬峡中王少府贬长沙》诗中的李某、王某,《送田少府贬苍梧》中的田某。他说田某"昔为一官未得意,今向万里令人怜"。

白居易本来以进士及第和拔萃科及第,授校书郎,又应"才识兼茂明于体用科"及第,却因对策语直入四等,授盩厔县尉。盩厔县属京兆府,近京为畿县,情况要比远僻州县好,但白居易仍觉失望,当他到府报到,看到京兆府衙内新栽莲花时,感慨万千,作《京兆府新栽莲》一诗抒愤:

> 污沟贮浊水,水上叶田田。我来一长叹,知是东溪莲。下有青泥污,馨香无复全。上有红尘扑,颜色不得鲜。物性犹如此,人事亦宜然。托根非其所,不如遭弃捐。昔在溪中日,花叶媚清涟。今来不得地,憔悴府门前。

他把担任盩厔县尉比喻成青莲植根污泥之中,对此职的厌恶之情溢于言表。白居易本来已授校书郎的美职,却因语直而再试得县尉,所以说

"昔在溪中日,花叶媚清涟。今来不得地,憔悴府门前"。经过一番折腾,反而不如先前的境况,这使他不免有追悔莫及之感。

在唐代,县尉之职虽卑俗,但充任者却多文士。据吴宗国先生《唐代科举制度研究》,唐代制举及第者,原来没有出身和官职的,多授以从九品下阶或上阶的县尉。《旧唐书》卷九七《刘幽求传》记载,刘幽求"圣历年,应制举,拜阆中尉"。同书卷一九〇中《王无竞传》记载,仪凤二年(677),王无竞"初应下笔成章举及第,解褐授赵州栾城县尉"。据冯宿《天平军节度使殷公家庙碑》,殷楷"高宗朝四岳举高第,释褐拜雍州新丰尉"(《全唐文》卷六二四)。参加制举者如有资荫或出身而未释褐,考试成绩一般的,按其资荫或出身所应叙之阶或高一阶授官,也有授县尉的,《旧唐书》卷九九《严挺之传》:"举进士,神龙元年制举擢第,授义兴尉。"同书卷一〇二《马怀素传》记载:"举进士,又应制举,登文学优赡科,拜郿尉。"进士、明经出身者,一般也都是从县尉开始他们的仕宦生涯。郑惟忠仪凤中进士及第,授井陉尉,转汤阴尉。卢从愿,明经,授绛州夏县尉。

进士登第后已授官者,通过科目选再授畿县县尉,《旧唐书》卷一九〇下《王昌龄传》记载,王昌龄进士登第后,授秘书省校书郎,开元二十二年(734)"又以博学宏词登科,再迁汜水县尉"。颜真卿进士及第后,开元二十四年(736)判入高等,授朝散郎、秘书省著作校书郎。天宝元年(742)博学文词秀逸上第,授京兆醴泉县尉。校书郎为正九品上阶职事官,汜水、醴泉为河南府和京兆府属县,其县尉为正九品下阶职事官。颜真卿散官朝散郎为从七品上阶,大大高于其职事官的品阶。

《旧唐书》卷四二《职官一》云:"九品已上职事,皆带散位,谓之本品。职事则随才录用,或从闲入剧,或去高就卑,迁徙出入,参差不定。"无一定之规。由校书郎转为河南府、京兆府之县尉,是去高就卑,但却是从闲入剧,是准京官,在仕途升迁上仍有意义。白居易与王昌龄、颜真卿的经历相似,但他对县尉之职很反感,所以写诗表达他的牢骚。

诗缘情言志,言为心声,有不平则鸣。这些文士胸怀济世大志,富有才情,一踏上仕途却遇上这样一个卑俗的官职,便不免产生怨情和不满,这便是滋生诗的土壤,也是县尉之职与唐诗发生因缘的契机。唐代诗人都是志存高远,不屑于卑务的,因此对任县尉心怀委屈。实际上,"千里之行,始于足下","登高者,必自卑"。实现再远大的理想,总是要从实际工作做起。总是想"一飞冲天",幻想常常落空。诗人情怀与纷纭世务难相契合,于是不免产生"世与我而相违"的不平和怨叹。

母亲——唐诗遗忘的角落

读唐诗,每每遗憾于唐代诗人写母爱的太少,而写自己母亲对儿女之爱的基本上没有。

我这样说,很可能遭到反驳:"孟郊的《游子吟》家喻户晓,先生不该不知道吧?"跟很多人一样,孟郊的《游子吟》我烂熟于心,但你怎么肯定他就是写自己母亲的呢?关于这首诗,我在网上看到一则赏析,这样说:"孟郊五十岁才中进士,当上溧阳县尉这样一个小官,结束了长年的漂泊流离生活,便将母亲接来住。这首诗就写于此时。"不知道这个结论是谁考证出来的,总觉得这个解释颇不近情理。既然把母亲接来,又不是自己告别老母远行,怎么会"临行密密缝,意恐迟迟归"呢?我读这首诗,眼前总是浮现出这样一幅画面:儿子明日就要远行,一位母亲在灯光下仔细地为他缝补衣服。诗人孟郊看到这种情景,非常感动,情不自禁地吟出了这样一首诗。一首诗,每个人有每个人的理解,我不能要求别人都跟我一样理解这首诗,但也不能排除这样一种可能性。因为触动诗人情感和诗兴的不一定是他个人的亲身经历,客观万物和诗人所见所闻都会引起他的联想。当他看到听到那种引起他激动的事物时,他会结合自己的情感体验去抒发情感,但你却不能一定认为诗人笔下写的就是他自己。

相反,如果是自己明日远行,母亲在灯光下为自己缝补衣物,却未必能形诸笔墨,去吟一首诗出来。这一点,我深有体会。记得考上大学后,当报到的日子临近,次日一早就要出发,家人都为我的远行忙碌,母亲自然也不例外。那些天她都做了些什么,我现在都记不清了,或者说根本就没有在意。我那时的心被未知的远方吸引着、忐忑着,家人的一切辛苦似乎都是应该的,并没有想到要写点儿什么表达对他们的谢意,对母亲更是如此。对于我的远行,母亲有什么感受,我那时似乎也没有去体会。在我的印象中,除了安排我到几家最亲近的亲戚家里去告别,母亲那时似乎也没有交代叮咛什么。但我现在知道,那时母亲的心理一定很复杂,牵挂、担心、希望、忧虑……如果说那时我文学程度不高,还不可能写首诗表达对母亲的感激的话,直到现在,我仍然不能写一首诗歌颂我的母亲。不光是我,唐代现在知道姓名的诗人大概是二千二百人,也没有一位去写。如果说孟郊这首诗是写自己母亲的话,根据我刚才的分析,也只是一种可能。

提到唐诗中写母爱的诗,有人还举出韩愈的两句诗:"白头老母遮门啼,挽断衫袖留不止。"这两句诗出于《谁氏子》:"非痴非狂谁氏子,去入王屋称道士。白头老母遮门啼,挽断衫袖留不止。翠眉新妇年二十,载送还家哭穿市。或云欲学吹凤笙,所慕灵妃媲萧史。又云时俗轻寻常,力行险怪取贵仕。神仙虽然有传说,知者尽知其妄矣。圣君贤相安可欺,干死穷山竟何俟。呜呼余心诚岂弟,愿往教诲究终始。罚一劝百政之经,不从而诛未晚耳。谁其友亲能哀怜,写吾此诗持送似。"韩愈辟佛反老,对道教求仙长生的妄说痛下针砭。这首诗讽刺一个人王屋山当道士的人抛妻别母去求仙学道,写老母亲只是反衬他的无情,主要不是写母爱,更不是韩愈自己的事。

为什么诗人不直接写母爱呢?我的看法是:一是大爱无言,母亲的爱和对母亲的爱都是大爱,这种爱是语言很难表达的,所以诗人们不愿意去写,而是把它深深地埋在心里。大家都知道,中国人与西方人表达情感的方式不同,西方人张口就是"我爱你"。在中国,即便是夫妻,天天把"我爱你"挂在嘴边,大家也不习惯。含蓄的中国人认为真正的爱是不需要挂在嘴边的。这种埋在心里的爱才是最真挚的爱,最痛彻肺腑的爱。阮籍母亲去世,他起初照常饮酒吃肉,别人都很奇怪。及至即将入殓,他大哭一声,吐血数升,那心头的情感才真正表达出来。在日常的生活中,这种爱成为一种潜意识,但随时都有可能爆发。几年前读到一篇文章,作者讲自己到外地上大学,母亲总是把腌制的鸭蛋贮存起来,等他放假回家享用。那是贫穷的母亲唯一的心意,贮存的其实是母亲无限的爱意。我读着不觉潸然泪下,因为那跟我的经历几乎完全相同。二是诗虽然高雅,但作为一种语言艺术,又有文字游戏的性质。诗人们一般也不想用这种游戏性质的笔墨去写自己的母亲,母亲去世后更少有人去以诗写母亲,我想在某种程度上可能也是出于对自己最敬重的人的一种态度。

另外,从客观上讲,母亲又没有什么好写,特别在古代更是如此。在古代,由于封建社会女性的生活内容非常单调,即便对儿女也只是生活的操劳,对于长大成人的儿女们来说,他们印象最深的只有缝补衣服和嘘寒问暖这些事。所以古代那些写母亲最动人的诗,内容上总是离不开母亲缝补衣服和对自己生活上的关爱。如清代诗人周寿昌的诗《晒旧衣》:"卅载绨袍检尚存,领襟虽破却余温。重缝不忍轻移拆,上有慈母旧线痕。"蒋士铨《岁暮到家》:"爱子心无尽,归家喜及辰。寒衣针线密,家信墨痕新。见面怜清瘦,呼儿问苦辛。低徊愧人子,不敢叹风尘。"是的,母亲的爱就是如此平凡,但她在你心中的位置却是任何人无法替代的。为什么呢?郑振铎说:"成功的时候,谁都是朋友。但只有母亲——她是失败时的伴侣。"在你人生的任何时候,母亲永远是你的亲人,永远是最体贴入微的人。母亲用生命滋养了我们,母亲是家乡故园的标志和象征,母亲是心灵永远的港湾。别的,谁还会这样呢?

瓷器上的唐诗

余春明先生的《中国名片：明清外销瓷探源与收藏》一书（生活·读书·新知三联书店，2011年）讲到元代青花瓷时说："元青花在陶瓷史上创造了很多的第一。元曲是元代对中国戏曲文化的一大贡献，陶瓷上第一次出现了戏曲人物或历史人物的图案，也第一次直接将诗文写在瓷器上，这些装饰手法在明清瓷器上被大量应用。"这个论断不能不说是一个失误。直接把诗文写在瓷器上，唐代已经出现，那就是著名的长沙铜官窑瓷器。

长沙窑址在今湖南长沙市望城区铜官镇至石渚湖一带。因为窑址在铜官镇瓦渣坪首先被发现，因此又称"铜官窑"。唐代长沙窑规模宏大，其产品大量出口，却不见史籍文献记载。长沙窑遗址于1956年在湖南省文物普查工作中被发现，经文物部门五次大的调查发掘，发现遗址以瓦渣坪为中心，总面积约五十万平方米，发现龙窑遗址四十六处，其中谭家坡龙窑是目前世界上保存最完整的唐代龙窑。1974年对窑址进行挖掘,获得两千多件遗物。长沙窑出土有带纪年的窑具和器物三件,如唐宪宗元和三年(808)印模,从而对长沙窑的发展厘清了比较确切的时限。

湘籍诗人李群玉在《石潴》一诗中曾描写长沙铜官窑鼎盛时期的壮观场面:

> 古岸陶为器,高林尽一焚。焰红湘浦口,烟浊洞庭云。迥野煤飞乱,遥空爆响闻。地形穿凿势,恐到祝融坟。

铜官窑大约创始于初唐,安史之乱后的中晚唐是极盛期,至五代开始衰落,大约在五代后梁贞明年间终止烧造。唐代陶瓷业向来以"南青北白"著称,实际上长沙窑瓷器工艺最有创造性,对后世影响极大。其产品以青釉为主,而模塑贴花装饰和釉下彩工艺尤具创造性。

釉下彩是唐代长沙窑新创的一种瓷器装饰工艺。早期为彩斑装饰,即在瓷坯上用铁料或铜料涂上斑块,烧成褐斑或绿斑。也有彩斑和模印贴花装饰相结合的,即以人物、狮子等模印纹样贴在罐、壶等器物上,再在这部分涂上褐色彩斑,高温一次烧成。这类装饰在唐宪宗元和三年(808)以前已经采用,后来进一步发展为成熟的釉下彩绘工艺。以铁料或铜料在坯上直接绘成图案花纹,再施青釉,烧成釉下褐彩、绿彩。也有先在坯上刻出纹饰轮廓线,然后在线上填绘褐、绿彩,再施青釉烧成。这种釉下彩工艺对宋代磁州窑的白地黑花、吉州窑的白地褐花以及元、明青花瓷器的发展都有重要影响。长沙窑工匠还喜欢用褐彩文字作为瓷器的装饰,这也是瓷器装饰的一个创举。瓷器上所书的文字除诗文、联句、谚语、俗语、成语外,还有不少广告宣传文字。朝鲜出土的长沙窑瓷壶上就书写有"卞家小口天下有名""郑家小口天下第一"。有的针对顾客的犹豫心理，促其购买决心，如："买人心惆怅，卖人心不安。题诗安瓶上，将与买人看。"1992年夏，考古发现的长沙窑瓷器上，有诗歌数百首，大多为《全唐诗》未收作品。这在当时十分罕见，开了以诗文书法来装饰瓷器的先河。

这些诗有的出于民间作者，有的可以在流传下来的唐诗中找到作者，有的节选自唐代诗人某一首长诗。如"万里人归去，三秋雁北飞。不知何岁月，得共尔同归"乃初唐诗人韦承庆的五绝《南中咏雁》。"去岁无田种，今春乏酒财。恐他花鸟笑，佯醉卧池台"出于盛唐诗人张鷟的《醉吟三首》。"鸟飞平无（芜）远近，人随流水东西。白云千里万里，明月前溪后溪"节选自中唐诗人刘长卿的《苕溪酬梁耿别后见寄》。

这些诗反映了诗歌在唐代的普及程度，那些瓷匠把诗烧制到瓷器上，是因为广大人民群众喜爱诗歌。瓷器的烧制乃民间活动，因此这些瓷器上的诗在内容和形式上都体现了强烈的民间色彩：在内容上，多反映社会下层人民的思想意识和情感，如离别相思、劝酒和生活格言式的句子；在形式上，具有短小、简练、通俗、口语化、错别字多的特点。

这种在瓷器上写诗文的风气后来延续下来。上海博物馆收藏有宋代白釉黑花人物诗句瓷枕，上写有"叶落猿啼霜满天，江边渔父对愁眠"诗句，显然化用唐代诗人张继《枫桥夜泊》诗。"春莺飞来红杏树，夏蝉却奔绿杨枝。秋天客饮黄长酒，冬月人吟白雪诗。"写一年四季的景色。《巨鹿宋器丛录》中记载有一件"张家造"的瓷枕上题的诗："欲向名园倒（到）此观，主人嫌客户长肩。何如柳下眠芳草，报（布）谷啼壶(呼)唤不醒。"写出了优美的意境。金代三彩刻花瓷器上也有诗句,如:"人生白发七十多,受用了,由它拔指教。光阴急如梭,每日个快活。"这非常接近元代散曲,散曲也是古代诗歌的一种形式。而且在元代将诗文写在瓷器上,也不光是青花瓷器。河北彭城出土的元代磁州窑四系壶上题写有一首散曲:"晨鸡初报,昏鸦争噪,那一个不红尘里闹?路遥遥,水迢迢,利名人都上长安道。今日少年明日老,山依好,人不见了。"山东蒙城出土的元代米黄釉罐上写道:"猛听得情人呼唤,小妹妹不得方便。你敲得窗棂儿连声响,险些儿不着爹娘瞧见。唬得我站立在门前,亲亲不知在哪边。听了一声心肝肉儿,唬得奴浑身汗。告哥哥你且回家也,小妹妹不得回转。听言,好夫妻不得团圆。"因此不能说元青花"第一次直接将诗文写在瓷器上"。

下面转录一部分长沙窑瓷器上的诗篇,以供欣赏。限于瓷器上的空间,这些诗大都篇幅短小,多为五言四句,如:

日日思前路,朝朝别主人。行行山水上,处处鸟啼新。
自入新峰市,唯闻旧酒香。抱琴酤一醉,尽日卧垂杨。
天地平如水,王道自然开。家中无学子,官从何处来?
自从君别后,常守旧时心。洛阳来路远,凡用几黄金?
夜夜挂长钩,朝朝望楚楼。可怜孤月夜,沧照客心愁。
后岁迎新岁,新天接旧天。元和十六载,长庆一千年。
春水春池满,春时春草生。春人饮春酒,春鸟哢春声。
我有方寸心,无人堪共说。遣风吹却云,言向天边月。
只愁啼鸟别,恨送古人多。去后看明月,风光处处过。

一别行千里,来时未有期。月中三十日,无夜不相思。

也有四言诗,如:"罗网之鸟,悔不高飞。悬钓之鱼,悔不忍饥。"也有六言诗,如:"鸟飞平无(芜)远近,人随流水东西。白云千里万里,明月前溪后溪。"也有七言诗,如:"日红衫子合罗裙,尽日看花不厌春。欲向妆台重注口,无那萧郎恼煞人。"有的只有两句,也有的是瓷器残片上只保留两句,如:"终日如醉泥,看东不辨西。""富从升合起,贫从不计来。"

应驮白练到安西

——张籍《凉州词》诗的理解

有人把棉布输入中国内地的成绩归于突厥,论据是唐朝诗人张籍的两句诗:"无数铃声遥过碛,应驮白练到安西。"杨兆钧先生在《中土文化交流的历史回顾》一文中说:

> 突厥向中原地区输出的另一项高昌(当为"商品"之误)是棉布。我国中原地区种植棉花的历史,始自北宋时期。而史载高昌人在南北朝时就已有特产"白叠布"。在新疆脱库孜萨来遗址中出土了唐代的棉布、棉籽标本。证明当六世纪突厥盛时,境内植棉已很普遍。尼雅汉墓中出土了粗布裤子和手帕,初步鉴定,是用草棉组成的,又说明突厥境内植棉可能开始得更早。(周一良主编:《中外文化交流史》,河南人民出版社,1987年,第528页)

杨先生是土耳其史专家,对土耳其人的祖先突厥人不免偏爱,但把棉布输入中原地区归功于中土文化交流似有不妥,把张籍诗中的"白练"理解成"棉布"显然有误。尼雅汉墓中出土了粗布裤子和手帕,说明至迟在汉代棉布已经传入新疆地区,但那时新疆地区或属于匈奴,或属于汉西域都护府,皆与突厥无缘。因此"突厥境内植棉可能开始得更早"说法欠妥,那时突厥民族尚未形成,没有突厥,哪来的"突厥境内"?文章又写道:

> 公元五、六世纪时,中国北方同西域陆上交通频繁,贸易往来不绝,突厥的棉花棉布不断输入内地。唐朝诗人张籍曾有《凉州词》之作,其中有"无数铃声遥过碛,应驮白练到安西"。可见白布输入之多,满足了内地人民的一些需要。而内地织工专为西北边疆民族特制民族纹饰和织有"胡"字样的锦缎,以作交换。(同上)

白练是白色的丝织品,不能理解成白布或棉布。张籍《凉州词》诗讲的是中原地区的丝绸运往西域,不是西域的棉布运入中原。这首诗是这样写的:

> 边城暮雨雁飞低,芦笋初生渐欲齐。无数铃声遥过碛,应驮白练到安西。

张籍的《凉州词》共有三首,这是第一首。诗的前两句写眼前景物,同时点出了所写的地点、时间、天气、季节。首句写仰望所见,边城暮雨,大雁低飞。次句写地面上的景象,芦笋初生,乃初春季节。三、四句是想象之词,在这样的季节里,本应是丝绸之路上繁忙的时节,东来西往的商旅在春暖花开之时踏上漫漫长途,逐利而往。那络绎不绝的驼队驮载着内地的丝绸穿越大漠,奔往安西。但那种令人喜悦的景象自河西、西域沦陷便一去不返。如今想起来,那悠扬动听的驼铃声像梦中的一般。张籍生活在中唐时期,经过安史之乱后,河西走廊和西域被吐蕃人占领,唐朝疆土萎缩,昔时丝路盛况已成过眼云烟。这是对过去繁华的回想,这种回想正反映了他目击时艰的沉痛。"碛",大沙漠,指出玉门关西去至楼兰途经之大沙漠。"白练",白色的丝织品,泛指从中原地区西运的丝绸产品。"安西"指唐在西域设置的安西都护府。安西都护府是唐朝管理碛西的军政机构,其治所在龟兹(今新疆库车东),统辖安西四镇,最大管辖范围曾一度完全包括天山南北,并至葱岭以西至达波斯,在武周时代北庭都护府分立之后,安西都护府分管天山以南的西域地区。安史之乱发生后,唐朝调发河西、陇右及安西兵马进入中原参加平叛,西北边防空虚,长期与唐朝争夺河西走廊和西域的吐蕃乘机北上,经过大碛西去的丝绸之路中断。张籍生活在这个时期,想到昔日盛况,面对国土沦丧,不免痛心疾首。这首诗看似平淡,其实心情是十分沉痛的。诗题为"凉州词",从凉州经河西走廊至安西都护府所在地龟兹,要过大沙漠莫贺延碛,在唐代前期国力强盛时,无数商队携带着丝绸往西域贩贸,而不是突厥的棉花棉布从西域运往中国的中原地区。

安西陷落是一段悲壮的历史。安西都护府全盛时代所统率的精锐骑兵称为"安西兵",当安史叛军进逼长安时,玄宗西奔蜀中,途中发生马嵬驿兵变,之后太子李亨坚持北上,分兵至灵武,即位称帝,是为肃宗。为平定安史之乱,安西兵组成"安西行营"奉诏平叛,进入中原作战。由于安西、北庭及河西、陇右主力内调,吐蕃陆续占领陇右、河西,安西都护府与唐朝的通道中断,安西四镇留守军队仍顽强坚守,与吐蕃军进行殊死战斗。肃宗上元元年(760),陇右军镇多被吐蕃攻陷,旧将李元忠守北庭,郭昕守安西都护府,二镇和沙陀、回鹘相依,吐蕃久攻不下。唐德宗建中元年(780),李元忠、郭昕派人通过回鹘入朝奏事,德宗对西域将士进行了嘉奖,封李元忠为北庭都护,郭昕为安西都护。其后吐蕃联合葛逻禄、沙陀进攻唐军、回鹘,德宗贞元六年(790),吐蕃攻占北庭,唐朝与安西失去联络。《资治通鉴》卷二三三记载:"及三葛禄、白服突厥皆附于回鹘,回鹘数侵掠之。吐蕃因葛禄、白服之众以攻北庭。……贞元六年……回鹘颉干迦斯与吐蕃战不利,吐蕃急攻北庭。北庭人苦于回鹘诛求,与沙陀酋长朱邪尽忠皆降于吐蕃。……安西由是遂绝,莫知存亡,而西州犹为唐固守。"安西最后陷落的时间,史料无确切记载,安西四镇的于阗镇陷落于贞元六年(790)。学者推论安西最后陷落的时间可能在唐宪宗元和三年(808)。

当陇右、河西和西域落入吐蕃人之手后,唐朝西部边境大为收缩。白居易《西凉伎》诗表达了痛失国土的心情:"平时安西万里疆,而今边防在凤翔。"元稹《西凉伎》诗云:"开远门前万里堠,今来蹙到行原州。"原州为吐蕃侵占后,置行原州于泾州境内的临泾,即今甘肃镇原。跟白居易、元稹同时代的张籍在诗里表达的是同样的心情。在《凉州词》第二首中,他描写了吐蕃占领下的凉州:"古镇城门白碛开,胡兵往往傍沙堆。巡边使客行应早,欲问平安无使来。"在第三首中,他对朝廷无心收复失地表达了不满:"凤林关里水东流,白草黄榆六十秋。边将皆承主恩泽,无人解道取凉州。"这些都表达了对失地难收的痛心。

一个公务员的厌倦心态
——黄庭坚《登快阁》诗欣赏

痴儿了却公家事,快阁东西倚晚晴。落木千山天远大,澄江一道月分明。朱弦已为佳人绝,青眼聊因美酒横。万里归船弄长笛,此心吾与白鸥盟。

这首诗是黄庭坚于宋神宗元丰五年(1082)为吉州太和县令时所作。这一年诗人三十八岁,任太和令已经三年。据《清一统志·吉安府二》记载,快阁"在太和县治东澄江(赣江)之上,以江山广远、景物清华得名"。诗写登高所见清秋江山壮美的景色、对官场生涯的厌倦之感和诗人自甘寂寞的淡泊情怀。

首联破题,点明登高的时间和地点。"痴儿"是诗人自称,语源于《晋书·傅咸传》,杨济在写给傅咸的信上说:"生子痴,了官事,官事未易了也。"这里只截取了字面意思,和本来的意思无关。第二句是倒装句,"倚"的宾语是"快阁","东""西"是两个方位词,写出登临者在阁上的徘徊瞻眺,喜不自胜。"晚晴",点出登临的时间和天气。诗人办完了一天的公事,为了摆脱烦劳,便登上快阁观赏风景。傍晚天气晴朗,他左右倚栏,向着阁外四面眺望。诗虽是叙事,但自称"痴儿",便流露出对官场生活的厌倦之情。他登阁远眺,东观而又西望,便写出了对江山胜景的陶醉和热爱,达到了流连忘返的程度。

领联二句承第二句,写倚阁所见所闻"晚晴"景色。第一句是仰望。登高一望,视野宽阔,在清秋季节,树叶飘落,只剩下光秃秃的枝干,群山连绵,上面笼罩着无边的天宇,境界十分寥廓。第二句是俯视。"澄江"是双关语,在这里既是水名,又用来形容江水的清澈平静。明月静静地照在江面上,清澈的江水发出闪闪的白光,显得格外明朗。这两句是写景的名句,诗用白描手法写清秋的晚晴景色,十分逼真,而用字又十分洗练,描绘了一幅境界壮阔、意态闲远的水墨画,通过诗中描写的意境,可以想象到登临者当时的心怀。面对壮美河山,果然一身轻快,一天的人事忧劳烟消云散,诗人的心情顿然开朗了,此时他格外感到大自然的美丽可爱。从"晚晴"到月出,透露出诗人倚栏观望的时间之久,进一步表现他留恋江山胜景的心情。这两句写得好不好,古人曾有争议。宋人张戒《岁寒堂诗话》云:"此但以'远大''分明'之语为新奇,而究其实,乃小儿语也。"清人张宗泰不同意张戒的评价,他说:"至宋之山谷,诚不免粗疏涩僻之病。至其意境天开,则实能辟古今未泄之奥妙。而《登快阁》诗亦其一也。顾诋为小儿语,不知何处有此等小儿能具如许胸襟也。"(《鲁岩所学集》卷一四)张戒所说"小儿语"意指稚拙,实际上这里正是以稚拙之语表现出诗的古朴自然之美,表现出诗人在世事劳神之际欣赏大自然之美的情怀,因此又不是"小儿"所具有的胸襟。张宗泰的评价是对的。

颈联写他独自登临时的寂寞心情。"朱弦已为佳人绝",叹息世无知音,有一种孤独寂寞、怀才不遇的寥落之感。"朱弦",是琴弦;"佳人"即美好的人,包括有道德、有才能或有美貌的人。这里暗用伯牙弹琴的典故。《吕氏春秋·本味》记载,伯牙善弹琴,只有钟子期能听懂他的弦中之意,于是成了知音好友。后来,"钟子期死,伯牙破琴绝弦,终身不复鼓琴,以为世无足复为鼓琴者"。既然世无知音,自然就会落落寡合,而自己对一切也不能用嘉许的目光来看待。"青眼聊因美酒横",这是用阮籍的典故。《晋书·阮籍传》说阮籍"能为青白眼,见礼俗之士,以白眼对之",表示他的厌恶;只有他所爱重的人,"乃见青眼"。诗人的青眼不对人,只有美酒才"横"上一眼。"横"字形容目光斜视,可见除美酒外,一切都不入其法眼了,而即便是"美酒",也只是"横"上一眼,一种傲岸冷漠的态度跃然纸上。按照律诗的章法,第三联是转,从第二联写愉快心情转写孤独寂寞之情。这个心情的变化照应着首句的"痴儿"二字,在缺少知音又枯燥乏味的官场混日子,还舍不下这个饭碗,不就是"痴"吗?

尾联写归隐之情,揭示主题。官场令人讨厌,江山又如此美好,于是诗人产生了归隐之心。"万里归船弄长笛,此心吾与白鸥盟",当诗人对着澄江秋月的时候,想象着能驾一叶扁舟,乘风归去,横着长笛,发出婉转悠扬的笛声,那才是自己所向往的生活啊!"万里归船",归到哪里?黄庭坚是洪州分宁(今江西修水县)人,太和到修水,不能说有万里之远。这个"归",是归隐,是远离世俗污浊的政治,泛扁舟于江湖之中。所以最后说与鸥鸟结为盟友,就是表示将永远寄迹于烟水之乡。尾联是"合",乃全诗情感的结穴,既然官场不值得留恋,大自然的美景又在召唤,真想放下一切世俗追求,过鸥鸟那样自由自在的生活。诗的结尾颇有余味,一位眼望着天空中盘旋的鸥鸟的诗人,在快阁上陷入久久的沉思,他身在官场,但他的思绪却已经飞到了远方。这里之所以写到鸥鸟,除是眼前景外,也有出处。《列子·黄帝》载曰:"海上之人有好沤(鸥)鸟者,每旦之海上从沤鸟游,沤鸟之至者,百住而不止。其父曰:'吾闻沤鸟皆从汝游,汝取来,吾玩之。'明日之海上,沤鸟舞而不下也。"后人以与鸥鸟盟誓表示毫无机心。官场上充满机心和倾轧,这也是诗人厌倦官场的原因。这里把古书中的典故和眼前的景物巧妙地结合起来,把对官场的厌倦和对自由自在生活的向往委婉含蓄地表达出来。

这首诗在艺术上很有特色。首先是把七言歌行的手法运用到律诗中,使其气势流转。方东树《昭昧詹言》卷二十云:"起四句且叙且写,一往浩然;五、六句对意流行;收尤豪放。此所谓寓单行之气于排偶之中者。"这种写法和诗人所表达的内容是相适应的,他那种飘然不受拘束的心情,表现在诗句中也洒脱得很。宋人"以文为诗",在唐诗之外开拓了新的艺术境界,像这首诗,不妨算是成功之作。其次,意境阔远,自然平易,在黄庭坚的诗中别具风格。黄庭坚是"江西诗派"的代表诗人,在理论上提倡"夺胎换骨""点铁成金",强调"无一字无来历",追求奇拗硬涩的诗风。这首诗则很少用典,所用也皆是熟典,为一般人所了解的人物和故事；语言上不事藻饰，发之真情，清新可喜。胡晓明、秦静梅《宋代诗歌评点》云："此诗气势豪放，明白如话，却无曲折之致，正显黄诗平易之风格。"黄庭坚一生坎坷，政治上的升沉遭遇使他不可能没有一些真实的感受。由这些真实的感受而激发出来的激情，有时必然冲破他那些不符合艺术规律的错误理论和清规戒律，使他写出一些优秀的作品，这首诗便是他这样的好诗。

丧子之痛

——徐积《谁何哭》赏析

谁何哭？哀且危！白头母，朱颜儿。儿忽舍母去，母何用生为？架上有儿书，篋中有儿衣。儿声不复闻，儿貌不复窥。谁何哭？哀复哀！肠未绝，心先摧。母恃儿为命，儿去不复来。朝看他人儿，暮看他人子。一日一夜间，十生九复死。君不见昨夜人静黄昏时，含辛抱痛无人知。其时忽不记儿死，倚门引颈望儿归。

这首诗的作者是北宋诗人徐积(1028—1103)。徐积字仲车，北宋楚州山阳(今江苏淮安)人。宋英宗治平四年(1067)进士，耳聋不能任官。元祐初以扬州司户参军为楚州教授，数年后转和州防御推官，改宣德郎。宋徽宗崇宁二年(1103)去世，卒年七十六。赐谥节孝处士。《宋史》卷四五九《卓行传》有传。著有《节孝集》二十卷，现存《节孝先生文集》三十卷，附《语录》一卷、《事实》一卷，《全宋诗》录其诗二十七卷，《全宋文》录其文三卷，词存六首。其诗文怪而放，时有恣肆处。

《四库全书总目》称其诗文"奇谲恣肆,不主故常","纵逸自如,不可绳以格律……而大致醇正"。

《谁何哭》是一首即事名篇的乐府诗,写一位白发老母的丧子之痛。母爱是世界上最普遍而又最真淳深厚的感情,自古以来产生了多少歌唱母爱深情的诗篇!在古代社会里,男子行役远宦是生活中的常事,母子常常忍受离别之苦。因此,《诗经》中便有"嗟予季,行役夙夜无寐,上慎旃哉!犹来无弃"的叹息,唐代诗人孟郊便有了"慈母手中线,游子身上衣。临行密密缝,意恐迟迟归"的咏唱。生离已使母亲痛苦不已,死别则更使其难以承受。爱是一种幸福,然而当爱倏然失去寄托时,又会转化为一种极端的悲哀;儿子是母亲的希望,当希望突然破灭时,感情便难以承受那失望与绝望的袭击。此诗便是写一位母亲失去爱子后痛不欲生的感情。

诗的开头四句紧扣题目,回答了"谁何哭"三个字中所包含的两个问题,是白发苍苍的母亲在哭她朱颜年少的儿子。"哀且危"说明她已哭了很久,她哭得死去活来,现在已经泣不成声、少气无力了。接下来交代她的儿子遭遇了什么不幸。诗不是简单交代儿子的去世,而是从母亲的角度写她物在人亡的感受。"忽"字极言悲剧发生的意外,从母亲的心理说,她是在毫无思想准备的情况下突然失去了爱子,一切都来得那么迅速,那么无情。生活的小河正淙淙流淌,瞬间跌入了万丈深谷。儿子的书本还在书架上,儿子的衣服还在箱子里,怎么再也听不到儿子的欢笑,再也看不到儿子的面容身影了呢?曾几何时,儿子读书的情景还在眼前,儿子的说笑还像阳光照亮母亲的心田,这一切怎么倏忽消失了呢？这种生活的陡然转折，这种人生的极大不幸，使慈母一下子感到生命暗淡无光，活下去毫无意义。

"谁何哭？哀复哀"以下十句，仍以设问领起，大意与前十句相近，句式也相同，可以看作是重章形式，在反复咏叹中进一步渲染白发母亲的失望痛苦之情。对"谁何哭"的问题不再重复交代，而以"哀复哀""肠未绝，心先摧"写哭声中流露出的悲惨心情。前十句写母亲睹物思子，这十句则着重于由人及己。儿子下葬一天了，昨天一天不闻儿声，不窥儿貌，唯见邻人的儿子依旧活蹦乱跳，这种对比触发了她的思子之悲。"母恃儿为命"，说明儿子身上寄托了母亲的全部希望，但"儿去不复来"，所有的希望又如火尽烟消。儿子的死带走了她全部的春风和阳光，命运太无情了。因此，她"一日一夜间，十生九复死"。现实冷酷如铁，她呼天不应，喊地不灵，唯有哭方能表达她的感情，一日一夜间，她一直在哭，哭得死去活来。

最后四句为最后一层，写这位失去爱子的母亲痛苦失常的精神状态。这位母亲直哭到深夜，由于过度的悲伤，心里一阵疼痛之后，忽然忘记了儿子已经入土，感觉夜已深了，儿子该回家了，她竟倚着门向远方张望，希望看到儿子归来的身影，可见她已经痛苦悲伤到精神恍惚失常的程度。诗到此戛然而止，给读者留下回味无穷的余地。这位母亲的儿子是怎么死去的？她倚门而望盼儿归，当久久不见儿归之时她又该如何痛苦？诗中没有交代，让读者去想象。因此，诗的结尾颇有言有尽而意无穷的含蓄之致。

亲子之爱、失子之痛乃母亲的天性，这首诗对此加以咏叹，似乎谈不上政治性、阶级性和社会性,然而文学是社会生活的反映,既然这是一种现实,诗人有责任去歌咏。无论诗言志,还是诗缘情,写真实人性的诗作往往更动人。而且歌咏人类生活的不幸,表现出自己的悲悯情怀,这种同情不幸的主题对读者也不无潜移默化地陶冶心灵的作用。何况这首诗也从一个侧面反映出封建社会的可悲现实。亲人的死亡,无论在什么时代固然都是令人悲伤的,然而诗中白发母亲失去儿子便有"母恃儿为命,儿去不复来"而瞻念前途不寒而栗的心情,又透露出当时社会若无儿女奉养,老人的生活便无法保障的可悲现实。

这首感人肺腑的诗出于徐积之手非常自然。徐积本人以孝行著闻,三岁父殁,因父名石,他终身不用石器,行遇石则避而勿践。他也因此更体会到为母的不易,亲身感受到深厚的母爱。他事母至孝,母亡,庐墓三年,哭不绝音。他去世后,乡人为之建"徐节孝祠",明清两代均有修缮。苏轼称之为"古之独行,於陵仲子不能过,然其诗文则怪而放,如玉川子(卢仝),此一反也。耳聩甚,画地为字乃始通;终日面壁坐,不与人接,而四方事无不知,此二反也"。这位深切体察母爱深情的孝子,真切地感受到女人丧子哭声的悲伤,所以他的诗充满真情实感,格外动人。

思念与嘱托

——罗与之《寄衣曲》三首

忆郎赴边城,几个秋砧月。若无鸿雁飞,生离即死别。

愁肠结欲断,边衣犹未成。寒窗剪刀落,疑是剑环声。

此身傥长在,敢恨归无日?但愿郎防边,似妾缝衣密。

这是南宋诗人罗与之的诗。罗与之,字与甫,自号雪坡,吉安(今属江西)人。南宋理宗端平年间(1234—1236)累举不第,遂归隐山林。他是江湖派诗人,其诗多写山水景物。抒情小诗简练含蓄,颇有唐代诗人孟郊诗的韵味。乐府诗《商歌》《寄衣曲》为后世传诵。诗集有《雪坡小稿》,其诗为刘克庄所称赏。钱锺书《宋诗选注》评论他的诗:"在江湖派诗人里,他作的道学诗比例上最多;有几首二十字的抒情短诗,简练精悍,颇有孟郊、曹邺的风味,同辈很少赶得上的。"《寄衣曲》三首就属于这样的诗。

一读罗与之的《寄衣曲》,便使人很自然地想到李白《子夜吴歌》的

《秋歌》和《冬歌》。两组诗在内容上都是表现思妇之情的,丈夫远征在外,家中的妻子殷切盼归,但又明于大义,把保卫边防的义务看得高于个人的幸福。诗又都是以捣衣、缝衣、寄衣为线索写的,体现了思妇对远方亲人的关切与体贴之情。

如果说李白的两首诗主要运用了融情于景、寓情于事的手法表现思妇念远之情,罗与之的《寄衣曲》则着重刻画思妇的心理活动。三首诗各自独立成章,而又相互关联,共同写出一位丈夫远征独守闺房的思妇心理发展的过程,从而形成抒情组曲。思妇心理的发展过程是由捣衣、裁衣、缝衣的特定情景所触发和推动的,对这特定情景,作者没有像李白那样进行铺写,只是稍加点破,引起读者的联想,而集中笔墨去细致刻画女子的心理活动。

第一首以"忆"字开篇,便是用思妇的语气自述其所思所想。她想什么呢?她回忆起当年丈夫离家赴边的情景,又进而想到从那时起,已经过了好些年头。"几个秋砧月"一声长叹,便流露出夫妻离别、妇人殷切盼望之情。诗人特意用"秋"代指年头,又点出"砧月"。"砧月"二字,便令人想象到李白诗"长安一片月,万户捣衣声。秋风吹不尽,总是玉关情"的情景。丈夫已多年未归,这月下捣捶衣料、制衣寄远的情景也经历多次了,但丈夫归期遥遥,所以她不由自主地长声叹息,并因此产生深深的忧伤。后二句便直抒夫妻隔绝的痛苦。古代有鸿雁传书的传说,这里以鸿雁代指书信。她说如果没有驿使经常传递书信的话,虽然我们都活在世上,却也和死别一样,因为终究没有团聚的日子。她对彼此来往的书信,既感到是精神上的慰藉,也对夫妻之间只能以书信来往来维持联系感到极度忧伤。

第二首写女子裁剪衣服时的心情。裁剪衣服的场面以"寒窗剪刀落"一句点破。用一"寒"字,使人想到李白诗描写的"素手抽针冷,那堪把剪刀"的生活场景。诗着重表现的是长久离别的愁苦和殷切盼归的痴情。在天气严寒的日子,这位女子正在急切地为丈夫赶制棉衣,天气冷了,棉衣不能送到,丈夫就要挨冻。但是她越急迫,手却越加不听使唤,以至"愁肠结欲断,边衣犹未成"。这固然有天气严寒的原因,手冻僵了,劳动起来便不能得心应手。但还有更重要的原因,就是想念亲人的思绪在心头萦绕,愁肠欲断。心情的痛苦影响了她工作的进度。这正与《诗经·周南·卷耳》中"采采卷耳,不盈顷筐。嗟我怀人,置彼周行"的情景相似。诗的后两句通过一个典型的心理活动表现她盼望丈夫归来的痴情。她一边缝衣,一边思念着丈夫,最后竟天真地想到,如果正在她专心致志地裁剪衣服时,丈夫不期而至,那该多好啊!正当她想到这里,无意中碰落了剪刀,那金属落地的铿锵声顿时使她精神为之一振,丈夫到家了,这正是他把剑放在地上时剑环发出的声响。当她定神观看时,才知道其实是自己的错觉。诗正是以这种由于错觉而产生的短暂的兴奋,说明了这位女子是无时无刻不为思念丈夫而痛苦的。

第三首写思妇缝制寒衣时的心情。诗并没有具体描写女子缝衣的情景,只通过写她盼郎不至时所产生的愿望暗示出来。"但愿郎防边,似妾缝衣密",这是只能在缝衣这种特定环境中才能产生的思想。在这位思妇一针一线为丈夫缝制棉衣时,她头脑中产生了许多念头。她思念丈夫痛苦到极点,为了安慰自己便做了这样的对比,对于个人生活来说,不用说,丈夫在身边是再好不过了,但设若丈夫不去应征打仗,任凭敌人入侵,国破家亡,一身难保,其不幸不更大于长久离别之苦吗?她把个人利益和国家命运结合起来,立刻认识到丈夫远行打仗的重大意义,心头的忧愁也便被冲淡许多,由一己之私情升华为对丈夫为国尽心戍边的愿望。只要能够长久保持和平安定的生活,又哪里敢怨恨丈夫长久不归呢?只希望丈夫防守边境,像我缝制的衣服严密无缝,不给入侵者可乘之机。"似妾缝衣密"的比喻是女子由眼前手中的活计生发的奇妙想象,极符合思妇的身份口气,朴实极了,也精巧极了。它说明了思妇缝衣时是如何精心细致,她要把自己无尽的相思、无限的温情一针针一线线地缝进征袍里去;同时刻画出一位深明大义的女主人公形象,十分生动感人。

罗与之和李白生活的时代不同,因此在写征人思妇的题材上所流露的思想情绪也不一样。李白早年生活在国力强盛的大唐盛世,他写思妇之情有对丈夫的殷切盼望和细致的关怀体贴,却无经久不归、生离死别的忧伤。罗与之生活在南宋后期。两宋在对外政策上十分软弱,连年兵挫地削,尤以南宋为甚,北方先是与金人对峙,后又遭受蒙古人的威胁,战争所造成的灾难早已成为人民心头的阴影。这组诗写于南宋晚期,其时北方边患严重,蒙古人虎视眈眈,南宋朝廷危如累卵,故作此组诗。诗中的思妇虽有"但愿郎防边,似妾缝衣密"的祝祷,却没有了"何日平胡虏,良人罢远征"的希望,因而产生无穷的生离死别之恨,诗的情调低沉哀怨,表现出两组诗不同的时代特色。

民族大义与故乡亲情之间
——夏完淳《别云间》赏析

三年羁旅客,今日又南冠。无限山河泪,谁言天地宽。已知泉路近,欲别故乡难。毅魄归来日,灵旗空际看。

夏完淳是一位少年抗清志士,又是一位才华横溢的诗人。他十四岁就参加抗清武装斗争,牺牲时才十七岁。他的生命像一颗流星,在历史的长河里瞬间消失,但所作诗文却在文学史上发出不灭的光辉。特别是他投身抗清斗争以后的作品,大多是表达奔赴国难的志向,抒写国破家亡的悲痛,悲壮慷慨,充满了爱国情感。他的作品已经合编为《夏完淳集》。

这首诗是夏完淳被清廷逮捕后,在押解前往南京前临别家乡松江(今上海市松江区,古称云间)时所作。诗中有"欲别故乡难"的句子,全诗就是围绕一个"难"字来写的,表现出一位爱国志士对行将永别的家乡无限依恋、难分难舍之情,同时也抒发了壮志难酬的悲愤和死而不屈的斗争精神。

开头两句叙述自己有家难依的不幸遭遇。"三年羁旅客",说自己参加抗清斗争,失败后又辗转漂泊于江汉之间,至今三年。"今日又南冠",说自己又被捕解去,将永别故乡。三年不归,是因为国家兴亡,匹夫有责,大敌当前,勇赴国难;今日离别,是因为敌人残酷迫害抗清战士,要扑灭一切反清复明的火种,使自己有家难依。总之,对于一位抗清志士来说,可爱的家乡令人依恋,却不得依恋,字里行间流露出难忍的悲痛。

三、四句感叹山河破碎,无处容身。大好山河沦于敌手,诗人泪流不止。天地虽大,但哪一处还是我大明的天下,哪里是我抗清战士的容身之地啊!连家乡尚且不能栖身,谁能说天地宽广呢?"无限"是说流不完的眼泪,"山河"说明心为祖国的沉沦而悲伤。这写出了诗人悲痛的深刻原因。个人的身世使他悲痛,更令他难以忍受的是山河变色,美丽的祖国沦于敌手,这是整个民族灾难的根源。

五、六两句直抒胸臆,写对故乡的无限依恋。"鸟飞反故乡兮,狐死必首丘""胡马依北风,越鸟巢南枝",古诗中这些形象化的比喻,都说明了"人情同于怀土"的思想感情。中国有"叶落归根"的古话,死后埋到故乡也成为人们一生最后的愿望。夏完淳明知自己必死无疑,却不得不离家乡远去。这种生离死别,就使他依恋故土的心情更加强烈。一个"难"字,道出了他内心极端痛苦的离别之情,是诗人的血泪凝成的悲哀的呼喊。

最后两句表达自己宁死不屈的决心和对未来的信念。诗人想象自己生还无望,死后那坚强不屈的魂魄也要返回故乡。他相信自己的血不会白流,人民不会屈服,一定会有无数的后来者举起反抗的大旗。待到自己的魂魄归来的时候,将会在空中看到后继者组成浩浩荡荡的反清大军,他们的大旗高高飘扬。

  这首诗表达了诗人被敌人押解离开家乡时的复杂情感,有对国破家亡的悲愤,有对个人身世的伤感,有对家乡的依恋,有对亲人的牵挂,有对自己为之奋斗的事业的坚定信念,有对抗清胜利的期待。一个少年面对死亡无一丝一毫悔恨,却系念国家安危和民族命运,表达了国家民族利益高于个人得失的崇高精神境界。从艺术上看,首先,直抒胸臆,情真语挚。诗人为山河破碎而悲,为离别家乡亲人而悲,但却无怨无悔,其坚强不屈的精神和对抗清大业的信念都非常真实感人,而且语言非常质朴。其次,风格豪壮。诗虽然抒写了亡国之痛和壮志难酬的悲愤,但表达了宁死不屈的精神和对抗清大业必胜的信心,慷慨悲壮,令人悲痛,也催人奋发,给人以鼓舞。

历史杂谈

张骞出使西域的历史意义

2012年11月,我利用参加"城市与古代中外民族文化交流学术研讨会"的机会,参观了位于陕西省汉中市城固县的张骞墓。研讨会在陕西师范大学召开,会议结束后,我便从西安出发,乘车向西南穿越秦岭山区,过汉水,至城固县。

张骞故里在今汉中市城固县城南2公里处汉江之滨的博望镇西崖村,墓地在县城西3公里处饶家营村,现建有张骞纪念馆,属陕西省人民政府1956年公布的首批省级重点文物保护单位。2006年5月25日,张骞墓作为汉代古墓葬,被国务院批准列入第六批全国重点文物保护单位名单。马路两旁许多彩旗迎风招展,旗子上的文字告诉人们,当地正在组织张骞墓世界文化遗产申报工作。1986年与1993年,在这里召开了两届"张骞国际学术研讨会",此后城固县每年举办一次张骞文化艺术节。

张骞值得敬仰,他的历史功绩永留青史。张骞两次出使西域,原定的任务都没有完成,第一次是试图拉拢大月氏,夹击匈奴,大月氏没有应允;第二次是拉拢乌孙,以达到"断匈奴右臂"的目的,当时也没有实现。但张骞出使西域对后来中西交通的开拓产生了积极而重大的影响,具有重要的历史意义,我概括为如下七个方面:

张骞出使西域,打破了由匈奴强盛所造成的中原地区与西域的隔绝状态。在张骞通西域之前,西北游牧民族和绿洲居民已经在开辟绿洲之间的交通线路。由匈奴强盛而引发的大月氏、乌孙和塞人的西迁,其主要路线正是在绿洲之路上。但是匈奴对西域的控制阻塞了汉朝与西域的交往,隔绝了中原与西北各民族的联系。张骞出使西域后,"西北国始通于汉",从而沟通了西域与汉朝的联系,打破了由于匈奴的兴起而造成的中原与西域的隔绝状态,故《史记·大宛列传》有"凿空"之说。裴骃《史记集解》引苏林云:"凿,开;空,通也。"张守节《史记正义》:"谓西域险厄,本无道路,今凿空而通之也。"此后汉与西域各国的来往越来越频繁,除文献上的大量记载之外,考古材料也有丰富内容加以说明。1990年10月至1992年12月,甘肃省文物考古研究所对敦煌汉悬泉置遗址进行了全面清理和发掘,获得大量简牍和文物。所谓"置",应劭《风俗通义》佚文云:"汉改邮为置。置者,度其远近之间置之也。今吏邮书掾、府督邮职掌此。"说明置乃邮驿之所。悬泉置遗址出土简牍多达两万三千余枚,其中有明确纪年的就有一千几百枚,最早为西汉武帝元鼎六年(前111),最晚的为东汉安帝永初元年(107)。简文中有不少有关中西交通的史料。张德芳《悬泉汉简中若干西域资料考论》一文对这些简文进行了考释,他在全部悬泉汉简中检索出有关西域方面的资料三百六十多条，皆为邮驿文书。当时汉与西域诸国使节往还，皆有遣使送客之通例，如《汉书·西域传》"罽宾"条引杜钦所说："凡遣使送客者，欲为防护寇害也。"这些邮驿文书记述了主客方使团行经沿途诸处食宿供应各方面的情况，这种内容有助于我们加深对张骞通西域后汉与葱岭东西诸国的交往活动的认识。据张德芳的研究，这些简文涉及的西域国家有楼兰（鄯善）、且末、小宛、精绝、扜弥、渠勒、于阗、蒲犁、皮山、大宛、莎车、疏勒、乌孙、姑墨、温宿、龟兹、仑头、乌垒、渠犁、危须、焉耆、狐胡、山国、车师等二十四国，还有乌弋山离、罽宾等，对一些重要国家与汉王朝的来往，都有程度不同的反映。除此之外，还有一些诸如祭越、钧耆、折垣等过去未曾知晓的国家。大部分是有关汉使与康居、大宛、大月氏、大夏、于阗、疏勒、精绝、扜弥诸国使者往还的内容。据简文记载，彼此送往迎来，交往频繁，在一定程度上反映了张骞通西域后汉与西域间外交往来的盛况。

张骞出使西域促进了以丝绸贸易为代表的中西之间的物质文化交流。张骞第一次出使大月氏，虽未达到拉拢大月氏夹击匈奴的目的，但获得不少有关西域各国的知识，了解到西域各国都"贵汉财物"，这为此后发展贸易关系打下了基础。张骞第二次出使西域，虽然主要是为了拉拢乌孙，"断匈奴右臂"，但其目的已经不如此单纯。他随行带那么多副使，而且派副使去大宛、康居、大夏、安息、身毒等国，不存在夹击匈奴的问题。因此我们认为他第二次出使除谋求与乌孙建立反匈联盟外，招西域诸国以为外臣，发展与西域各国的交往和经贸关系也是其重要目的。张骞出使西域后，了解到西域各国对中国的产品特别是丝绸的喜爱和渴求,同时也了解到中国所需要的西域各国的一些物产,汉与西域的贸易随之出现了前所未有的兴盛局面。"西北外国使,更来更去",汉朝西去"使者相望于道,诸使外国一辈大者数百,少者百余人,……汉率一岁中使多者十余,少者五六辈。远者八九岁,近者数岁而反"。(《史记·大宛列传》)据记载,汉武帝的使者曾到达奄蔡(在黑海之北)、条支(在今叙利亚)、犁靬(有人以为乃条支的一个港口,其地尚有争议)。这些汉使并非政治性使节,大多数为商使或商队。

张骞及其副使交通西域诸国,将沟通欧亚大陆、以丝绸贸易为代表的中西商道连接起来,为发展此后的国际贸易起了极大的推动作用。汉通西域,丝路西部的开拓要早于东部。早在公元前5世纪,波斯王大流士为了便于统治他的庞大帝国,便于调遣军队、传达政令和收取各地信息,大力修筑驿道。除利用赫梯、亚述原有的驿道外,又增修许多新驿道,以帝国四个首都为中心,形成通向四面八方的驿道网。大流士修筑的驿道最重要的有两条,一条是从苏撒直达小亚细亚西海岸的以弗所城的"御道",另一条自巴比伦而东至帝国边陲。后者横贯伊朗高原,经中亚各城而达大夏和印度。驿道沿途设驿站、商馆,并有旅舍供过往客商留宿。驿站专备快马,信差传送急件逢站换骑,日夜兼程,可达古代最快的送信速度。从苏撒至以弗所城两千多公里,设置了上百个驿站,公文日夜相传七日可到。为了保证驿道的畅通和安全,沿途各地险关要隘、大河流口与沙漠边缘,皆修筑防御工事,并派兵驻守。大流士修驿道主要为军政需要服务,但也便利了国际和国内商旅的流通,更使帝国境内各个最重要的经济、政治和文化中心联结紧密,有利于中央集权的加强和经济文化的发展。希腊马其顿王死后在中亚、西亚立国的塞琉古王国曾经是一个幅员辽阔、经济繁荣的大国,城镇林立,商业发达。塞琉古修筑和发展了波斯原有的驿道系统,使之成为重要的国际商道。其最重要的交通路线有两条:一条是从地中海岸边的海港塞琉西亚港经首都安条克而达巴比伦附近的塞琉西亚城,以此为商货的最大集散地而北通里海和高加索,南连波斯湾、阿拉伯,西则经巴勒斯坦而入埃及。另一条是向东经伊朗、安息、大夏而达远东的商道,从大夏向南可折向印度,往北可越过帕米尔而到达中国。公元前3世纪后半期,大夏的希腊总督据地自立,安息也建立了本民族的王国,塞琉古的疆域局限在两河流域和叙利亚一带,但它开辟的连贯东西的商道却并未因此而中断。关于这条商道,法国汉学家莫尼克·玛雅尔在其名著《古代高昌王国物质文明史》(耿昇译,中华书局,1995年)中说:"在西方一侧,我们发现了奥古斯都(Auguste)时代的舆地学家斯特拉波(Strabon)的描述,或者是生活在公元2世纪时的一位亚历山大城的学者托勒密在其《舆地书》(按:一译《地理志》)中的论述。从西方延伸来的道路经过伊朗之后,又要经过木鹿城(Merv)和大夏都巴克特拉(Bactre),通过经由犍陀罗(Gan dhāra)那自印度出发的道路而会合在一起。接着便是颇难翻越的帕米尔高原,越过此高原之后便是当地的重要喀什噶尔(疏勒)站,来自古康居(索格狄亚那,Sogdiane)和古大宛(费尔干纳,Ferghāna)的道路都要通达此城,也就是说位于萨马尔罕(Samarkand)和柘枝城(塔什干,Tachkent)等城市周围的富庶地区。"与中亚、西亚早就存在的驿道系统相呼应,至秦汉时,在遥远东方的中国也发展起了自己的交通网络。秦始皇为了巡行各地,大修驰道,蒙恬所修自九原至甘泉的驰道"堑山堙谷,千八百里"。所谓驰道,《史记集解》引应劭云:"天子道也。"汉初贾山在所著《至言》中讲到秦朝的交通,说:"为驰道于天下,东穷燕、齐,南极吴、楚,江湖之上,濒海之观毕至。道广五十步,三丈而树,厚筑其外,隐以金椎,树以青松。为驰道之丽至于此。"代秦而起的西汉继续发展了交通事业,《史记·货殖列传》云:"汉兴,海内为一,开关梁,弛山泽之禁,是以富商大贾,周流天下,交易之物,莫不通得其所欲。"《汉书·伍被传》中讲到武帝初的情形云:"重装富贾,周流天下,道无不通,交易之道行;南越宾服,羌、僰贡献,东瓯入朝。"汉代的交通是以几个大都市如长安、洛阳、临淄、邯郸、蓟城、寿春、南阳、番禺等为中心,组成很繁密的交通网,全国各地四通八达。特别应该提到的是东北与辽东、朝鲜及塞外诸民族交通贸易也很繁盛。而且汉时自京师至郡国,沿着主要的交通大道,都设有驿传、邮亭,以保证交通的高效、通畅和安全。当张骞两次出使西域以后,汉使足迹到达中亚和西亚,特别是到达大夏和安息,这条贯通东西的丝路主干道便东西连接起来,《史记·大宛列传》记载张骞出使乌孙,"多持节副使,道可使使,遣之他旁国"。其副使所至之国为"大宛、康居、大月氏、大夏、安息、身毒、于寘(阗)、扜罙(弥)及诸旁国",说明诸国皆"道可使使",即有路可通。当汉使到达上述诸国,中国境内的交通网络通过自长安出发西行的路线与贯通中亚、西亚的古驿道系统便联结起来。这条路线被称为绿洲之路,此后在漫长的历史时期都成为中西交通的主要商路。这条路线是从长安出发,经河西走廊至新疆地区,越葱岭进入中亚地区,经今克什米尔、巴基斯坦、阿富汗、伊朗、伊拉克、叙利亚、土耳其,从而和地中海沿岸国家和地区进行交通。同时在丝路东端的长安和西端的罗马又向其周围扩散和辐射,从而将欧亚非三大洲各文明中心和商贸中心联结起来。

张骞及其他汉使在出使途中向西域各国传播了汉朝的信息,返汉后则向朝廷介绍了西域各国的政治状况和风物民俗,从而加深了汉族人民和西域各族人民的相互了解,扩大了汉朝对西域的认识。《史记·大宛列传》云:"大宛之迹,见自张骞。"张骞第一次出使西域,"身所至者大宛、月氏、大夏、康居,而传闻其旁大国五六,具为天子言之",汉武帝因此了解到西域各国政治形势与风俗物产,还了解到自西南至身毒、大夏当有路可通。张骞的报告被收入《史记·大宛列传》,此传反映了张骞归来和李广利伐大宛后汉朝对西域的认识水平。张骞及其副使带来各国使节,使西域各国具体了解到大汉的情况。由于汉朝扩大了对西域的认识,因此不久就产生了有关西域地理山川的舆图。《汉书·西域传》"渠犁"条记载搜粟都尉桑弘羊与丞相、御史大夫条奏轮台屯田事,有"各举图地形,通利沟渠,务使以时益种五谷"之语。屯田有图,则军事上必更有图。《三国志·魏书·乌丸鲜卑东夷传》注引《魏略》云:"又今西域旧图云:'罽宾、条支诸国出琦石。'"所谓旧图,当指汉代之西域图。此种图至鱼豢时尚能得见。而且据"出琦石"三字,又可知图上并注明各国各地物产,说明此种图乃有便利出使西域的汉使进行贸易的导行性质。《汉书·李陵传》记载:"陵于是将其步卒五千人出居延,北行三十日,至浚稽山止营,举图所过山川地形,使麾下骑陈步乐还以闻。"同书《赵充国传》记载赵充国语:"百闻不如一见……臣愿驰至金城图上方略。"因此学者推测,张骞及后来的班超、甘英等人,都会根据自己的经历绘制西亚、中亚的地图。

张骞出使西域扩大了反匈联盟,为最后击败匈奴创造了新的条件,汉乌和亲是张骞出使西域的直接成果之一。张骞从乌孙归汉,乌孙使节随张骞来到汉朝,他们了解到汉朝确是一个强大国家。乌孙使节回国后,通告了汉朝的情况,乌孙终于与汉通好。乌孙向汉朝求婚,汉朝嫁江都王女儿刘细君入乌孙,汉朝与乌孙建立起牢固的联盟,在后来反击匈奴的战争中发挥了作用。武帝两次以宗室女为公主嫁乌孙王,与乌孙建立了"和亲"关系,共击匈奴。宣帝立汉外孙元贵靡为大昆弥(王号),乌孙一直是汉朝的盟友,在进击匈奴的战争中发挥了重要作用。汉宣帝本始二年(前72),匈奴进攻乌孙,解忧公主与昆弥翁归靡遣使上书,热切盼望汉朝出兵救援。汉发兵十五万骑,由五位将军率领分道并出,并遣校尉常惠持节助乌孙作战。至本始三年(前71)常惠与乌孙兵大败匈奴。同年冬季,匈奴单于自率数万骑兵进攻乌孙,遇到天降大雪,一日深丈余,人、畜生还者不及十分之一。随后两年,丁零、乌桓、乌孙乘机由北、东、西三面进攻匈奴,匈奴人民死亡十分之三,畜产损失二分之一,从此大见衰弱,属国瓦解。汉武帝派张骞联合乌孙"断匈奴右臂"的计划经过整整半个世纪的经营,终获成功。张骞出使乌孙,"当时虽未达目的,而至宣帝时,则大收效果也"(张星烺:《中西交通史料汇篇》第5册,"民国丛书"影印辅仁大学图书馆本,1930年,第13页)。乌孙的向背,对于西汉最终战胜匈奴至关重要。张骞出使乌孙虽"不得其要领",却收效于日后,筚路蓝缕之功,诚不可没。

张骞及其他汉使向沿途各国赠送了金帛,回来时又带回了西域各国赠送给汉朝的礼品,带回了苜蓿、葡萄等种子在汉地种植。这些友好交往在汉朝和西域各国人民之间建立了亲密的友谊。《史记·大宛列传》云:"骞为人强力,宽大信人,蛮夷爱之。"说明张骞以平等友好的态度对待西域人民,赢得了西域人民的好感。当汉武帝遣使至安息时,"安息王令将二万骑迎于东界。东界去王都数千里。行比至,过数十城,人民相属甚多。汉使还,而后发使随汉使来,观汉广大","(大)宛西小国驩潜、大益,宛东姑师、扜罙(弥)、苏薤之属,皆随汉使献见天子"。后来为了取信于西域各国人民,汉使皆以"博望侯"之号出使,"其后使往者皆称博望侯,以为质于外国。外国由此信之"。而且"人所赍操大放(仿)博望侯时",也就是说像张骞一样携带赠送用的礼品和交换用的商品。张骞及其副使与西域各国人民建立的这种友好关系影响深远,东汉时,西域各国不堪忍受匈奴、莎车等国的欺压和奴役,都纷纷要求遣质子入汉。他们关心汉朝的动静,向往臣属于汉。这与汉朝的友好政策和张骞等西汉以来的汉使给他们留下的良好印象有关。

张骞坚忍不拔的意志、热爱祖国的民族气节和勇于开拓的气魄鼓舞了后世的人们。东汉时为开拓西域、保证丝绸之路畅通做出巨大贡献的班超,早年投笔感叹:"大丈夫无它志略,犹当效傅介子、张骞立功异域,以取封侯,安能久事笔砚间乎!"(《后汉书·班超传》)他所仰慕和追求的就是张骞等人所建立的功业。

玉门关故址和汉武帝"使使遮玉门"

玉门关始置于汉武帝开通西域道路设置河西四郡之时,因和田玉经此进入中原而得名。公元前139年,汉武帝遣张骞出使西域,联络大月氏共击匈奴,公元前126年张骞回到长安,向汉武帝详细报告西域和匈奴各方面情况。汉武帝产生了交通西域各国的念头,决心打通河西走廊交通要道。骠骑将军霍去病进攻匈奴,打垮休屠王和昆邪王,在河西地区先后设立酒泉郡、武威郡、张掖郡、敦煌郡,筑玉门关、阳关,史称"列四郡,据两关焉"。目的是"隔绝羌胡",维护丝绸之路的畅通。

汉武帝时初置玉门关,其址何在?这个问题本来没有争议,但法国汉学家沙畹提出玉门关本在敦煌之东,后迁移至敦煌之西。汉武帝派李广利伐大宛,《史记·大宛列传》记载:"拜李广利为贰师将军,发属国六千骑及郡国恶少年数万人以往伐宛。期至贰师城取善马,故号贰师将军。……是岁太初元年也。……贰师将军军既西过盐水,当道小国恐,各坚城守,不肯给食。攻之不能下。下者得食,不下者数日则去。

比至郁成,士至者不过数千,皆饥罢。攻郁成,郁成大破之,所杀伤甚众。贰师将军与哆、始成等计:'至郁成尚不能举,况至其王都乎?'引兵而还。往来二岁。还至敦煌,士不过什一二。使使上书言:'道远,多乏食;且士卒不患战,患饥,人少不足以拔宛。愿且罢兵,益发而复往。'天子闻之大怒,而使使遮玉门曰:'军有敢入者,辄斩之。'贰师恐,因留敦煌。"沙畹据这一记载,主张汉武帝太初以前之玉门关应在敦煌之东,是以武帝使使遮玉门,贰师将军乃留敦煌,不敢东向以入关也。敦煌西北之玉门关,则是太初以后所改置者。王国维《流沙坠简序》赞成其说,其后不少人同意这一观点。夏鼐提出异议,以为汉代玉门一关并无改置之事。向达比较《史记》《汉书》文字,发现《汉书》卷六一《李广利传》文与《史记》同,唯"而使使遮玉门曰"作"而使使遮玉门关曰",增一"关"字。向达判断《史记》所谓"玉门"当指汉时玉门县,在敦煌东。《汉书》多一"关"字,当为衍字。又验之新近发现之汉简,赞成夏鼐的意见,因考故书,申成其说。但争议并没有停止,不断有人论证玉门关最早在敦煌东之说。2017年8月26日至29日在玉门市举办的"玉门、玉门关与丝绸之路历史文化学术研讨会"上,就有学者提交了极力论证玉门关最早在敦煌东之玉门市的论文。

玉门关一开始就建在敦煌以西,并不存在沙畹所谓从敦煌东西迁之事,夏鼐和向达先生已有深入的考证,不必赘引。我个人认为玉门关在敦煌之西,李广利回兵至敦煌,天子"使使遮玉门关"都没问题,问题在于《史记》中的那段表述。李广利第一次统兵远征,出师不利,他打到郁成时感到实在打不下去了,决定回师。从他的话中可知,郁成是大宛国的一个地名,他的部队已经进至葱岭以西。他和部下商量后便开始了撤军的行动,并没有等到汉武帝的允许。但他不可能不向朝廷汇报,他向朝廷汇报的特使应该跟他的大军同时上路,李广利回师途中,他的特使赶至长安,向朝廷汇报。李广利大军未经朝廷允许就已撤军,引起"天子闻之大怒",汉武帝遣使赶往玉门关,其旨令就是"遮玉门关",堵住汉军,不使其撤回。李广利的特使赶至长安,汉武帝的特使又从长安赶来,在这个过程中李广利的部队已经进入玉门关,回到敦煌,他应该是在敦煌遇上朝廷的来使。所以天子的命令是"遮玉门关",这没错;但李广利的部队已经回到敦煌,入玉门关已成事实,这也没错,《史记》的相关记载都是史实。李广利的特使和朝廷的特使轻装简从,李广利的部队行进应较迟缓,但尽管如此,特使们的一往一返,所花费的时间是可以折合李广利从郁成返回敦煌的时间的,考虑到当时的交通条件和信息传递的方式,当朝廷特使赶来时李广利的部队已经撤至敦煌的可能性是很大的。汉武帝的命令是不许进入玉门关,而李广利实际上已经撤入玉门关,其后果之严重可想而知,因此"贰师恐,因留敦煌",不敢再继续东返。从《史记》的行文看,好像李广利回到敦煌才向朝廷汇报,揆之情理,这是不可能的,岂有大军回撤这样重大的军情在回到半途才向朝廷汇报之理。"使使上书言"云云,只是一个追述,为了连接下文"天子闻之大怒"。因此,《史记》的这段记载并不能作为玉门关起初在敦煌之东的论据。

真实的东方朔

一

东方朔是一位"箭垛式的人物",他的事迹有不少传说和后人的附会。要了解真实的东方朔,首先要搞清古代文献中哪些记载是可靠的。现在看来,比较可靠的史料首推《汉书·东方朔传》。

西汉刘向已经指出,东方朔的故事"多传闻者"。班固为东方朔立传篇幅很长,为什么呢?他说:"其事浮浅,行于众庶,童儿牧竖莫不眩耀。而后世好事者因取奇言怪语,附著之朔,故详录焉。"颜师古解释说,班固的目的是要告诉人们,社会上流传的东方朔故事有很多虚构,他详著东方朔传记,就是要给东方朔一个全面而真实的记载,除本传所载之外,其他的都是虚构的。显然,班固对东方朔的事迹进行过一番整理。

按照这一观点,班固以前的史料,凡被认为不可靠的,班固就未加采录。例如司马迁《史记·滑稽列传》中记载东方朔的三件事——公车上书,用三千奏牍,皇上读了两个月才读完;每年换一个老婆,把皇上赐给的钱都花在了女人身上;以索酒要田为条件解释驺牙——《汉书》中都没有采用,说明在班固看来,这些夸张的情节皆属妄传。从班固的时代到唐代颜师古注《汉书》,又过去了五六百年,关于东方朔的事迹又有不少增加,甚至还出现别传之类,这些《汉书·东方朔传》中所无的内容,在颜师古看来皆属虚构。他说:"而今之为《汉书》学者,犹更取他书杂说,假合东方朔之事,以博异闻,良可叹矣!"

班固给东方朔的总体评价是"其滑稽之雄乎!"——用今天的话说,就是滑稽大师、滑稽大王。东方朔确是一位可敬、可爱、可叹的滑稽大王。

二

东方朔令人敬重的地方是他有政治理想、远大志向和过人才华。正因为此,他的滑稽才为人称道,才留名后世,他才能称得上滑稽大王或滑稽大师,否则,只能是舞台上的小丑角色。

东方朔出身于平原郡厌次县(今山东德州陵城区东北,一说今山东惠民东)一个普通人家,父母早逝。但他在历史上的第一次亮相,便以一篇毛遂自荐式的求职书打动人主。那时汉武帝刚即位,急求天下才士,数以千计的人云集京师,上书言天子得失,自夸才气,却没有令武帝满意者。东方朔来到长安,上书自荐。在这篇自荐信里,东方朔把自己着实吹嘘了一番。他说自己是文武全才:"年十二,学书三冬,文史足用。十五学击剑,十六学《诗》《书》,诵二十二万言。""十九学孙吴兵法,战阵之具,钲鼓之教,亦诵二十二万言。"他说自己是一个英俊美貌的年轻人:"臣朔年二十二,长九尺三寸,目若悬珠,齿若编贝。"论人品更是十全十美:"勇若孟贲,捷若庆忌,廉若鲍叔,信若尾生。"夸自己勇猛比得上卫国勇士孟贲,敏捷比得上王子庆忌,廉洁比得上齐国大夫鲍叔牙,讲信用比得上守约的尾生。最后他总结一句:"若此,可以为天子大臣矣。"这篇"文辞不逊,高自称誉"的文章,令汉武帝刮目相看,认为他是一位奇才,让他到公车署(管理百官上书及皇帝征诏事宜)那里任待诏。此文有自我吹嘘的成分,但也透露出早年的东方朔自视甚高,志向远大。唐代诗人李白常夸耀自己的才学,"十五观奇书,作赋凌相如""十五好剑术""奋其智能,愿为辅弼,使寰区大定,海县清一"云云,原来是活用东方朔的自荐信。

东方朔一生著述甚丰,有文集两卷,久佚,明人张溥把他的作品汇为《东方太中集》。除《十洲记序》存疑外,可以确定为东方朔作品的有十四篇。《答客难》《非有先生论》是其代表作。《汉书·东方朔传》将这两篇全文收入,并说"朔之文辞,此二篇最善"。辞赋是汉代的代表性文学,东方朔是一位杰出的辞赋家。这两篇辞赋作品文学成就很高,对后世产生了深远影响。

西汉辞赋普遍具有夸饰的风尚,喜铺陈夸张。《非有先生论》借非有先生之口,以耸人听闻的笔力,表达了东方朔的政治理想和施政方略。文章写非有先生在吴王手下做官,"默然无言者三年",引起吴王的不满和责备。非有先生认为自己的话忠言逆耳,只有明王圣主才有可能采纳,以此迂回教导吴王,一位明王圣主必须有虚心纳谏的气度,才可能得到臣下的直言进谏。接着以古代关龙逢、比干直言进谏而遭杀身流放,遇邪主乱世而伯夷、叔齐退隐,国君最终身死国灭的严重后果,令吴王愀然动容,危坐而听。

这时非有先生才正面谈论治国安邦的主张,他强调君贤臣良、君臣遇合的难得,举商代伊尹、西周吕望为例。伊尹之于商汤,吕望之于周文王,"心合意同,谋无不成,计无不从",他们"深念远虑,引义以正其身,推恩以广其下,本仁祖义,褒有德,禄贤能",帝业由是而昌。"上不变天性,下不夺人伦,则天地和洽,远方怀之,故号圣王"。于是,伊尹、吕望"裂地定封,爵为公侯,传国子孙,名显后世,民到于今称之,以遇汤与文王也"。与太公、伊尹相比,关龙逢、比干的下场,不是太悲哀了吗!在非有先生的谏词中,四次用到"谈何容易!"强调帝王能够虚心纳谏的难得。一席话说得"吴王穆然,俯而深惟,仰而泣下交颐"。

听取了非有先生的建议,吴王发愤图强,举贤才,布德惠,施仁义,赏有功;躬亲节俭,减后宫之费,损车马之用;放郑声,远佞人,开内藏,振贫穷,存耆老,恤孤独,薄赋敛,省刑罚。行此三年,海内晏然,天下大治,国无灾害之变,民无饥寒之色,社会安定,囹圄空虚,远方异俗向风慕义,各奉其职而来朝贺。文章以吴国之例,阐述治乱之道、存亡之端,把东方朔清明政治的理想表达得淋漓尽致。

三

诙谐机智,滑稽称最,是东方朔的可爱处。近代相声界之所以认东方朔为祖师爷,就在于他的滑稽多智、能言巧辩。这是相声艺人的基本功,也是滑稽大师东方朔的可爱处。《史记》中把他放在《滑稽列传》里正是此意。所谓"滑稽",本来是一种流酒器,类似后来的酒过龙,能转注吐酒,终日不已。这里比喻能言善辩,口若悬河,言词敏捷,无滞无碍。

汉武帝读了东方朔的自荐信,虽然啧啧称奇,但也仅此而已,不久便把他给忘了。为了提醒汉武帝有他这一个奇人在长安,东方朔很快便想出了一个绝招。御厩里有一批看马的侏儒,东方朔神秘兮兮地告诉他们一个恐怖消息:皇上认为你们这些小个子不能种地,不能当官,不能打仗,活在世上徒费衣粮,要把你们全部杀掉。侏儒们吓得大哭,东方朔劝他们等皇上来时,大家都叩首请罪。汉武帝路过,侏儒们跪在地上齐放悲声,武帝莫名其妙,问明事由,原来是东方朔蓄意制造恐怖气氛,便把他喊来问话。

汉武帝问他为什么吓唬那些养马的人,东方朔说出一段绝妙话来:"你让我说,我就说了。说了你让我活,我要说;你让我死,我也要说。这些侏儒身高三尺多,他们的俸禄是一布袋粟,二百四十文钱;我东方朔身高九尺多,也是一布袋粟,二百四十文钱。个子不一样高,俸禄却一样多,侏儒们吃得饱,撑得要死;我吃不饱,饿得要死。我的话说得对,请给我们不同的待遇;不对,就放我回家,不要让我在这儿浪费长安的粮食。"这番话说得汉武帝忍俊不禁,刚才的怒气烟消云散,"因使待诏金马门,稍得亲近"。

西汉时宦者署的大门两边立着两匹铜马,因称宦者署为金马门。待诏,官名,汉代征士凡特别优异的,待诏金马门。东方朔接近了皇帝,他的机智常常令汉武帝感到开心。当时宫中盛行射覆的游戏活动,先把东西藏起来,或者遮盖住,猜中者胜。东方朔不仅一猜辄中,而且又能用调笑的语言把这种活动搞得有声有色。

有一次,汉武帝在宫中令术士们射覆,在覆盆之下罩住一只壁虎,大家都猜不中。东方朔说自己曾习《易》,会算卦,可以一试。他猜道:"说是龙,它没有角;说是蛇,它又有足。不是壁虎,就是蜥蜴。"汉武帝大喜叫好,赐给十匹帛。又让他接连猜好几种东西,都被他一一猜中,每次猜中,都得到武帝的赏赐。武帝身边有个倡优叫郭舍人,也是一位滑稽大家,他说东方朔侥幸猜中,不是真本事。他让东方朔再猜一次,如果东方朔猜中,他愿挨一百大板;猜不中,他要得皇上赐帛。

他把寄生(树上生的菌)放在覆盆下,东方朔猜为"窭薮"(用茅草结成的圆圈,用以垫食器)。东方朔猜错了,但他狡辩说,窭薮是放在盆子下面的东西,你的东西放在覆盆下,我就可以把它叫作窭薮。汉武帝命人打郭舍人大板,显然是奖励东方朔的狡辩。郭舍人被打得哭天喊地,当然这只是表演。东方朔在一旁幸灾乐祸,说:"咄!口无毛,声謷謷,尻益高。"郭舍人怒,指责东方朔"擅诋欺天子从官,当弃市"。武帝问东方朔,该当何罪?东方朔说:"这是谜语,不是诋欺。口无毛,是狗洞;声謷謷,是鸟哺子;尻益高,是鹤俯首啄食。"郭舍人不认输,他要出谜语让东方朔猜,如果不能猜中,就打东方朔的板子。结果郭舍人发问后,东方朔应答如流。两人你来我往,变诈锋出,"莫能穷者"。武帝身边的人为他们的机智口辩感到震惊,武帝高兴之余,"以朔为常侍郎,遂得爱幸"。

这完全是一场没有脚本却又精彩异常,即兴发挥而又随机应变的相声表演。相声界把东方朔视为祖师,真是没有看走眼。郭舍人作为配角,汉武帝及其左右作为观众,都非常到位。汉宫中这种斗嘴斗智的游戏,就是相声的雏形。

东方朔的可爱,还在于他能于诙谐之中,寓讽谏之意,让汉武帝心悦诚服地接受他的意见。汉武帝曾问他教化百姓之道,东方朔举尧、舜、禹、汤、文、武、成、康等古之圣君和汉文帝为榜样。当然,他也要迎合帝王的欢心,不免有忽悠皇上和拍马屁的时候。汉武帝曾问东方朔自己是个什么样的君主,他说汉武帝功德超过五帝三王,而且"公卿在位咸得其人矣"。他把历史上三十二位名士贤臣都拉来做了汉武帝的大臣,如周公、邵公为丞相,孔子为御史大夫,等等。汉武帝说当朝名士云集,让东方朔自己与各位大臣相比,作个自评。东方朔说:"臣朔虽不肖,尚兼此数子者。"——他兼有当朝名士大臣们的所有优点和长处。

四

东方朔有才能,有志向,有理想,但在仕途上却始终不得意。

武帝任命东方朔为常侍郎,很明显就是因为东方朔的机智巧辩能给自己枯燥乏味的政治生活增添些许乐趣。为了迎合武帝的欢心,东方朔也佯狂放诞,把自己视为帝王生活中的调料,以自己的怪诞博武帝一时欢心。三伏日,武帝下诏赐从官肉,等了好久,分肉的官员还不到,东方朔拔剑割了一块肉,并对同僚们说:"大伏天,肉容易腐烂,大家快快拿回去吧。"第二天,武帝责备东方朔擅自割肉归家,命他自作批评。东方朔自责:"东方朔呀!东方朔!受赐不待诏书下来,为何这样无礼!拔剑割肉,为何这样勇敢!割得不多,为何如此廉洁!回家交给妻妾,为何如此仁爱!"这就把武帝逗笑了,武帝说:"你是自作批评吗?这是表扬自己!"赏给他酒一石、肉百斤。

东方朔是有头脑的人,他岂甘心这种弄臣的地位,他希望通过自己的劝谏,对政治有所裨益。有时他也大胆直言,史云:"朔虽诙笑,然时观察颜色,直言切谏,上常用之。"

汉武帝有个老妹子隆虑公主,她儿子昭平君酒后杀人被拘系,廷尉把他交给朝廷议处。武帝不好明令赦免,想让大臣说话。左右大臣都迎合武帝,为昭平君求情。武帝说:"我妹妹老来得子,生前托付给我。"说着便流下了眼泪。但他还做出依法处理的态度,说:"法律是先帝制定的,如果破坏了先帝的规矩,我有何脸面进高帝的宗庙,又如何面对百姓呢?"他悲伤不已,希望有人继续坚持宽大处理,给他一个台阶,他也好收回成命。东方朔走上前来,手举酒杯道:"臣听说圣王为政,赏赐不避仇家,诛罚不分骨肉,陛下能遵循古训,天下百姓各得其宜,这是国家的大幸。我以这杯酒向皇上祝贺,冒死再拜,万岁、万万岁!"一顶大帽子使汉武帝难徇私情,武帝再无理由赦免昭平君。

万里移植安石榴

石榴树是通过丝绸之路传入中国的果树,最初称"安石榴"。在东汉至唐的文献中还写作"若留""若榴""楉留""千涂""丹若""石榴"等。为什么叫安石榴？李时珍《本草纲目》引《博物志》云："汉张骞出使西域,得涂林安石国榴种以归,故名安石榴。"唐代元稹《感石榴二十韵》诗云："何年安石国,万里贡榴花。迢递河源边,因依汉使槎。"古代中国人知道石榴来自古安息国(今伊朗一带),"安石"即"安息",其果实坚固若石,形状似瘤,故称安石榴。据现代学者研究,石榴原产地是"波斯及其邻近国家",即巴尔干半岛至伊朗及其附近地区。在伊拉克出土的距今四千多年的皇冠上有石榴图案,足见其栽培史源远流长。公元前10世纪古以色列所罗门王爱饮用石榴汁酿的香酒,他的王冠用石榴纹装饰。古波斯人喜爱像宝石一样的石榴子,认为是多子丰饶的象征,称石榴为"太阳的圣树"。早期亚述的石板浮雕图案中,葡萄藤下有石榴树、无花果树和椰枣树。波斯人崇拜的安娜希塔女神手执石榴,象征丰收。

石榴传入北非时间很早,古埃及第十八王朝的法老墓壁画上绘有石榴树,画面上法老向神供献的瓜果有石榴。希腊人种植石榴的年代在荷马时代之后,得自小亚细亚。古希腊石榴被称为忘忧果。在汉文文献里,石榴最早出现于东汉张仲景医学名著《金匮要略》,其中讲到"安石榴不可多食"。汉末魏初缪袭《祭仪》提到"安石榴"。因为安石榴从域外引进,梁元帝《赋得石榴诗》云:"西域移根至,南方酿酒来。"孔绍《咏石榴诗》:"可惜庭中树,移根逐汉臣。"历来认为石榴是张骞出使西域带来的,此说最早见于西晋陆机《与弟云书》:"张骞为汉使外国十八年,得涂林,安石榴也。""涂林"是梵语音译,即石榴。唐封演《封氏闻见记》云:"汉代张骞自西域得石榴、苜蓿之种,今海内遍有之。"后世植物学著作皆沿袭此说。美国汉学家劳费尔《中国伊朗编》不同意这个观点。劳费尔认为石榴树不是从伊朗直接移植到中国的,是逐渐移植过来的。在移植过程中伊朗本部以外的伊朗殖民地、中亚粟特人和中国新疆地区都起了很大作用。这个论断是有道理的。石榴树的种子并不是张骞带回的,石榴树应该是先传入中亚和中国新疆地区,而后渐至中原。但他推测"它最初来到中国似乎是第三世纪后半叶"则是完全错误的。

石榴树经丝绸之路传入中国,首先在西汉帝都长安上林苑、骊山温泉宫种植。据《西京杂记》记载,汉上林苑有"安石榴",汉武帝又命人栽植于骊山温泉宫。东汉时首都洛阳北宫正殿德阳殿北的濯龙苑种植有安石榴。东汉文学家李尤《德阳殿赋》云:"德阳之北,斯曰濯龙。葡萄安石,蔓延蒙笼。"安石,即安石榴。北魏杨衒之《洛阳伽蓝记》记载:"白马寺,汉明帝所立也。……浮图前奈林、蒲萄异于余处,枝叶繁衍,子实甚大。……宫人得之,转饷亲戚,以为奇味。得者不敢辄食,乃历数家。京师语曰:'白马甜榴,一实直牛。'"奈林,"茶林"之误,即涂林、石榴。这个记载说明汉明帝时洛阳有石榴栽培,而以白马寺品种最为优良。东汉张衡《南都赋》有"橪枣若留"的句子,若留即石榴。新疆尉犁县营盘15号墨山国贵族墓,发现一幅红地黄纹对石榴对童子图案锦罽袍,这种装饰图案来自古波斯艺术。墨山国是汉时西域古国。有学者指出,此锦袍融希腊和波斯两种文化于一体。童子可能是常与石榴树一同出现的小爱神丘比特,锦袍可能制作于中亚的希腊化大夏或犍陀罗地区。在古希腊神话中,丘比特常一手持弓箭,一手拿石榴。石榴象征着爱情的天长地久。东汉蔡邕《翠鸟诗》云:"庭陬有若榴,绿叶含丹荣。"曹植诗《弃妇篇》中咏石榴树:"石榴植前庭,绿叶摇缥青。丹华灼烈烈,璀采有光荣。光华晔流离,可以处淑灵。"这些材料都说明石榴在汉代已经引种中国内地,而不会晚至3世纪后半叶。劳费尔依据的材料是晋陆翙撰《邺中记》的记载:"石虎苑中有安石榴,子大如碗盏,其味不酸。"这是较晚的材料,显然他没有接触到上述更早的资料。唐代石榴种植地区逐渐扩大,此后不断南下东进,在各地扎根,开花,结果。

石榴树花红似火,可供观赏;果大籽多,味道甜美,可解渴造酒;木材有文采,可制几案、枕头。自汉代引进以后,石榴文化便渗入中国民俗,进入诗人文士的吟咏中。汉赋和汉诗中已经有作品写到石榴。西晋时许多文人作赋咏叹石榴,傅玄、应贞、庾儵、夏侯湛、潘岳等皆有作品传世。南北朝以后,出现了许多咏石榴的诗,如梁元帝、隋魏彦深、孔绍等人的诗都对石榴极尽赞美。石榴多籽,象征多子多福的观念至迟在南北朝时已经形成,见《北史·魏收传》记载。明代画家王谷祥《题石榴》诗:"榴房拆锦囊,珊瑚何齿齿。试展画图看,凭将颂多子。"后以"榴房"喻多子。服饰方面出现了石榴裙,唐代非常流行,唐诗中多有咏及。石榴为吉祥之物,唐代流行结婚赠石榴的礼仪。宋代盛行石榴对联、谜语。宋代人还用石榴果皮裂开时内部的种子数量,占卜科考上榜的人数,形成"榴实登科"的成语,寓意金榜题名。金元时院栽和盆栽石榴开始普及。中秋是石榴成熟时节,明清时形成"八月十五月儿圆,石榴月饼拜神仙"之风俗。石榴成为常见的装饰图案,如石榴书画、石榴肚兜、石榴饼模、石榴篆刻、石榴剪纸、石榴摄影、石榴荷包、石榴地毯、石榴面塑、石榴托盘等。煮熟的红榴汁可作饮料、食品色素和染色剂。

石榴可以酿酒,古代近东地区、埃及、马来半岛和东南亚、南亚等沿海国家有以石榴酿酒的记录。中国历史上不曾以石榴酿酒,可能与用石榴酿酒成本太高有关,但中国也有以石榴作为制作药酒配料的记载。北魏贾思勰《齐民要术》引《博物志》记载了制作胡椒酒的方法:"以好春酒五升,干姜一两,胡椒七十枚,皆捣末。好美安石榴五枚押取汁,皆以姜椒末及安石榴汁悉内着酒中,火暖取温,亦可冷饮,亦可热饮之,温中下气。若病酒苦觉体中不调,饮之。能者四五升,不能者可二三升从意。若欲增姜椒亦可,若嫌多欲减亦可。欲多作者,当以此为率。若饮不尽,可停数日。此胡人所谓荜拨酒也。"据这条记载可知,这种胡椒酒制法也是从域外传入的。

  石榴在其原产地西亚依然兴盛,伊朗水果以石榴著称。如今中国、印度及亚洲、非洲、欧洲沿地中海各地,石榴均作为果树栽培,而以非洲尤多,美洲主要分布在美国加利福尼亚州。欧洲西南部伊比利亚半岛上的西班牙把石榴花作为国花,在其五十万平方公里的国土上,遍种石榴树。利比亚也以石榴花为国花,花语为"成熟的美丽、富贵和子孙满堂"。文化交流造成石榴树的广泛传播,它是丝绸之路给人类的馈赠之一。

汉代合葬异陵与曹操墓

俞绍初先生在 2009 年 1 月 18 日的《光明日报》发表了《探讨曹操墓真伪问题》一文，基本观点是此墓可能是曹操七十二疑冢之一，而不是真实的曹操墓。俞先生的主要根据是与墓主合葬的两位女性从年龄上看都与曹操的夫人卞后不合。他说：

> 这次出土了三个遗骸的头颅，据考古专家的测定，其中一个是男性，约六十岁，还有两个都是女性，一为四十岁左右，一为二十岁左右，并进而认定男性者与曹操终年的年岁恰相符合。不过我们查阅材料，问题就出来了：曹操的妻子——卞太后是在曹操亡殁十年之后去世的，当时她七十岁光景，死后又"合葬高陵"，也就是说她与曹操是埋葬于同一个墓穴里的。这就表明墓穴中的两个女头骨都不可能是卞太后的。那么卞太后尸身何在？这是一大疑问。

俞先生的疑问不无道理，然而根据历史上丧葬习俗的变化，我觉得是可以解释的。这里的问题是，跟曹操合葬同一墓穴的是否一定是卞后？

合葬高陵,是否一定合葬于同一墓穴?由于这些疑问,我对汉魏时期帝后合葬制度产生了兴趣。

我翻阅了《汉书》《后汉书》《三国志》《宋书》等正史,了解汉魏时期后妃们的丧葬情况。《三国志·魏书·卞皇后传》记载,她死后"合葬高陵"。曹操生前以魏王身份埋葬,死后追谥为魏武帝,他的夫人卞后死在曹操被追谥之后,按说应该依照帝后丧仪进行合葬,但是合葬却不一定合陵。

在曹操之前,汉代的帝后正常情况下都是合葬的。《汉书·元后传》记载,孝元皇后"年八十四,建国五年二月癸丑崩,三月乙酉,合葬渭陵";《后汉书》卷十《皇后纪》记载,光武帝阴皇后"合葬原陵",明帝马皇后"合葬显节陵",章帝窦皇后"合葬敬陵",和帝邓皇后"合葬顺陵",安帝阎皇后"合葬恭陵",顺帝梁皇后"合葬宪陵",桓帝生母匽皇后"合葬博陵"(桓帝生父刘翼生前未登帝位,追封孝崇皇帝),桓帝窦皇后"合葬宣陵",灵帝生母董皇后"合葬慎陵"(灵帝生父刘苌生前未登帝位,追封孝仁皇帝),灵帝曹皇后(曹操女)"合葬禅陵"。没有合葬的都是出于特殊原因。如和帝阴皇后以罪废,未合葬;桓帝梁皇后先桓帝去世,初葬懿陵,其兄梁冀败,被诛,废为贵人冢;桓帝邓皇后失宠,忧愤而死,葬于邙山;灵帝宋皇后被诬致死,归葬故土;献帝伏皇后因得罪曹操被杀,未合葬。

合葬,一般的理解便是夫妇同埋于一处墓穴,但汉代的情况却很特殊。《三辅黄图》卷六记载:"吕后陵,在高祖陵东。按《史记·外戚世家》,高后合葬长陵。注云:'汉帝后同茔则为合葬,不合陵也。'"意即

在同一茔地就是合葬,并不是葬在同一陵中。《宋书·后妃传》中的一段材料对说明这个问题有帮助:

> 孝懿萧皇后,讳文寿,兰陵兰陵人也。祖亮,字保祚,侍御史。父卓,字子略,洮阳令。孝穆后殂,孝皇帝娉后为继室,生长沙景王道怜、临川烈武王道规。义熙七年,拜豫章公太夫人。高祖为宋王,又加太妃之号。高祖以十二年北伐,仍停彭城、寿阳,至元熙二年入朝,因受晋禅;在外凡五年,后常留东府。高祖践阼,有司奏曰:"臣闻道积者庆流,德洽者礼备。故祗敬表于崇高,嘉号彰于盛典。伏惟太妃母仪之德,化穆不言,保翼之训,光被洪业。虽幽明同庆,而称谓未穷。稽之前代,礼有恒准,宜式遵旧章,允副群望。臣等请上宋王太后号皇太后。"故有司奏犹称太妃也。上以恭孝为行,奉太后素谨,及即大位,春秋已高,每旦入朝太后,未尝失时刻。少帝即位,加崇曰太皇太后。景平元年,崩于显阳殿,时年八十一。遗令曰:"孝皇背世五十余年,古不祔葬。且汉世帝后陵皆异处,今可于茔域之内,别为一圹。孝皇陵坟本用素门之礼,与王者制度奢俭不同,妇人礼有所从,可一遵往式。"乃开别圹,与兴宁陵合坟。初,高祖微时,贫约过甚。孝皇之殂,葬礼多阙,高祖遗旨,太后百岁后不须祔葬。至是故称后遗旨施行。

萧皇后是南朝刘宋开国之君武帝刘裕的继母,刘裕的生母难产致死,刘裕从小应该是在萧氏的抚养下长大的。刘裕的孙子少帝即位,加封她为太皇太后。她八十一岁去世,本来应该祔葬刘裕的生父即孝皇帝刘翘的陵墓。但据史书记载,她自己遗令"不祔葬"。她的理由,一是孝皇去世已经五十多年,按照古代的惯例不祔葬;二是古有"往式",汉代的帝后是异陵的。这个旨意其实是出于刘裕生前的遗嘱,现在以萧氏遗令的形式施行,说明她是出于自愿,以免人们误会刘裕不孝。萧皇后的遗令应该有根据,而且《宋书》的作者沈约是一位博学之士,引用这段材料未加异议,说明汉代帝后是"异陵"而葬。虽然是异陵,但同茔,仍可称为"合葬"。所以《汉书》《后汉书》关于皇后的后事记载,都说是合葬。

我曾去河南省商丘市的永城参观过梁王汉墓,梁孝王与夫人李后同葬保安山主峰,是同茔,可以称为合葬,但梁王及李后各自开陵。这就是合葬异陵,汉代其他帝后当皆如此。汉世的传统和萧皇后的事例说明,卞后与曹操合葬,却不与曹操同穴是有可能的。萧氏没有与孝皇帝祔葬同一墓穴的原因,几乎跟曹操与卞后的情况完全相同。卞后在曹操去世十多年后离世,时间不可谓不长,这时开圹入陵,被认为有扰于死者的灵魂。据《晋书·宣帝纪》记载,比曹操稍晚一点的司马懿,"预作终制,于首阳山为土藏,不坟不树;作《顾命》三篇,敛以时服,不设明器,后终者不得合葬"。司马懿生前遗嘱,他死后不允许开圹,以让后于他死的后妃合葬。按照曹操的性格,他也不会允许开圹,以让后死于他十多年的卞后再与他同穴而葬。但按照汉代的传统,只要把卞后葬于西原之上,仍是合葬。所以《三国志·魏书·卞皇后传》记载,她"合葬高陵"。

萧氏没有祔葬孝皇帝陵,"别开一圹",却与兴宁陵"合坟"。兴宁陵是刘裕生母赵皇后与孝皇帝合葬陵。所谓"不祔葬"即不开圹入葬墓室,但却是可以"合坟"的。坟和墓强调的是封土,陵强调的是墓室。《三国志·魏书·卞皇后传》记载卞后于太和四年五月崩,"七月,合葬高陵",此所谓合葬并非同穴,应该也是"别开一圹"而未入曹操墓室。

古代最豪华的厕所

西晋时石崇家的厕所可能是古代最豪华的。刘义庆《世说新语·汰侈》记载:

> 石崇厕常有十余婢侍列,皆丽服藻饰,置甲煎粉、沉香汁之属,无不毕备。又与新衣着令出,客多羞不能如厕。王大将军往,脱故衣,着新衣,神色傲然。群婢相谓曰:"此客必能作贼。"

在石崇豪宅的厕所里,有十多位美女做服务生,她们身着漂亮的衣服,上下装饰华丽,排列整齐地站在客人如厕的过道上,随时服侍如厕的主人和客人。石崇家厕所里放有甲煎粉、沉香汁等散发着香味的香料,厕所里始终弥漫着沁人心脾的芳香。沉香,有进口沉香,为植物沉香木的含有黑色树脂的木材,主要产于印度、马来西亚等国;有国产沉香,又名海南沉、海南沉香、白木香、莞香、女儿香、土沉香,为植物白木香的含有黑色树脂的木材,主产于中国海南岛。石崇家多的是进口产品,他家的沉香应该是舶来品。进口沉香质坚而重,能沉于水或半沉于水;气味较浓,燃之发浓烟,香气强烈。甲煎粉是一种更高级的香料,以甲香和沉香、麝香诸药和花物制成,可作口脂及焚爇(燃香),也可入药。北周庾信《镜赋》写道:"朱开锦蹹,黛蘸油檀。脂和甲煎,泽渍香兰。"倪璠注引陈藏器曰:"甲煎,以诸药及美果花烧灰和蜡治成,可作口脂。"唐李商隐《隋宫守岁》诗:"沉香甲煎为庭燎,玉液琼苏作寿杯。"明李时珍《本草纲目·介二·甲煎》云:"甲煎,以甲香同沉麝诸药花物治成,可作口脂及焚爇也。"

厕所里为如厕的人们准备有新衣,出入要更衣。到石崇家的客人看到那么多美女在旁,又要更衣,大多害羞得不好意思进厕所方便。只有大将军王敦到石崇家做客,大摇大摆如厕,在美女们面前脱故衣,换新衣,旁若无人,坦然自若。那些服侍客人的女服务生说:"这人一定会犯事的。"这样的设施,就是现代高级厕所也未必如是。有一次,刘寔去石崇家做客,要上厕所,见厕所里有绛纱帐大床、漂亮的床垫等极讲究的陈设,还有两位婢女捧着香袋侍候,吓得急忙退出来,对石崇说:"我刚才走错门了,误入了你的卧室。"石崇告诉他:"那就是厕所!"

能比得上石崇家厕所的,恐怕就只有皇室的了。《世说新语·纰漏》记载:"王敦初尚主,如厕,见漆箱盛干枣,本以塞鼻,王谓厕上亦下果,食遂至尽。既还,婢擎金澡盘盛水,琉璃碗盛澡豆,因倒著水中而饮之,谓是干饭。群婢莫不掩口而笑之。""尚主"就是娶公主,王敦娶了晋武帝司马炎的女儿舞阳公主,刚进入皇宫生活。去厕所,他把塞鼻用的枣子当成果品吃掉;从厕所出来,又把澡豆当成干饭(稠稀饭)吃掉。这些都是傻冒表现。澡豆是以豆子研成的细末作为主料制成的,起肥皂的作用。我国宋代以前人们洗脸净手和沐浴时，没有肥皂，就是使用"澡豆"。王敦这方面的知识还比不上皇室里那些婢女，所以落下笑柄。但这个故事的另一个版本，还是发生在石崇家里，说王敦是到石崇家如厕，闹出这样的笑话，见《艺文类聚》卷八四《宝玉部》下引《世说新语》。可见人们很难把石崇家的和皇室的厕所相区分了。细品这则故事，可能发生在宫室的可能性更大，王敦进入石崇家厕所那样大摇大摆，无所顾忌，就是因为他对皇室的生活已经习以为常，这样的奢华他已经司空见惯，所以不像别人那样羞涩而不自在。

石崇是西晋时有名的富豪，《晋书》卷三三《石崇传》记载："崇颖悟有才气，而任侠无行检。在荆州，劫远使商客，致富不赀。征为大司农，以征书未至擅去官免。顷之，拜太仆，出为征虏将军，假节、监徐州诸军事，镇下邳。崇有别馆在河阳之金谷，一名梓泽，送者倾都，帐饮于此焉。至镇，与徐州刺史高诞争酒相侮，为军司所奏，免官。复拜卫尉，与潘岳谄事贾谧。谧与之亲善，号曰'二十四友'。广城君每出，崇降车路左，望尘而拜，其卑佞如此。财产丰积，室宇宏丽。后房百数，皆曳纨绣，珥金翠。丝竹尽当时之选，庖膳穷水陆之珍。与贵戚王恺、羊琇之徒以奢靡相尚。"

他与皇亲国戚王恺斗富的故事千古流传。《晋书》卷三三《石崇传》记载："恺以粁澳釜，崇以蜡代薪。恺作紫丝布步障四十里，崇作锦步障五十里以敌之。崇涂屋以椒，恺用赤石脂。崇、恺争豪如此。"王恺何许人也？皇帝的舅父，一般人怎么能跟他比富？为了压倒石崇，皇帝常常帮助王恺。尽管有皇帝做后台，但王恺还是不敌石崇。同传记载：

> 武帝每助恺，尝以珊瑚树赐之，高二尺许，枝柯扶疏，世所罕比。恺以示崇，崇便以铁如意击之，应手而碎。恺既惋惜，又以为嫉己之宝，声色方厉。崇曰："不足多恨，今还卿。"乃命左右悉取珊瑚树，有高三四尺者六七株，条干绝俗，光彩曜日，如恺比者甚众。恺恍然自失矣。

这段记载取材于刘义庆《世说新语·汰侈》：

> 石崇与王恺争豪，并穷绮丽，以饰舆服。武帝，恺之甥也，每助恺。尝以一珊瑚树高二尺许赐恺，枝柯扶疏，世罕其比。恺以示崇；崇视讫，以铁如意击之，应手而碎。恺既惋惜，又以为疾己之宝，声色甚厉。崇曰："不足恨，今还卿。"乃命左右悉取珊瑚树，有三尺、四尺，条干绝世，光彩溢目者六七枚，如恺许比甚众。恺惘然自失。

常言说"财是惹祸根苗"，石崇如此豪富，不招人嫉恨才怪。他有一个宠妾叫绿珠，白州（今广西博白县）人，石崇为交趾采访使，以珍珠十斛换得绿珠。绿珠才貌双绝，善吹笛歌舞，石崇在众多姬妾之中，对绿珠情有独钟，绿珠对他也是情深意厚。石崇的外甥欧阳建得罪了小人孙秀，孙秀早就垂涎绿珠，后来石崇失势，孙秀得志，便向石崇索要绿珠。石崇不给，孙秀诬他为乱党，夷灭二族，绿珠也为石崇坠楼身亡。

王导之功业

人们把东晋王导与三国时诸葛亮相提并论。的确，论才能、道德和功业，王导确与诸葛亮有许多相似之处。杜甫《蜀相》诗咏诸葛亮有云："三顾频烦天下计，两朝开济老臣心。"这两句诗我们稍加改动，便可以用来形容东晋宰辅王导，曰："一身安危天下系，三朝开济老臣心。"因此，不妨称他为东晋时的诸葛亮。那么，王导与诸葛亮有哪些异同呢？

一、名门家世、济世之才与鸿鹄之志

王导跟诸葛亮都是琅邪（在今山东）人，都出身名门世家。诸葛亮是西汉司隶校尉诸葛丰之后，王导则是西汉益州刺史王吉之后。这两个家族都是西汉时开始发迹，奕叶相承，世代为宦。这样的家世门风，使他们都得到良好的家庭教育，富有政治干能。因此，两个人早年便才能外露，志向高远。"亮躬耕陇亩，好为《梁父吟》，身长八尺，每自比管仲、乐毅"，当时的名士崔州平、徐庶都"谓为信然"（《三国志》卷三

五)。王导则"少有风鉴,识量清远"。十四岁时,高士张公见到他,说:"此儿容貌志气,将相之器也。"(《晋书》卷六五)

但王导与诸葛亮踏上仕途的道路却有不同。诸葛亮早年丧父,由叔父诸葛玄带大,玄死,诸葛亮成为一介农夫,躬耕南阳,后来被新野县令刘备聘为僚属。王导要幸运多了,琅邪王氏是晋朝最为显赫的名门望族,他的族兄王衍官至司空、司徒、太尉,是朝中数一数二的重臣,他的祖父和父亲也都是西晋高官。王导生活在这样一个世族大家,从小受到专业官场训练,长大一点后,很自然地就进入了仕途。他继承的"即丘子"爵位传自其祖父那一代,司空刘寔引他为东阁祭酒,后来又参东海王司马越军事。

两个人都生活于乱世。乱世对很多人都是不幸的,但对才志之士又不失为机遇。王导和诸葛亮都在乱世一展雄才,成就伟业。面对乱世,他们都抱济世之志,梦想一飞冲天。诸葛亮吟《梁父吟》咏齐相晏婴故事,说明诸葛亮追求安邦治国的功业。王导也志向不凡,在西晋末年天下已乱之际,"潜有兴复之志"(《晋书》卷六五)。

二、洞察时变,指画山河,开基创业

诸葛亮身处东汉末年军阀混战的时代,虽躬耕垄亩,却胸怀天下。因此,当刘备三顾其茅庐,咨以当世之事时,他从容论天下大势,为世人留下一篇著名的《隆中对》。蜀汉建国的蓝图由此绘就,他不愧为刘备父子帝业的总设计师。

王导与琅邪王司马睿特别投契,结为好友。司马睿虽是皇族,却非首系,不受重视,也没有兵权。王导是卓有远见的政治家,曾经为司马睿的帝业绘就一幅蓝图。八王之乱初期，他就看出此后天下必将大乱。那时，司马睿留居京师，王导"每劝令之国"，建议司马睿离开京师那是非之地，专心积蓄力量，将来利用皇族名分干一番大事。王导的建议，一如诸葛亮劝刘备向荆、益谋发展。按照王导的构想，司马睿有了立足之地，便是恢复帝业的根基，是实现其兴复王室大计的第一步。司马睿器重王导，对他言听计从。

永嘉元年（307），司马睿受命镇守建邺（后改名建康，今南京），王导随他南渡，一直帮他出谋划策。在那里，王导曾有如下一段论对：

昔秦为无道，百姓厌乱，巨猾陵暴，人怀汉德，革命反正，易以为功。自魏氏以来，迄于太康之际，公卿世族，豪侈相高，政教陵迟，不遵法度；群公卿士，皆餍于安息，遂使奸人乘衅，有亏至道。然否终斯泰，天道之常。大王方立命世之勋，一匡九合，管仲、乐毅，于是乎在，岂区区国臣所可拟议！愿深弘神虑，广择贤能。顾荣、贺循、纪瞻、周玘，皆南土之秀，愿尽优礼，则天下安矣。

这一段议论，可比诸葛亮的《隆中对》，深切宏阔，把住了天下命脉，预示了否终泰来的转机，指引了广引贤能安邦治国，从而实现"一匡九合"统一天下的历史方向。后来东晋的建立和发展，正是沿着这条道路前进的。

诸葛亮来到刘备麾下不久，刘备遭遇兵败，率众南行，无立足之地。在此败军之际，危难之间，诸葛亮请命出使东吴，联吴抗曹。在东吴，诸葛亮凭三寸不烂之舌，说服孙权出兵，孙刘联合，击败曹操，使刘备获江南之地。不久，根据诸葛亮的建议，刘备入川，据有益州，从而实现了诸葛亮"跨有荆益"的设想,刘氏父子蜀汉政权的基业由此奠定。与此相似,司马睿在建邺,起初亦立足未稳,由于王导的精心笼络,司马睿获得了南方大族的支持,才使东晋王朝在风雨飘摇中奠定根基。

司马睿初至建邺,江南世族不把他放在眼里。过了一个多月,没有人上门拜会司马睿。王导甚为忧虑,他知道必须提高司马睿的声望,方能获得南方世族的支持,才能在江南建立复兴的基地。于是他决心包装司马睿,震慑吴人。三月初三的"禊节"是江南民间的盛大节日,男女老少都要到水边祈福祛灾。那天,司马睿亲自出行,参与节日活动。他乘华丽的肩舆(轿子),极具威严,名将王敦、名臣王导及一大群北方名士骑马随其后。南方的望族顾荣等人看见这种声势,皆惊惧,相率拜于道左。

王导建议司马睿"宾礼故老,存问风俗,虚己倾心,以招俊义",对江南大族实施拉拢。他亲自拜见南方世族里最德高望重的两位名士顾荣和贺循,请他们出来做官。两人应命而来,吴地士人纷纷跟进,南方世族从此归附司马睿,"君臣之礼始定"。这些人成为后来东晋政权的骨干。随着北方战乱加深,北方士族纷纷避乱南下,王导又劝司马睿收其贤俊,与之共事。司马睿根据他的建议,选拔一百多人参与到自己的政权班子里。这样一个南北士族联合建立起来的政权便初具雏形。

西晋灭亡,王导拥立司马睿在建康即位,史称晋元帝。王导晋升骠骑大将军、仪同三司,即宰相。王导跟诸葛亮一样,成为一个政权的主心骨。刘备死,曹魏方面以为蜀汉无人,再不足虑。及至听说诸葛亮执政,率军北伐,"朝野恐惧"。王导是东晋王朝的精神支柱。桓彝从北方至建康,见新政权微弱,甚为失望,说:"因为北方战乱,我到此避难,想求个活命。可是这个政权如此寡弱,该怎么办呢!"他后来见到王导,谈论国事,顿时树立了信心,出来告诉别人说:"王导真是管仲一样的人才啊!有了他,我们都不必忧虑了。"

三、辅事三朝,赤胆忠心

诸葛亮辅助刘备,开创蜀汉政权。刘备死,白帝城托孤,把辅助刘禅治理蜀汉的重任交给了诸葛亮。刘禅庸懦,诸葛亮却丹心一片,效忠王室,安邦济世。所以杜甫说他"两朝开济"。与诸葛亮相似,王导不仅辅助司马睿建立了东晋政权,而且在司马睿死后,又先后辅助其子明帝司马绍、其孙成帝司马衍执政,以他的才干、人格和忠心,呵护这个江南政权在风雨飘摇中巩固下来。在这个过程中,他的才干和人格堪与诸葛亮媲美。

刘备敕后主:"汝与丞相从事,事之如父。"刘禅称诸葛亮为"相父"。王导为司马睿制定了一系列方针政策,稳定了东晋政局。司马睿对王导十分倚重,称他为"朕之萧何"。王导成为江东新政权的实际核心,朝野上下叫他"仲父",地位、权力、声望均无人能与之相比。此时臣强君弱,王导的权力远大于一般的宰相。在隆重的登基典礼上,司马睿当众向王导提出共坐御床,接受百官朝贺。王导再三推辞,司马睿才没有勉强他。晋元帝除皇室血统外,没有别的凭借,政治上依靠王导,兵权在王敦手里,重要官职也都属于王氏。当时民间谚语说:"王与马,共天下。"但像诸葛亮一样,王导从无篡权夺位之心。

晋元帝想削弱王导家族的权势,重用善于逢迎的刘隗和刁协,王导逐渐被疏远。对此,王导不以为意,从容处之,人们称赞他宠辱不惊。但手握重兵的王敦咽不下这口气,他本来就有野心,所以乘机作乱。永昌元年(322),王敦以清君侧、替王导诉冤为由,举兵攻入建康,杀了刁协,刘隗逃亡。王导赞成王敦清除佞臣小人,但当王敦流露出篡权之意时,王导厉声反对,王敦只好作罢。

太宁元年(323),司马睿病死,晋明帝司马绍继位,王导受遗诏辅政。王敦认为有机可乘,再次图谋篡位,但突然病重,由兄长王含担任元帅。王导坚决反对,写信给王含,表达了自己"宁忠臣而死,不无赖而生"的决心,而后布置讨伐叛军。指挥朝廷军队与自己的兄弟开战,历史上少有。结果杀得王含军队大败,王含父子被杀,王敦一气病死。王导大义灭亲,因功升迁。太宁三年(325),明帝死,晋成帝司马衍即位,王导与外戚庾亮共同辅政。成帝年幼,不到十岁,诚惶诚恐地崇敬王导,每次见了都向王导下拜,每次下手谕都写上"惶恐言"三个字,诏书中也要添上"敬问"的词语。王导的地位和诸葛亮在蜀汉刘禅朝廷上一样。

四、因时制宜,一张一弛

比较起来,王导与诸葛亮治国理念不同。他们皆以儒学为根底,但从其施政倾向看,诸葛亮侧重法家,王导侧重道家,皆顺时因势,各得其宜。

诸葛亮立法严明,赏罚有度。《前出师表》中有云:"若有作奸犯科及为忠善者,宜付有司论其刑赏,以昭陛下平明之理,不宜偏私,使内外异法也。"古史评价他:"科教严明,赏罚必信,无恶不惩,无善不显,至于吏不容奸,人怀自厉,道不拾遗,强不侵弱,风化肃然也。"之所以如此,诸葛亮自己的解释是,刘备入川以前,刘璋为益州牧,刘璋暗弱,德政不举,威刑不肃。蜀土人士,专权自恣,君臣之道,渐以陵替。因此需要恩威并举,"威之以法,法行则知恩;限之以爵,爵加则知荣。荣恩并济,上下有节。为治之要,于斯而著"(《三国志》卷三五引裴注)。

与诸葛亮不同,王导辅政,以清静为宗旨,"不存小察,弘以大纲"(《晋书》卷七九),对世家大族采取优容态度。东晋初,法禁宽弛。晋元帝即位后,采取了一些较为严峻的措施,打击地方豪强,与王导的"清静为政"道家路线大相径庭。王导看到晋元帝在施政方面与自己存在很大的分歧,派出八部从事巡行各郡,表面上贯彻实施晋元帝的政策,实际上推行自己的方针。东晋政权建立在南北世族支持的基础上,如果采取严刑峻法,也许能收到一时的效果,但很快会招致反弹。王导努力调和皇室和世族之间、南北方世族之间的矛盾,无为而治,赢得了世家大族的好感,稳定了东晋政局。顾和曾说他辅政"宁使网漏吞舟",王导很欣赏他的话。

诸葛亮积极进取,立志兴复汉室,但蜀汉国弱民贫,屡次兴兵北伐,必然加重国家和百姓的负担。王导无为而治,迁就豪强大族,造成纲纪松弛,至晚年怠于政事,文书常常不审视就批准,还说:"人们都说我糊涂,后世当思我糊涂。"这或许是两人张弛有过吧!

五、壮志未酬,饮恨江南

咸康五年(339),王导病逝。他为官清廉,仁爱宽厚,善于调和各方矛盾,一生辅佐了元帝、明帝和成帝三朝,对稳定东晋局势发挥了重大作用，与诸葛亮扶危济倾的功劳可谓相埒。但诸葛亮没有王导幸运，诸葛亮辅助刘备打下的半壁江山，二世而亡，只存在了四十二年。王导辅助晋元帝司马睿开创的东晋王朝延续长达百年之久。

王导跟诸葛亮一样，怀抱统一天下的理想，但都赍志以没，终其一生只完成了半壁江山的建设和巩固。诸葛亮一生的理想是兴复汉室，还都旧邦，为此六出祁山，北伐中原，皆无功而返，后积劳成疾，"出师未捷身先死"。

当东晋建立之际，士大夫从北方迁来，每至美日，新亭对饮，举目有山河之异，相视流涕，只有王导愀然变色，说："当共勠力王室，克复神州！"但终其一生，壮志未酬，"死去元知万事空，但悲不见九州同"。

所以史书上论王导功业，将他与管仲、诸葛亮相提并论，却认为不及周代的姬奭（召公）、吕望和汉代的萧何、曹参。《晋书·王导传》史臣论曰："比夫萧、曹弼汉，六合为家；奭、望匡周，万方同轨，功未半古，不足为俦。至若夷吾（管仲）体仁，能相小国；孔明践义，善翊新邦，抚事论情，抑斯之类也。"诸葛亮和王导都有奭、望、萧、曹之才识，却只完成了管仲那样辅助一个割据政权的功业。

塞上长城空自许
——檀道济的悲剧

陆游《书愤》诗中有"塞上长城空自许"的名句,感叹自己徒有复国壮志而功业未成。这句诗用的是南朝刘宋时檀道济的典故。刘宋元嘉十三年(436),司空、江州刺史檀道济以谋逆罪被朝廷逮捕,宋文帝刘义隆专门下了一道诏书,宣布檀道济谋逆罪状。当年三月初八檀道济被杀害。檀道济被捕时,愤怒地斥责朝廷"乃复坏汝万里之长城!"长城是国家的保护墙,檀道济以长城自许,痛心于朝廷的愚蠢,才这样说。檀道济究竟是怎样一个人?朝廷为什么要冤杀檀道济?这要从檀道济一生功业说起。

一、追随刘裕,开国创业

檀道济,高平金乡(今山东嘉祥西阿城铺)人,自幼父母双亡,与兄姊流寓京口(今江苏镇江)。此时正值东晋末年,这个偏安江南的朝廷风雨飘摇了近百年,已经腐朽到在贵族群中再也找不到能支撑局面的人才,后人词句咏叹它"风流总被雨打风吹去"。于是轮到出身低贱凭军功上升的刘裕来收拾残局。檀道济有幸结识了这位叱咤一时的风云人物,并很快成为他麾下的一员猛将。

1. 平桓玄之乱

檀道济追随刘裕干的第一件重要事情是平桓玄之乱。东晋安帝隆安末年,桓玄任荆、江两州刺史,手握重兵,控制长江中游地区,与朝廷对抗。朝廷出兵讨伐,反而被他击败,他攻入都城建康,掌握了朝政,第二年代晋称帝,国号楚。

刘裕是东晋最精锐的部队北府兵的下层将领,桓玄发动政变之初,他佯装拥戴,后伺机与二十七人结谋,起兵京口,渡江攻入建康,把桓玄从御座上赶下来,拥立晋帝复辟。檀道济参与其谋。平桓玄之乱对刘裕和檀道济都具有重要意义,刘裕因翊戴之功而迅速掌握了东晋朝政,檀道济则开始进入统治集团的中心。这件事成为他履历中光彩的一笔,史家在他的传记中郑重写下"高祖(刘裕)创义,道济从入京城"(《宋书·檀道济传》)。

这时他的官职是建武将军参军事,又转征西将军参军事。在讨平鲁山和擒桓玄余党桓振的军事斗争中,他又立下战功,官拜辅国参军、南阳太守,并以"建义勋"封吴兴县五等侯。这是檀道济政治军事生涯的起点。

2. 平卢循、徐道覆之乱

刘裕平桓玄之乱时,北方正是五胡十六国纷争之时。南燕主慕容超乘东晋内讧,派兵入侵东晋边境,刘裕出兵北伐南燕。这时据守广州的卢循、徐道覆领导的农民军乘机北上,向江州推进。徐道覆攻克豫章(今江西南昌),卢循进至巴陵(今湖南岳阳),两路会合,直指建康。

在平息这场兵乱中,檀道济表现出杰出的军事才能。在各处义军中,郭寄生是较强的一支,朝廷以檀道济为扬武将军、天门太守,进击郭寄生,大获全胜。又跟从刘裕的弟弟刘道规进讨桓谦和荀林,檀道济为先锋,身先士卒,所向摧破。徐道覆率军进逼江陵,刘道规亲出拒战,与徐道覆大战豫章江口,檀道济之功最多。

世子刘义符为征虏将军,镇京口,以檀道济为司马、临淮太守。这时刘义符年仅十岁,显然刘裕是将镇守京口的重任委托给了檀道济。

3.北伐中原,所向破亡

后秦一直采取与东晋为敌的立场,企图乘机捞取好处。义熙十二年(416),姚兴派鲁轨率兵进攻襄阳,骚扰荆楚,刘裕亲统大军北伐。檀道济在北伐中展现了非凡的军事才能。

北伐大军分为四路,水陆并进。檀道济为冠军将军,与王镇恶率先锋军,沿淮水、泗水向许昌、洛阳进发。檀军先抵项城,后秦守将姚掌不战而降,檀道济乘胜进军,所至诸城望风降服。在进攻新蔡时,遭到后秦大将董遵的顽强抵抗。檀道济督军猛攻,破其城,杀董遵,继而攻克许昌,擒获后秦颍川太守姚垣及大将杨业。

檀道济乘胜前进,拔阳城,克荥阳,后秦兖州刺史韦华投降。后秦征南将军姚洸屯戍洛阳,急向关中乞求援兵。姚泓遣将姚益男领一万人马星夜赶赴往救。援军尚未到达,檀道济已攻下成皋,并会同其他部队,四面环攻洛阳。姚洸孤军难守,只得开城门率四千兵卒出降。攻占洛阳后,檀道济率军进据潼关。东晋军诸路会合,共破姚绍,占领了长安,后秦灭亡。于是黄河以南尽为东晋所有,这是东晋建立以来从未有过的胜利。

二、辅助新朝,功高当世

1.受命辅政,威震敌胆

刘裕声望日盛,终于篡夺了皇位,建立刘宋。檀道济因佐命之功,徙为丹阳尹,备受信任。刘裕病重,檀道济和司空徐羡之、尚书仆射傅亮、领军将军谢晦"入侍医药",料理刘裕后事和扶立新天子。为了保证边境安虞,朝廷遣檀道济出监南徐、兖之江北、淮南诸军事,为镇北将军、南兖州刺史。刘裕临死,檀道济与徐羡之等人同被顾命。

刘裕死,北魏改变了对刘宋的态度,他们扣押刘宋国使,发兵入寇。陈留、滑台、泰山、高平、金乡先后陷没,魏兵东入青州,青州刺史竺夔镇东阳城,遣使告急。朝廷令檀道济统兵相救,此时魏军兵势大盛,叔孙建入临淄,所向城邑皆破。魏主又遣素有威名的刁雍增援,助攻东阳。东阳城中兵微将寡,虽然竺夔时出奇兵,完城守战,但战士多死伤,余众困乏,旦暮且陷。

檀道济至彭城,以司、青二州并急,而所领兵少,不足分赴,青州道近,竺夔兵弱,乃与王仲德日夜兼程,先往救之。听说檀道济救兵将至,魏军烧营焚攻具遁走。

2.废除昏主,拥立新君

刘义符是刘裕长子,即位时十七岁。这个纨绔子弟缺乏做皇帝的基本素质,一上台就迅速地暴露出各种弱点和劣迹,徐羡之等几位顾命大臣谋欲废之。按刘氏兄弟排行,废刘义符之后,当立庐陵王刘义真,但刘义真亦"轻动多过,不任四海",于是拥立刘裕第三子宜都王刘义隆。

当时檀道济在镇,没有参与其谋。徐羡之将废少帝,召檀道济入朝,欲借檀道济威名震慑左右。檀道济至,徐羡之才将其谋划告知,檀道济与之意见不同,但也无可奈何。虽然事关重大,檀道济却像在意料之中一样泰然处之,是夜他与谢晦同宿,谢晦内心不安,不能入寐,檀道济却酣然入梦,谢晦"服其处大事而不变其常度"。说明檀道济也认为废除少帝是理所当然的事情,他没有反对,内心自觉坦然。

事发当夜,檀道济领兵入宫。前一天皇帝在宫苑做屠沽游戏,夕寝于舟中。士兵们把他从船上扶出,解下他的玺绶,押送到他当太子时住的东宫,并很快就迁至吴郡。徐羡之等又恐留后患,派人把他杀掉。而后备法驾,至江陵,奉迎刘义隆入京即位,是为文帝。刘义隆福从天降,帝位不谋而得。

3.讨平谢晦,忠心可表

文帝不甘心徐羡之等人专制朝权,他虽然为徐羡之等人所拥立,却并无感激之心,更不愿为其所制。徐羡之等人对此也早有防范,徐羡之、傅亮在朝辅政,檀道济出镇江州,谢晦出镇荆州,以为内外声援,万无一失。但檀道济却无对抗朝廷之心。文帝先诛徐羡之、傅亮,以除肘腋之患,而后发兵问罪荆州谢晦。谢晦拥三万精兵抗拒朝命。

文帝召回檀道济,对他说:"废立之事,你未参与其谋,我不追究。现在谢晦据荆州之地,抗表犯上,威胁建康,不知你有何良策?"檀道济说:"谢晦富有谋略,我与他同随武帝北征,入关十策,有九策出于谢晦。但他未曾率军决胜于疆场,戎事非其所长。若陛下信任,让我衔命征讨,可一战擒之。"文帝大喜,亲统大军数万,以檀道济为先锋,溯江西上,击溃谢晦。

因平乱之功,檀道济进号征南大将军,任江州刺史。

4.败中求胜,妙计退敌

文帝即位后,不甘心中原大片土地沦于北魏,有恢复之志。元嘉七年(430),遣到彦之统军北伐,宋军尽收河南失地。这年冬天,魏军乘冰渡河,反攻河南,洛阳、虎牢、荥阳等地接连失陷。魏军进围滑台,宋命檀道济率众伐魏。

此时,到彦之一败涂地,河南得而复失,敌势甚盛。檀道济自清水救滑台,魏军拒之。檀道济大破魏军,斩魏济州刺史悉烦库结,进至济上。二十余日间,前后与魏军三十余战,多获大胜。军至历城,敌人以轻骑邀击其前后,焚烧草谷,军队乏食,檀道济不能进,魏军得以攻克滑台。滑台既失,粮草又尽,檀道济自历城引军南归。

投降北魏的宋军士兵把这个消息告诉了魏人,魏军于后紧追,部下汹惧将溃。檀道济命手下"唱筹量沙"——夜里往粮囤中装沙子,并高喊计算斗数的数字,又以所余粮食覆其上,制造粮草充足的假象。天亮,魏军看到宋军"粮囤"遍地,以为宋军资粮有余,杀掉了"谎报军情"的刘宋降兵。檀道济兵少,魏兵甚盛,敌人骑兵四面合围。檀道济命军士皆披甲,他自己身穿便服,乘轿子,从容地引兵而出,敌人以为有伏兵,不敢进攻,檀道济得以全军而返。自此之后,魏人忌惮檀道济的威名,不敢轻易南犯。

三、功高震主,祸患及身

檀道济这位名将的存在引起南、北两朝的畏惧,他被杀后,魏人高兴地说:"道济死,吴子辈不足复惮。"说明刘裕死后,如果说北魏对南朝还有所畏惧的话,就是怕这位百战百胜的檀道济。南朝刘宋的统治者也害怕檀道济,这是一般人不能理解的,有檀道济在,刘宋的统治者睡觉应该更安稳一些,为什么反而感到害怕呢?史载:"道济立功前朝,威名甚重,左右腹心,并经百战,诸子又有才气,朝廷疑畏之。"

刘宋的开国之君刘裕就是因军功之盛而夺了东晋政权,所以刘裕的后代也害怕重蹈东晋的覆辙,他们不能允许在刘宋的将军中又出现一个"刘裕"。檀道济的战功和威名是其悲剧的肇端,真是"木强则折"。假如檀道济打几个败仗,或者表现得庸懦一些,也不至于招致杀身之祸。不过宋文帝还颇有威权,有文帝在,他们觉得檀道济尚有人可制。可是不巧的是宋文帝病了,太医发了好几次病危通知书。文帝和他的近臣们都考虑到他身后的事情,他们看看文帝诸子懦弱的样子,再想想檀道济的威名,就觉得心里很不安,终于大家形成共识——不除檀道济就难驱恶梦。

文帝病势加重,他们感到事情紧迫。当时围绕文帝的近臣主要是刘湛和彭城王刘义康,他们都"虑宫车晏驾,道济不可复制"。元嘉十二年(435),文帝又一次病危,刘义康请示了文帝,觉得必须对檀道济下手,于是召其入朝。事出蹊跷,连檀道济的妻子都感到此行凶多吉少,她说:"高世之勋,自古所忌。今无事相召,祸其至矣!"檀道济没有政治野心，也不怎么去提防别人。他更不会把自己的命运和文帝的病情联系起来，在夫人的惴惴不安中，他还是离开江州，乘船上路。当檀道济匆匆赶到京城时，文帝的病一时转轻了，朝廷觉得只要文帝健在，就不怕檀道济难制，而檀道济毕竟还有用，所以举起的刀又放下了。到第二年春上，朝廷觉得再把檀道济留在京城有点无聊，命檀道济还镇。

但是真是不幸，檀道济刚刚离开京城，文帝的病情突然加剧，朝廷立刻派人追上来了。檀道济的大船已经驶至秦淮渚，来人手持文帝诏书，请檀道济上岸，说朝廷要为檀道济"祖道"。所谓"祖道"就是为出行者祭祀路神，并设宴饯行，这当然是个骗局。诏书是刘义康假托文帝口气伪造的，檀道济一进入祖道帷帐就被武士们拿下了。檀道济立刻明白了自己的结局，他异常愤怒，脱帻（头巾）投地，说："乃复坏汝万里之长城！"很快，檀道济便被诬遭杀，与檀道济一起被诛者还有他的八个儿子，皆身居朝廷要职。朝廷还杀了檀道济两位心腹大将薛彤和高进之，这两员勇将，当时的人比之为张飞、关羽。注意，檀道济的话用了一个"复"字，意思就是说这样自毁长城的事已经不是第一次了。

檀道济真是"塞上长城空自许"，一位在战场上喑呜叱咤的猛将在一纸诏书面前成了槛中虎和刀下鬼。十四年后，文帝遣王玄谟率军北伐。王玄谟只会纸上谈兵，北伐失败，北魏大举反攻，魏太武帝亲统大军一路南下，进至与刘宋都城建康隔江相对的瓜步山，声言渡江，建康军民人情惶骇。文帝登石头城，遥望魏军声势，面露忧色，非常愧悔地说："檀道济若在，岂使胡马至此？"中国历史上檀道济式悲剧一出接一出，那些对功臣良将动屠刀的统治者，往往都是在灾难临头时才追悔莫及。

段荣在北齐建国过程中的地位

1993年7月中旬,河北省曲周县白寨乡北油村村民在村西偏南五百米处打井,挖掘到一座北齐古墓。1994年5月,河北省文物研究所、邯郸市文管处与曲周县文化馆的专家共同发掘了此墓。墓有封土,四周均为平整的耕地,当地人称之为"小冢"。因为在此墓之西约四百米,还有一处封土,被当地人称为"大冢"。从出土墓志可知,此墓是北齐勋贵、大司马武威昭景王段荣与王妃娄氏、郡君梁氏的合葬墓,而且发现其附近为段氏家族的墓群。出土文物有墓志铭三件、陶俑百余件,这批珍贵文物对研究东魏、北齐历史有重要的参考价值。

博友任建先生给我发了一条短信,说:

> 您好,石老师,对于北朝历史,我相信您是权威人物,希望就段氏家族在北朝齐国的作用与埋骨曲周的事实及其象征的意义与您探讨,期待有机会您来我县讲学。谢谢。任建祝好。

感谢任先生对我的信任,但我非常惶恐,因为我对段荣家族实在缺乏研究。倒是任先生在自己家乡曲周地方史志方面,可以称得上专家。但任先生的短信激发了我探讨段氏家族的兴趣,我想借此机会跟任先生交流。因篇幅关系,先谈一谈段荣在北齐建国过程中的作用。

《北齐书》有《段荣传》,并附其子段韶的传记,能入正史传记本身已经说明段荣父子在北齐历史上的重要地位。段荣墓志的记载与本传记载的历史事实基本相符,小有不同,而关于段荣仕历比之本传更加详细,可补史传之不足。从本传记载可以知道,段荣是北齐开国功臣。段荣生活在北魏末年和东魏时期,北齐没有建立,他就去世了。他死后十三年北齐建立,为什么说他是北齐开国功臣,而且入北齐正史呢?因为北齐虽然后来建国,但基业是高欢打下的,因此高欢的儿子当了皇帝后,高欢被追奉为北齐高祖。段荣追随高欢,立下了汗马功劳,高齐的基业有段荣的一份。段荣是一位颇有政治眼光、洞察时变的人,他预言了北魏末年的六镇之乱。《北齐书》卷一六《段荣传》记载:

> 段荣,字子茂,姑臧武威人也。祖信,仕沮渠氏,后入魏,以豪族徙北边,仍家于五原郡。父连,安北府司马。荣少好历术,专意星象。正光初,语人曰:"《易》云'观于天文以察时变',又曰'天垂象,见吉凶',今观玄象,察人事,不及十年,当有乱矣。"或问曰:"起于何处,当可避乎?"荣曰:"构乱之源,此地为始,恐天下因此横流,无所避也。"未几,果如言。荣遇乱,与乡旧携妻子,南趣平城。

北魏建都平城(今山西大同东北)后,为防范柔然人入侵和羁縻高车人而沿着长城一线,在西起内蒙古五原、东到今河北张北的千里边界上设置了六大军事重镇,自西向东依次为沃野、怀朔、武川、抚冥、柔玄、怀荒六镇。北镇不设州郡,以镇、戍领民,镇民主要是鲜卑拓跋部民,地位较高。随着北魏疆域的扩大,强制汉族及其他族的大族豪强、部落酋帅徙边。文成帝以后,又不断发配囚犯戍边,从此镇民的地位日益下降。孝文帝迁都洛阳后,政治、经济中心南移,北镇失去军事上的重要地位。加以进入中原的包括拓跋部在内的各族贵族加速汉化及封建化,而北镇仍然保持着鲜卑化倾向,镇民被称为"府户",属于军府,世袭为兵,不准迁移。段荣的爷爷段信就是被迁至北镇的河西豪族。北魏后期,北镇镇民中贫富差别加剧。被统治的广大镇民遭受主将、参僚和豪强的欺凌奴役,土地被剥夺,承担着繁重的官、私力役,还被洛阳政府视为"北人",受到歧视。正光四年(523)爆发了六镇起义,关陇、河北各族纷纷起兵响应,北魏统治濒临崩溃。边镇军事豪强乘机扩充实力,其中尔朱荣实力最盛。在这个沧海横流的时代,段荣参加了杜洛周的义军队伍,更重要的是跟他共事的有高欢,两人立场相同,曾企图谋杀杜洛周,"事不捷,共奔尔朱荣"。段荣与高欢的战斗友谊就是这时建立起来的。

高欢(496—547)是鲜卑化的汉人,鲜卑名为贺六浑,祖籍渤海郡蓨县(今河北景县)。其祖高谧曾为北魏侍御史,后因犯法举家徙于怀朔镇(今内蒙古固阳西南),此后三代遂居于此。怀朔是鲜卑人居住和活动的地方,高欢就生长在这里,史称他"累世北边,故习其俗,遵同鲜卑"。而高欢不仅有一个鲜卑名字"贺六浑",还娶了鲜卑富户出身的娄昭君为妻。段荣和高欢都出身豪门贵族,与镇民不同。在六镇起义中,高欢先后投靠杜洛周和葛荣,最终脱离义军投奔尔朱荣。他向尔朱荣提出讨伐胡太后亲信郑俨、徐纥,以"清君侧"为名,从而成就霸业的方针,受到尔朱荣的赏识,并被提拔为尔朱荣的都督(卫队长)。在尔朱荣灭葛荣的战斗中,高欢立了大功。原来在杜洛周、葛荣手下,高欢熟人不少,他在阵前招降了葛荣军中七个王和一万多人的军队。尔朱荣军事、政治双管齐下,一方面派高欢展开政治攻势,另一方面他亲自陷阵力战,率骑兵突破穿透葛荣的大阵,又从后返击,葛荣军大败,葛荣被擒,尔朱荣把他送往洛阳处死。

尔朱荣被北魏孝庄帝杀死,他的侄儿尔朱兆掌握大权。高欢从尔朱兆手里获得六镇降兵,有了自己的队伍,脱离尔朱兆,进入山东冀、定、相诸州(今河北及河南北部),作为自己的据点,这里成为他后来发家的基地。高欢是东魏王朝的建立者之一,也是北齐王朝的奠基人,他的基业是从此肇始的,而这个决策及其实施,段荣有一份功劳,"后高祖建义山东,荣赞成大策。为行台右丞,西北道慰喻大使,巡方晓喻,所在下之"。高欢被魏帝任命为东道大行台、第一镇人酋长,高欢则任命段荣为大行台右丞,负责大行台事务,不久又转镇远将军、显州刺史,出为西北道大行台、慰劳大使。段荣招降安抚各地百姓酋豪,所到之处,顺风降附。不久高欢又加他为大都督。

尔朱兆组织四路大军共二十万人在邺城(今河北临漳西南)汇集,夹洹水列阵,准备和高欢决战,被高欢击溃。大都督斛斯椿等人回到洛阳,尽杀留守的尔朱氏党羽。高欢到了洛阳,为尔朱氏所立的节闵帝派人慰劳高欢。高欢把节闵帝幽禁在寺庙中,另立平阳王元脩,即北魏孝武帝。元脩不甘心当傀儡，逃奔关中依宇文泰。高欢仍然需要一个傀儡，又立元善见为帝，这就是孝静帝。他是东魏唯一的皇帝，被高欢当作影帝，他没有皇帝的权力，但要表演皇帝的角色。高欢成为东魏实际的统治者，东魏虽然皇帝姓元，实际上是高家的天下。邺城之战中，段荣负责后勤供应，保证了战役的胜利，受到高欢的奖励。本传记载：

> 高祖南讨邺，留荣镇信都，仍授镇北将军，定州刺史。时攻邺未克，所须军资，荣转输无阙。高祖入洛，论功封姑臧县侯，邑八百户。转授瀛州刺史。

但段荣没有担任瀛州刺史这个重要的职位，"荣妻，皇后姊也，荣恐高祖招私亲之议，固推诸将，竟不之州"。战争中后勤的重要性，高欢很清楚。但大家看到的是将士们在前线浴血奋战，段荣担心将士不服。段荣的妻子娄氏是高欢之妻的长姐，段荣与高欢是连襟之亲，"一条船儿"。他担心别人会批评高欢"私亲"，因此推功诸将，辞掉了这个职位。段荣墓志中的记载可以与此相印证：邺城之战，"（高欢）亲事攻围，以王为四面大都督，于信都留守，寻除使持节、都督定州诸军事、镇北将军、定州刺史。于时邺城不下，糜费实多，转输之劳，我其称最。乃封姑臧县开国侯，食邑八百户。寻转车骑将军、左光禄大夫。复除定州刺史，……转授瀛州刺史，敷衽陈辞，竟不述职"。但段荣不久便出任更重要的地方行政长官，本传称其"寻行相州事，后为济州刺史。天平三年，转行泰州事"。墓志记载："又为大都督、大行台，镇抚梁郡，未几，行相州事，寻除济州刺史。"段荣在地方上颇有政绩，受到官民赞扬。本传称"荣性温和，所历皆推仁恕，民吏爱之"，"四年，除山东大行台、大都督,甚得物情"。据墓志,所谓"大都督",乃"领六州流民大都督"。

段荣是高欢的重要辅弼,在重大决策中往往表现出过人的识见。沙苑之战,高欢没有听从段荣的意见,招致失败,北齐从此走向下坡路。本传记载:

> 初高祖将图关右,与荣密谋,荣盛称未可。及渭曲失利,高祖悔之,曰:"吾不用段荣之言,以至于此。"

所谓"渭曲失利",指东魏与西魏之间的沙苑之战,高欢败北。这次战役是高欢挑起的,在此之前的小关之战,高欢败给西魏,这次他抱着复仇的愿望出击。出征前他曾征求段荣的意见,遭到段荣的反对,但高欢不听。天平四年(537),高欢亲率二十万大军自壶口出发,赶往蒲津,第二次东、西魏大战即沙苑之战爆发。结果,西魏宇文泰以少胜多,再次击败高欢军。东魏丧师八万,丢弃铠仗十八万,从此一蹶不振。而宇文泰经此一胜,兵精粮足,成为高欢心腹大患,东、西魏战局和强弱态势从此扭转。高欢后悔未听段荣的意见。

东魏孝静帝元象元年(538),段荣被授以仪同三司。仪同三司,官职名,始于东汉,本意指非三公(司马、司徒、司空)而给以与三公同等的待遇。据墓志记载,段荣"以元象元年六月薨于中山,时年六十一"(与本传记载"二年五月卒,年六十二"不同,当以墓志为准)。死后朝廷赠使持节、侍中、都督定冀沧瀛四州诸军事、大将军、定州刺史、太尉公、尚书左仆射。十二年后,高洋称帝,北齐建立。孝昭帝皇建元年(560),命配飨神武帝高欢庙庭。武成帝太宁元年(561)十一月十九日,改葬于邺城东北一百五十里斥章城西南三里,重赠使持节、侍中、都督恒朔云燕冀瀛沧定八州诸军事、骠骑大将军、定州刺史、大司马、尚书令、武威王,谥曰"昭景"。长子段韶嗣其爵位。

段荣为北齐的建立立下了汗马功劳,成为开国元勋之一,也为段氏家族的兴旺奠定了基础,武威段氏由当地豪族而进入东魏政权核心,是从段荣开始的。段荣与高欢是连襟,这种关系因然是段荣受到重用的原因之一,但更重要的还是他在高氏创业过程中的贡献。所以《北齐书》本传评价他说:"段荣以姻戚之重,遇时来之会,功伐之地,亦足称焉。"讲到段氏家族在北齐的显赫,说"荣发其原"。还说他"位因功显,望以德尊"。墓志称他对北齐政权有"翼赞""光启"之功。

一个有血性的亡国之君

曹操死,有七十二疑冢之说。据《后汉书》记载,曹操为了补军需之急,曾任命发丘中郎将、摸金校尉,挖掘古墓,进行有组织的盗墓活动。据说,他担心自己的墓也遭此厄运,故一边放风实行薄葬,告诉人们自己的墓中无宝可挖,让人们打消觊觎之心,一边营造七十二座墓,让人无法断定哪座墓是真的,故有七十二疑冢之说。河北磁县有一百多座高冢,长期以来被传为曹操疑冢。考古证明,这些古墓实为北朝时期的墓葬,现在被称为"磁县北朝墓群",列为国家级重点文物保护单位。

这些墓葬的墓主有的本来就知道,有的通过考古活动已经查明,还有的墓主尚不能确定。2011年8月3日,借到磁县讲学的机会,在磁县文物部门领导的陪同下,我参观了东魏孝静陵、北齐文宣帝高洋武宁陵和兰陵王墓。

孝静陵,当地俗称"天子冢",是东魏孝静帝元善见的陵墓。元善见(524—551)是北魏孝文帝之曾孙,清河文宣王元亶之子。他生活的时代,北魏已经气息奄奄。大将军高欢本来已经立了一个傀儡皇帝元脩,即北魏孝武帝。元脩不甘心傀儡地位,跑到关中投奔宇文泰。永熙三年(534)十月,高欢和百僚详议,决定再立一个傀儡,于是先以清河王元亶为大司马,然后立亶之子元善见为帝,即孝静帝。而后迁都于邺城(今河北临漳西南),改元天平,东魏建立。以此为标志,北魏正式分裂为东魏与西魏。这一年元善见十一岁,实际权力掌握在高欢手里,朝政一切唯高欢之命是从。当时,邺城传出一首童谣:"可怜青雀子,飞来邺城里。羽翮垂欲成,化作鹦鹉子。"青雀指孝静帝,说他来到邺城,变成一只小鹦鹉,暗指他的一切发号施令不过是鹦鹉学舌而已。童谣形象地道出了这位所谓"天子"的可怜地位。孝静帝从即位的那一天起,就注定是一个傀儡皇帝。高欢为了监督他的行动,把女儿嫁给他做了皇后。史书上记载却说是孝静帝反复要求高欢才答应的。

高欢死后,权力落到他的儿子高澄手里,高澄更加紧了篡位夺权的步伐。为了控制孝静帝,高澄任命心腹崔季舒当黄门侍郎,监视孝静帝的行动。孝静帝韬光养晦,故作平庸,因此当时人都称他为"痴人"(傻家伙)。有一次,高澄写信给崔季舒,询问孝静帝的近况,云:"痴人比复何似?痴势小差未?宜用心检校!"意思是说,那傻孩子最近怎么样?傻劲好些了没有?你要用心给我看好!武定七年(549),高澄趁"侯景之乱",攻陷了萧梁不少城池,孝静帝被迫封高澄为相国、齐王,"赞拜不名,入朝不趋,剑履上殿"。这些称号和待遇其实都是大臣篡位前的传统步骤。在这种情况下,孝静帝的一举一动都受到严格的限制。《资治通鉴》卷一六〇记载:"帝尝猎于邺东,驰逐如飞,监卫都督乌那罗受工伐从后呼曰：'天子勿走马，大将军嗔！'"意思是皇上你不要骑得太快了，大将军怪罪下来，我们都不好交代。还有一次，"澄尝侍饮酒，举大觞属帝曰：'臣澄劝陛下酒。'帝不胜忿，曰：'自古无不亡之国，朕亦何用此生为！'澄怒曰：'朕，朕，狗脚朕！'使崔季舒殴帝三拳，奋衣而出"。

马骑快一点儿，就要受到警告；说句气话，不仅挨骂，还挨了三拳，这天子当得也只能这样窝囊了。但"自古无不亡之国，朕亦何用此生为！"这句话，透露出孝静帝还真有点儿血性，有一种宁死也不接受小人摆布的气概。他还吟咏谢灵运的《抒怀》诗："韩亡子房奋，秦帝仲连耻。本自江海人，忠义动君子。"这是当年谢灵运起兵造反前的诗。侍讲大臣荀济与元瑾、刘思逸等人要做忠义之人，密谋讨伐高澄，以解皇帝之危，以雪皇上之耻。为了避开高澄的耳目，他们在皇宫日夜挖掘通往城外的秘密通道，计划与孝静帝逃出皇宫，组织天下兵马，与高澄决一死战。可是，当地道挖到城门附近时，守门军官听到地下有响声，上报高澄，计划功败垂成，荀济等人被抓。

高澄带兵入宫，逼问孝静帝："陛下为什么要谋反？我们高家对陛下忠心耿耿，有什么地方对不起你呢？这一定是你身边的侍卫和嫔妃怂恿你这么干的！你说是谁？"高澄示意左右捕杀胡夫人和李嫔妃。孝静帝没有示弱，他义正词严地说："从来只听说臣子反叛君王，没听说君王反叛臣子。你自己要谋反，又何必指责我呢！杀了你，社稷就会安定；不杀，国家就会灭亡。我已将生死置之度外，何况是嫔妃！想弑君叛逆，我等着你！"面对孝静帝的强硬态度，高澄似乎忽然明白了自己的身份,自觉此时与皇上闹翻,对自己不利,小不忍则乱大谋,于是连忙叩头,大哭谢罪。

然而三天后,高澄便把孝静帝囚禁在含章堂,"烹济等于市"——把参与其事的荀济等人在集市上当众放进大锅煮烂。就在高澄准备杀死孝静帝,即位为帝之前夕,他意外地死在膳奴(厨房里做饭的奴才)兰京之手。得知高澄被杀,孝静帝高兴地说:"高澄之死真是天意,朕该翻身了。"然而,朝中大权落到高澄的弟弟高洋之手。在高洋逼迫下,孝静帝连继续当傀儡的愿望也成了泡影。武定八年(550)五月,在十万精兵的逼迫下,孝静帝禅位于高洋。高洋即位之初,对孝静帝还算优待,封他为中山王,食邑一万户。在自己的封地,孝静帝可以悬挂天子旌旗,用天子年号,文书可以不称臣,三个儿子也都封官食邑。孝静帝没事可干,整日和妻子饮酒、赋诗,聊以解愁。但这一切都是暂时的,卧榻之侧,岂容他人鼾睡!一年后,即天保二年(551)十二月初十,孝静帝被高洋毒死。随后,他的三个儿子也被高洋杀害。孝静陵就是那一段历史的见证。

孝静帝是东魏唯一的皇帝,而且一直是傀儡皇帝。但从他说的话和干的一些事可知,他却算得上是一位有血性的男儿,而且有胆有谋,能文能武。《魏书》称他"好文学,美仪容。力能挟石师子以逾墙,射无不中","有孝文风"。他挖地道出城的计划差一点儿实现。但在封建专制社会的权力斗争中,有时候个人的能力和胆识无法对抗或者改变大势所趋,权力比智慧和才德更有发言权。失势的凤凰不如鸡,孝静帝就是这样。

兰陵王墓见证的历史

兰陵王墓是北齐神武帝高欢之孙、文襄皇帝高澄第四子高肃之墓，位于河北磁县城南五公里处。兰陵王墓保护较好，有一陵园，周围建有透花围墙。园门西向，门外一个广场。进门右边便见高大的墓冢，草树繁茂。墓前立兰陵王塑像。塑像南面有一碑亭，兰陵王碑立于亭中，1988年，此碑被列为国家重点保护文物。站在兰陵王塑像前，便让人想到北朝乱世和将军的声名功业。

一、邙山大捷建威名

兰陵王名高肃，字长恭，一名孝瓘，北齐名将。高肃曾任并州刺史，并州临突厥，他在与突厥的战争中立下显赫战功，而最令他威名大著者为邙山大捷。

公元564年冬，北齐军队败于邙山，重镇洛阳被北周十万大军围困。北齐武成帝高湛急诏各地兵马解洛阳之围，各地兵马赶到洛阳城外，三军将士竭力拼杀，突破了周军围城打援的第一道防线，却无力缓解北周重兵对洛阳的攻势。兰陵王已经率军攻入周军，但无法逼近洛阳城而退出。眼看洛阳岌岌可危，兰陵王率五百骑兵再次杀入敌阵。冲到洛阳城下，周军迅速把他包围在金墉城下。金墉城是三国魏明帝时所筑，乃洛阳城西北角一个小城。城上守城的齐军兵士不知道他是什么人，不敢相救。兰陵王脱下头盔，露出脸面，城上人才认出是他，迅速从城上缒下弩手，向周军反击。此时外围的齐军乘势杀来，内外夹击，战局立刻改观。周军大败，"尽弃营幕，从邙山至谷水三十里中，军资器物弥满川泽"。

兰陵王不顾生死的勇猛出击使齐军转败为胜，保住了洛阳，也使北齐转危为安。目睹兰陵王冲锋陷阵的英姿，将士间传出一首歌谣，称为《兰陵王入阵曲》，广为流传。此后，他历任司州牧、青瀛二州刺史，后为太尉。与段韶讨柏谷，又攻定阳。以战功先后被封为巨鹿郡公、乐平郡公、高阳郡公。

二、狡兔未死良犬烹

关于兰陵王的事迹，最令人扼腕叹息者则是他的下场，他不是马革裹尸死在战场上，而是死于皇上赐给的毒酒。武成帝死，后主高纬即位。高纬是武成帝高湛的儿子，和兰陵王为堂兄弟。有一次两兄弟闲话，不觉又提及邙山之捷。皇上说："邙山之捷，你入阵太深，一旦失利，悔无所及。"话语间既肯定了兰陵王不畏生死的战斗精神，也流露出对兄弟的担心，不免有告诫之意，本来也是好意。但兰陵王无意识的回答却让心胸狭窄的后主产生了猜忌之心。兰陵王的原话是这样的："家事亲切，不觉遂然。"——北齐是我们高家的天下，国家的安危让我牵挂,当时不自觉地就冲上去了。

这种视国如家、誓死卫国的精神,本来应该受到后主的爱惜才是。但要知道,在封建社会里,天下乃皇上一人之天下,皇上视国家最高权力为禁脔,连堂兄弟也不能染指,你居然把国家大事视为家事,用心何在!莫非你认为这天下也有你一份不成?后主的脸色当时就难看了,"帝嫌其称家事,遂忌之"(《北齐书·兰陵王传》)。

当然,这话如果出于别人之口,或许后主也不那么计较,重要的是出于兰陵王之口,那就不同了。邙山之捷成为兰陵王最耀眼的功绩,当然也成为兰陵王重要的政治资本。他不仅英勇善战,在国内又甚具威名,这是对皇位的最大威胁。如果他有野心,后果不堪设想。所以当他视国事为家事时,后主猜忌之心油然而起,这是很正常的。常言说"伴君如伴虎",在君王面前,你时刻都要小心,无意间的一言一行、一举一动,都可能造成杀身之祸。下面后主的行为大家就不必以为不可理解,而是封建皇权的正常游戏。

武平四年(573)五月,后主派徐之范携毒酒赐兰陵王自尽。徐之范只带来了毒酒,并没有带来杀兰陵王的理由,所以兰陵王对自己的妃子郑氏说:"我忠以事上,何辜于天,而遭鸩也。"——我事君以忠,不明白皇上为什么要毒死我!妃子说:"何不求见天颜?"兰陵王说:"天颜何由可见?"抱起酒瓮一饮而尽,于是死去。后主并不宣布兰陵王罪名,而是追封兰陵王为太尉。这是历史上一起典型的以"莫须有"罪名杀害功臣的冤案,岳飞并不是第一个。

古语云:"飞鸟尽,良弓藏;狡兔死,走犬烹。"而对于北齐来说,当时大敌当前,国势岌岌可危,北周早已虎视眈眈,欲东下灭齐,北齐正是用人之际。但对后主来说,国家存亡似乎不比皇位更重要。岂不知皮之不存,毛将焉附?国家灭亡,皇位又在哪里呢!兰陵王死,北齐失去了重要支柱。四年后,北齐被北周所灭。北周武帝先是把北齐皇室俘至长安,后来又诬以谋反罪名,将其数十人不分老幼全部赐死,"神武子孙所存者一二而已"。不知当时身为太上皇的后主会不会感叹:若兰陵王还在,岂复如此!

三、木秀于林,风必摧之

对于后主的猜忌和毒手,兰陵王并不是全无防范。邙山大捷之后,兰陵王自知威名太重,可能招致祸害,便开始韬光养晦。本来他是很廉洁的,史书记载他"为将躬勤细事,每得甘美,虽一瓜数果,必与将士共之",但"历司州牧、青瀛二州,颇受财货"。在定阳,他的属下尉相愿问他:"大王你身受朝廷之命,为什么如此贪酷?你本来也不是这样的人啊!"兰陵王没有回答。尉相愿猜透了他的心思,说:"岂不由芒山大捷,恐以威武见忌,欲自秽乎!"兰陵王默然无语,承认正是此意。

尉相愿深为兰陵王担忧,他说:"自秽并不是万全之计。朝廷如果猜忌你,你这样做正好授人以柄,对你贪赃正好可以加以处罚。——求福反以速祸。"兰陵王顿时泪下沾襟,移席向前,向尉相愿请教安身之术。当时,兰陵王讨柏谷,攻定阳,"前后以战功别封巨鹿、长乐、乐平、高阳等郡公"。尉相愿告诫他:"王前既有勋(指邙山大捷),今复告捷(指定阳之战),声威太重,宜属疾在家,勿预事。"——你只有一条路,就是装病在家,不要再参与国家的任何事。

尉相愿的话是对的,自古功臣功成名就、功高震主时就要考虑全身之计,急流勇退历来是全身远祸之不得已之举。但是,"长恭然其言,未能退"。说到底,兰陵王放弃不了功名,这便让他失去了最后的避难所。及至南朝派兵侵扰,那时他装病便来不及了。他担心皇上命他为将,说:"我去年面肿,今何不发!"连装病也晚了。从这时起,他有病也不治了。但祸已酿成,为时已晚,后主已经派徐之范带上毒酒找上门来。

四、流风余韵入东瀛

兰陵王被冤杀,他的生命结束了,但他的影响却在。兰陵王的影响不仅长久,而且深远。《兰陵王入阵曲》传入日本,千百年来,一直在历史长河中回响。

兰陵王长相俊美,史书上说他"貌柔心壮,音容兼美",当上阵交战时都要戴上一个凶恶的面具以震慑敌人。邙山之战后将士们集体创作的《兰陵王入阵曲》配上舞蹈,是单人独舞,舞者饰演兰陵王,头戴面具。因此,《兰陵王入阵曲》也叫大面、代面,为中国古代著名的歌舞戏。舞者表现兰陵王"指麾击刺"的英姿,歌颂兰陵王的战功和美德。乐曲悲壮浑厚,古朴悠扬,在民间流传很快,隋代被列入宫廷舞曲。据说,唐初创作了《秦王破阵乐》,大行于世,此乐舞才逐渐衰落。后来唐又定其"非正声",下诏禁演,以后国内失传。

唐时此曲传入日本。日本古代五月五日有赛马节会,七月七日有相扑节会、射箭大赛等活动,都要演奏此曲。庆祝胜利时也要演奏。宫中有重大活动和宴会,比如天皇即位,皇后生子,也要演奏这个曲子。

奈良春日大社是日本三大神社之一,直到现在这里元月十五日举行一年一度的日本古典乐舞表演,《兰陵王入阵曲》仍作为第一个节目表演。日本奈良寺正仓院保存有一件题款为"东寺唐古乐罗陵王接腰"的服装,署年为"天平胜宝四年四月九日",天平胜宝四年即我国唐代天宝十一载(752)。日本不但保存了《兰陵王入阵曲》,还保留了历代兰陵王歌舞面具64件,最早的两件是13世纪的,相当于我国的南宋中期。日本古画《信西古乐图》(12世纪作品)里绘有包括《兰陵王》在内的一批唐代歌舞图。可见日本多么珍视此曲。

在中国,唐代以后虽然有兰陵王乐舞节目,但已非旧貌。首先是改武曲本色为"软舞"。南宋时演变为乐府曲牌名,题为《兰陵王慢》,有越调和大石调之分。越调演唱时,分三段二十四拍,宋毛开《樵隐笔录》云:"至末段,声犹激越",尚有"遗声"。大石调演唱的《兰陵王慢》分前后段十六拍,南宋王灼《碧鸡漫志》说它"殊非旧曲"。日本把它视为正统的雅乐,对它的保存和传承有一套严格的"袭名"与"秘传"制度,因此,日本《兰陵王入阵曲》应该保留了此曲原貌。1992年9月6日,在邯郸市文管部门组织下,日本奈良大学笠置侃一教授率领的雅乐团在磁县兰陵王墓前演出此曲,在国内失传一千多年的古代乐舞又回到故乡。

好大喜功的隋炀帝

关于隋炀帝杨广的为人,历史上已有定论,他的谥号就是给他的盖棺论定——炀帝。这是一个恶谥,是唐朝人给他的定论。他被弑以后,他的孙子皇泰帝杨侗给他的谥号是"明帝",唐朝人认为不妥,重新议谥,称他为炀帝。"炀"是什么意思呢?按照《逸周书·谥法解》的说法,"好内远礼曰炀,去礼远众曰炀,逆天虐民曰炀"。结合炀帝的一生作为,按照我的理解,可以概括为如下几个方面:(1)阳奉阴违的两面派;(2)越轨违礼,荒淫奢侈;(3)好大喜功的狂人;(4)祸国殃民的残暴之君。但对一个人进行评价并不是一件容易的事,一篇论文、一本书尚不能正确评价一个人,一个字更不足以让我们认识真实的隋炀帝。

杨广是中国历史上名声最差的皇帝之一,这和后来编写史书的人的观点有关,加上给他的谥号"炀"是最具贬义的一种,所以,后来的人们都认为杨广和秦二世胡亥一样,是最坏的皇帝。清代王夫之提到杨广,总是称为"逆广",野史小说中把他称为"色中饿鬼"。对杨广的这些评价是有道理的,可以说有他本人的行为作证据。

后来有人替杨广翻案,又把杨广说得好得不得了,好到什么程度呢?已经有人用"伟大"这样的词称呼他了,说他是"千古一帝"。有人认定隋炀帝不失为一个伟大的历史人物,因为他是中国封建社会历史上建树最多的皇帝之一,他有丰功伟绩,他统治的时期曾是中国历史上最有光彩的一页,这一页因为后来的农民起义而被全盘否定了。

在中国士大夫传统思维模式中,被农民起义推翻的政权,一定是个应该批判的政权,那个统治者肯定是个坏蛋,这种认识是偏狭的。我们对炀帝的认识,最基本的史料是《隋书》的记载。《隋书》是唐朝人编撰的,由魏徵主编,我们不能指望从瓦岗寨上下来,又是抱着"以隋为鉴"宗旨撰史的魏徵,能给我们留下一部公允地评述隋炀帝的《隋书》;我们甚至也不能指望所有作为小生产观念文化代表的中国士大夫及史学家,能比较客观地认识隋炀帝。在他们的心目中和他们的笔下,杨广的形象被歪曲了,他的缺点和罪过被夸大了。而在后世的小说和传说中,他又被虚构了一些恶劣行径,进一步被妖魔化。中国历史上有一个规律,不管一个王朝是如何灭亡的,新的朝代总是对前一个王朝的亡国之君大加贬责。因为只有贬低他,才能证明自己这个新政权的合法性。炀帝不幸,他就成了李唐新政权的活靶子。唐朝建立以后,新的统治集团以亡隋为鉴,处处把炀帝作为反面教员。炀帝的形象被大大丑化了。我们不是为炀帝辩护,他的缺点和罪过都是存在的,但他也有可以肯定的方面,甚至是过人之处。

长期以来,杨广更多地被作为一个批判对象而不是研究对象。所以,我们倘若不下一番从头做起的功夫,把隋炀帝的全部材料颠来倒去地反复玩味,怕是无法拨开迷雾,接近他的真面目的。我们差不多可以说,秦始皇做过的事,隋炀帝多半也做了,但是他没有焚书坑儒;我们还可以说,隋炀帝做过的事,唐太宗多半也做了,但是唐太宗贞观时代远不及他大业前期富庶。然而,秦始皇、唐太宗都有"千古一帝"的美誉,隋炀帝却落了个万世唾骂的恶名。我们不能设想,如果隋炀帝早死几年,秦始皇、唐太宗多活几年的话,他们的历史评价是否要调一个过儿,但我们可以不落前人的窠臼,重新研究隋炀帝,还他一个公道。

这种认识对不对呢?也对。杨广是一个有远大理想和抱负的人,他追求的功业比他父亲还要高远。但隋文帝比较务实,他追求的目标不过是使人民安居乐业,国家长治久安。杨广则比较浪漫,他的目标是:"吾当跨三皇,超五帝,下视商周,使万世不可及。"所以他的年号是"大业"。有理想是好的,但他过于好高骛远了。他有点急于求成,想在短时间里建立前无古人后无来者的功业,结果欲速不达,事与愿违。从他即位到天下大乱,不过八九年时间,他营建洛阳,挖运河,修长城,征服吐谷浑,南征林邑,三征高丽,干了许多大事。这些本来应该在几十年里做的事,他在几年内就想干好,可以说操之过急了。说他有很多建树,也不是凭空下的结论,有事实为根据。例如,杨广时期开凿的大运河至今还在起作用,这是他的功绩,应该肯定。既然对于秦始皇修建长城没有完全地否定,那么对于杨广开凿大运河也应该给予肯定。这样才符合历史事实。在他的理想支配下,他当然要干大事,这些事有意义,但也有负面影响。

总之,杨广是个毁誉参半的皇帝。这个人有很大的两面性,他虽然也是出身名门大族,但他纨绔子弟的色彩更具隐蔽性。他的性格中糅合了很多正反两方面的特性:他有雄心,这种雄心既包含着远大的政治抱负,也有好大喜功的色彩,又带有很强的虚荣心;他富有才华,这种才华既表现在寻欢作乐方面,又表现在文学艺术的成就上;他有纨绔子弟的低下素质,又具有过人的文武才能。他在得到想得到的东西之前,很善于伪装,极力克制和掩盖自己的私欲;等到继承了皇位,他本性中坏的一面就没有了约束,纵情享乐;为了实现自己的理想,不惜代价,不恤百姓,结果众叛亲离,四海沸腾,走到了穷途末路。他的优点和缺点交织在一起,造成他在历史上有功有罪,功与罪也交织在一起。

作为亡国之君,杨广受到很多批评,甚至责骂。在历史上,杨广给人的印象一直是荒淫残暴的亡国之君。因为杨广是亡国之君,因此历史评价更多地强调了他的荒淫残暴导致亡国的一面,但要说他一无是处,也不符合历史的实际。杨广一生干了不少大事,这些事在历史上是有意义的,甚至是造福当代与后世的,但是有的事存在极大的负面效应,给国家和百姓造成巨大灾难,最后导致亡国。所以,我们认为他的优点和缺点、功绩和罪恶错综复杂地交织在一起。从这个意义上说,我们把炀帝干的事情分为三类,一类是利国利民的,一类是有功有罪的,一类是祸国殃民的。千秋功罪,留待后人评说。

隋炀帝杨广,一位富有雄心而操之过急的有为皇帝,一个死要面子、好大喜功的"多动症患者"。

怀柔天下的大国姿态
——泱泱大唐的文化心态(一)

唐朝建立之初,北有东突厥,西北有西突厥,它们成为唐之强敌和唐交通西域的障碍。历史注定这个伟大帝国要屹立于东方,成为世界瞩望的强国,需要先经过艰苦的奋斗。

对于突厥,唐采取交接西突厥、近攻东突厥的策略。太宗贞观三年(629),西突厥遣使向唐朝贡。大约此后不久,地处今中亚乌兹别克斯坦布哈拉一带的安国遣使臣至唐,向唐太宗进贡方物。唐太宗赏给安国使臣不少丝帛,并告诉他说:"西突厥已降,商旅可行矣。"结果,"诸胡大悦"。安国国王又遣使臣向唐进献名马。唐与西突厥关系的改善促进了东西方的贸易文化交流。

贞观四年(630),唐将李靖统军出征,击灭了东突厥,颉利可汗被押送到长安,唐朝声威远及异域。这一年,"西北诸蕃咸请上尊号为'天可汗'(意为可汗之上的可汗)"。对于这亘古未有之尊号,太宗一时不知如何是好,他征求群臣的意见,群臣高呼"万岁"。于是太宗接受了这一尊号,对西北各国君王进行了册封。掌管玉玺的官员在册封的诏书上郑重地盖上了"天可汗"的鲜红的大印。"天可汗"——不是唐太宗一人的荣耀,而是古代中国前所未有的一种世界地位大国的尊荣。

唐灭东突厥后,与西突厥展开了对西域的争夺。贞观十四年(640),唐将侯君集率军取高昌,西突厥畏惧不敢救,唐于高昌置西州及安西都护府。贞观二十二年(648),唐平定龟兹,移安西都护府于此,置龟兹、焉耆、于阗、疏勒四个军镇,唐朝取得了西域控制权。这一年,西突厥五咄陆部在与碎叶川西(今中亚楚河)的五弩失毕部的内战中失利,遣使向唐请降。随着唐朝政治上的日趋稳定、经济上的日趋繁荣和对突厥战争的胜利,大唐在世界上的威望与日俱增。

丝绸之路复通,唐朝发展了与西域、中亚及更远的南亚、西亚之间的经济文化交流。它的悠久而灿烂的文化很快便对当时世界各地区各民族产生了强大的吸引力。到唐国去,学习汉文化,成为东亚日本、新罗及中亚诸国人们的共识;到唐国去,获取精美的丝绸从事转手贸易,对于中亚、南亚、波斯的商人特别具有吸引力;唐朝文化开放,各种宗教兼收并蓄,所以世界各地各种宗教的信徒都希望到中国传播他们的信仰。于是国使、留学生、学问僧、商旅纷纷奔波在通向大唐的陆道与海路上,到长安学习政治制度、儒学、道家、佛教、汉语、汉字及唐人的服饰、礼仪,把这些带回和传入本国,成为他们的神圣使命。

条风开献节,灰律动初阳。百蛮奉遐赆,万国朝未央。

——唐太宗《正日临朝》

指麾八荒定,怀柔万国夷。梯山咸入款,驾海亦来思。

——唐太宗《幸武功庆善宫》

朝廷上,各国使节向伟大的太宗皇帝纳贡称臣;御宴上,"九夷""五狄"陪侍唐帝高歌饮酒;太学里,各国王子、留学生与中国学生一起听课、读书;长安城里和城外的大寺院里,中国高僧膝下多了一些来自日本、新罗国的高足。完成使命归国的使节带着唐朝皇帝赐给的中国典籍,学成归国的学问僧怀揣着中国老师的佛学论著踏上归程。中国文化通过不同的途径,像汩汩细流源源不断地输往世界各地,滋润着那里干涸的文化土壤。

太宗不失天可汗的胸襟和风度,在处理与周边民族和域外各族的关系上表现出大国姿态,一边注意吸收外来文明,一边慷慨地输出自己的文明。他统治下的唐朝向全世界开放,中外文化交流进入鼎盛时期。

唐太宗死,继位的高宗继续向西域用兵。永徽二年(651),代表西突厥的沙钵罗可汗,即咄陆部阿史那贺鲁率众西征,并有五弩失毕部,由此与唐兵戎复起。第二年,唐高宗联合回纥骑兵破处月部落于济木萨,破处密部落于玛纳斯。显庆元年(656),唐向准噶尔北部进兵,东破哈剌额尔齐斯河畔之葛逻禄部落,西破塔尔巴哈台之突骑施、处木昆部落。而后回兵南逾天山,肃清裕尔都斯谷中之鼠泥师部落。第二年,唐出兵伊犁,破沙钵罗可汗于伊犁河北,沙钵罗西逃石国。次年,石国人执沙钵罗献于唐朝,西突厥灭亡。

在击灭东、西突厥之后,大唐成为世界上最强大最先进的国家。中亚各国成为唐之属国,唐朝设置的波斯都督府已经到了西亚。那时,拜占庭首都君士坦丁堡(今伊斯坦布尔)在阿拉伯人的打击下走向了衰落,在8世纪下半叶前,长安是世界上最繁荣的国际都市;8世纪下半叶之后,与中国伟大帝都长安能够媲美的,只有阿拉伯人的新都巴格达,当然巴格达面对唐朝的长安也相形见绌。长安真正成为最具世界色彩的国际大都市,成为当时世界上各国各民族最向往的地方。唐朝与东亚、中亚、东南亚、南亚、西亚、非洲和欧洲七十多个国家和地区有通交关系,长安百万人口中,各国侨民和外籍居民大约占到百分之二,如果加上突厥后裔,会达到百分之五左右。在长安熙熙攘攘的人流中,随时可见善于经商的粟特人、入华译经传教的南亚僧侣、以胡族出身而入仕唐朝的朝廷官员或蕃将、在太学读书的外国留学生、来华的使节、酒店的胡姬、能歌善舞的中亚艺人、祆教徒、摩尼教徒、景教徒、伊斯兰教徒、佛教徒……他们相貌、服饰、语言、习俗不同,但都和长安人一样,共同享受这伟大帝国的繁华。

入华外国人可以担任官职,可以经商置业,可以带兵打仗,可以娶妻生子(只是不许将中国妇女带出境),像今天拿到绿卡的人在美国生活一样,他们在唐朝,跟唐人一样生活,甚至比生活在美国的外国人享有更多的尊严、权利和自由。唐太宗说:"自古皆贵中华,贱夷狄,朕独爱之如一,故其种落皆依朕如父母。"(《资治通鉴》卷一九八)太宗之后,唐朝历代皇帝对周边民族和域外各族基本采取了同样的态度。因此,唐朝诸帝始终享有"天可汗"的地位和美名。

玄奘西游：从学习到超越

——泱泱大唐的文化心态（二）

贞观元年（627）九月的一个深夜，两个人影在离玉门关十余里处渡瓠卢河西进，他们小心翼翼，生怕弄出声响，惊动戍边的兵士。在夜幕的掩护下，他们成功地搭桥越过湍急的河流。前边还有五座烽火台，如果不被发觉，穿越烽火台，就可越过边境，完成这次冒险的偷渡。

他们是高僧玄奘和一个名叫石槃陀的胡人，过河之后，石槃陀再不敢前进，他担心触犯王法而累及家人，于是玄奘一人冒险越境，欲经西域至婆罗门国寻求佛法。

唐代前期，由于统治阶级的支持和提倡，佛教得到很大的发展。这时印度佛教的发展也正达到顶峰。自东晋法显陆去海达，往印度取经以来，中外交通的畅达，为佛教徒的往来提供了物质基础，因此到印度求法的中土僧人不绝于途。

在西行求法的众多僧人中，为中印文化交流做出最杰出贡献的是玄奘。

中国是具有悠久文化传统的大国,当时大唐如日东升,正在太宗领导下走向强盛。玄奘是一位饱学之士,在佛学界已经声名显赫,造诣颇深,那他为什么还要冒险偷渡历尽艰辛去寻求佛法呢?玄奘之举代表了一种精神,一种心态,那就是虚怀若谷地吸纳学习的精神。一个伟大的民族,决不会故步自封,决不会盲目自大,对于域外文化,他们如饥似渴地学习。这,正是一种强势文化的健康心态——学习是为了超越。唐朝边将严防偷渡,并不是封闭国门,拒绝与域外交流,只是唐与突厥对峙,边境形势严峻的临时措施。

玄奘(602—664),俗姓陈,名祎,洛州缑氏(今河南偃师缑氏镇)人。早年习儒家经典,十一岁时随兄在洛阳净土寺诵读佛经,十三岁剃度为僧。至二十余岁已历游长安、成都、荆州、扬州、吴会、相州、赵州等地,遍访名师大德。凡中土所传佛家各宗,他无不研习,皆深有体会,熟悉大、小乘佛教教义,而尤倾心于大乘有宗。出国前他已经"擅声日下,誉满京邑"。

佛教文化对于中土来说,是一种新的学说,在很大程度上弥补了中国传统文化的不足之处,因此受到中国人的欢迎。但佛教传入中国以来,中国佛教徒对教义理解不明,异说纷纭,莫衷一是,在教义教理方面出现的混乱一直没有得到完全解决。作为一位有志于佛学的虔诚的佛教徒,玄奘对于佛教各宗派所传的义理,终有所惑,考之经典,又论说纷纭,莫知所从。于是他决心效法法显等,"誓游西方,以问所惑"(慧立、彦悰《大慈恩寺三藏法师传》卷一),去印度求取佛经原本,探究佛学底蕴。

贞观元年(627)八月,他从长安出发西行,不顾凉州官府阻挠,偷渡边防重镇瓜州,西出玉门关。经莫贺延碛,到达伊吾(今新疆哈密)。在沙碛中他迷了路,唯随枯骨马粪而行。由于途中水囊倾覆,四五日不得饮水,几乎丧命。第二年正月,到达高昌(今新疆吐鲁番),受到高昌王盛情款待。从高昌出发,玄奘经由焉耆、龟兹(今新疆库车)、姑墨(今新疆阿克苏一带),翻越凌山(今木苏尔岭的天山隘口),出今新疆至热海(伊塞克湖),经碎叶(今吉尔吉斯斯坦托克马克附近)至飒秣建(今乌兹别克斯坦撒马尔罕),过粟特地区,南出铁门,渡阿姆河,进入今阿富汗地区。又翻越大雪山(兴都库什山),经梵衍那(今巴米扬)、迦毕试(今喀布尔),进入五河流域的犍陀罗(今巴基斯坦北部及其毗连的阿富汗东部一带),到了当时的印度境内。他在跋达罗毗诃罗寺研习佛学三个月,开始了他对佛学中心中印度的巡礼。

玄奘以留学生兼访问学者的身份,在中印度先后巡访了佛教六大圣地:(1)室罗伐悉底国,即舍卫国,在今印度北部巴尔拉姆普北。城南五六里有逝多林给孤独园,是释迦常住的地方,有胜军王大臣善施为释迦所建精舍。(2)迦毗罗卫国,今尼泊尔境内塔雷,释迦诞生地。遗址有释迦父亲净饭王故宫,附近拉普蒂河上游塔林华村北二里是释迦诞生处,有精舍供奉释迦诞生像。(3)拘尸那揭国,在今印度和尼泊尔交界处卡西亚,释迦涅槃处。当时已是一座荒城,城西北三四里有释迦涅槃处的婆罗林,有婆罗树八株,附近精舍有释迦北首而卧的涅槃塑像。(4)婆罗疤斯国,在今印度北方邦瓦拉纳西北萨尔那特地方,有鹿野苑,是释迦初转法轮的地方。有佛寺三十多所,小乘僧侣一千五百人,佛法兴盛。(5)摩揭陀国,释迦成道处。他先到了摩揭陀国首都华氏城(今比哈尔邦巴特那附近),然后南渡恒河,来到伽耶城看释迦成道处的菩提树,当时金刚座已经荡然无存,菩提树仍枝繁叶茂。(6)玄奘在菩提树下巡礼十天,被那烂陀寺僧慕名迎去,从此在那烂陀寺研习佛学。不久他又去王舍城(今比哈尔邦西南拉杰吉尔),到王舍城东北礼拜释迦说教五十年的灵鹫山,因山峰突起,上栖鹫鸟,故名灵鹫山。

玄奘在那烂陀寺留学研习五年。那烂陀寺是古代印度摩揭陀国王舍城的著名寺院,在今比哈尔邦伯拉冈地方,由公元5世纪至6世纪初笈多王朝历代国王相继建造,有八大院,僧徒主客常至万人,学习大乘、小乘并吠陀、因明、声明、医方等,为古印度佛教的最高学府。玄奘在这里师从方丈戒贤法师。戒贤继承无著、世亲、护法的学说,精通瑜伽、唯识、因明、声明等学理,是印度佛学权威。玄奘请戒贤开讲《瑜伽论》,历时十五个月才毕。玄奘师从的还有一位叫胜军的高僧。在这里他遍览一切佛教经典,兼通婆罗门教和梵书。

五年后,玄奘第二次周游五天竺。他先到东印度各国,最远到阿萨密的迦摩缕波国。又沿海南下到建志补罗国(今印度泰米尔纳德邦康契普拉姆),再转入西印度,巡访阿旃陀佛迹,经信德北上旁遮普。一路遍访各地名师,到641年又回到那烂陀寺。戒贤让他主持那烂陀寺的讲座,给全寺僧众开讲《摄大乘论》和《唯识决择论》。玄奘用印度语开讲经义,论述精微,说理晓畅,听者踊跃,名扬全印。他著《会宗论》三千颂,发扬瑜伽论,融合瑜伽、中观两派。又和婆罗门"顺世外道"辩论。针对乌荼国小乘教般若毱多所作《破大乘论》七百颂,他写了《制恶见论》,受到戒日王的重视。玄奘曾向戒日王介绍中国的政治、经济和文化,称颂新登位的唐太宗,并提到唐乐大曲《秦王破阵乐》。戒日王曾为他设立两次法会。

642年12月,为了宣扬大乘佛教,戒日王特为玄奘设立第六次无遮大会。无遮大会是佛教布施僧俗的大斋会。"无遮",无所遮拦,谓不分贵贱、僧俗、智愚、善恶等,一切皆平等对待。大会五年一开,这次由玄奘主讲。到会者有十八位国王,佛教大小僧侣三千多人,那烂陀寺僧众千余人,婆罗门和其他宗教教徒两千多人。其余各国大臣、使者、群众无数。玄奘以精辟的议论折服各派信徒,《制恶见论》竟无人敢予驳难。大会进行十八天,玄奘在辩论中获胜。因此大乘徒众称他为"摩诃耶那提婆"(大乘天),小乘徒众称他为"木叉提婆"(解脱天),名扬五印度。在佛学的家乡讲佛学,岂不是"班门弄斧"?伟大的玄奘居然把"斧"耍得比人家还精彩。他的留学和讲学活动取得了意外的效果,在广泛学习大有所获的同时,完成了超越,并且展示了个人的学术修养和道德学问,传播了中国文化。文化的输入伴随着文化的输出。可以说,玄奘是历史上最有成就的留学生和访问学者。无遮大会之后,玄奘启程回国,带回佛像和许多经论。

玄奘归国,受到唐太宗的极大重视。他与玄奘同样具有虚怀若谷地学习的态度,对于学成归国的玄奘,他满怀期待。贞观十八年(644)玄奘至于阗,上表唐太宗,请求允准回国。太宗立刻下诏,令沿途官府派人迎劳。第二年正月玄奘至长安,二月至洛阳谒见太宗。太宗非常关心和支持玄奘的译经事业,令宰相房玄龄负责玄奘译经的一切所需。当年三月初一,玄奘住进长安弘福寺,开始了创教和译经工作。玄奘的游学活动加强了中国和印度的联系。玄奘向印度人宣传了大唐文化,推动了印度人对中国的了解。后来戒日王遣使和唐通好,唐太宗还根据迦摩缕波国童子王要求,命玄奘把《道德经》译成梵文送往迦摩缕波国。玄奘回国以后,仍与印度僧人有书信来往。他把中国的文化和智慧传到印度,他的求经、译经促使佛教和因明、声明等学在中国得到进一步传播。

经济和文化上的强国未必事事高于别人,它之所以成为强国,正在于它博采众长,从异质文化中获取有益的营养,壮大了自己,正所谓大海不择细流,高山不拒抔土。而作为强国的主人吸纳异质文化之长,需要一种态度和心胸,那就是谦虚谨慎、虚怀若谷和大胆"拿来"。这种虚心正是强大的表现,学习是途径,超越是目的。正如令人尊敬的鲁迅所说:"汉唐虽然也有边患,但魄力究竟雄大,人民具有不至于为异族奴隶的自信心,或者竟毫未想到,凡取用外来事物的时候,就如将彼俘来一样,自由驱使,绝不介怀。"(《看镜有感》)一个民族的强盛,一种文化的发达,是把全人类的优秀文化作为宝贵遗产加以吸纳和继承的。封闭和排外只能造成徘徊不前和倒退落后。

鉴真东渡：慷慨大度的施与

——泱泱大唐的文化心态(三)

唐玄宗天宝元年(742)，日本僧人荣叡、普照至广陵郡(今江苏扬州)，邀请大明寺高僧鉴真东渡。鉴真认为日本是"佛法兴隆有缘之国"，便问众僧谁愿与之同行，众僧默然不应。祥彦回答："彼国太远，性命难存，沧海渺漫，百无一至。"鉴真说："是为法事也，何惜身命！诸人不去，我即去耳！"([日]真人元开《唐大和上东征传》；"和上"，同"和尚")受他感染，祥彦等二十一人表示愿随他东渡。时鉴真五十五岁，与玄奘出国不同，他是被作为导师受到邀请的。

随着佛教在日本的流行，日本急需懂得佛教戒规、有资格主持僧尼出家受戒的学僧。因此，日本朝廷派人到唐朝聘请德高望重的律学高僧赴日。鉴真面对日本所请，毅然不顾风波之险，决心东渡，代表了历代中国人对邻邦和异域慷慨施与的豁达大度。

鉴真等东渡之行极不顺利。第一次由于同行之辈内部矛盾和"海贼"活动,淮南采访使取消了造船和备办干粮的计划,未能成行。天宝二年(743)十二月,购得"军舟"一只,鉴真率十七名僧人,还有"玉作人、画师、雕佛、刻镂、铸写、绣师、修文、镌碑等工手"八十五人东下。途中遭遇风暴,不得不登岸。一月后再度下海,船又触礁破损,不得不登岸,第二次和第三次东渡以失败告终。荣叡、普照为了邀请鉴真东渡,历尽艰辛,"曾无退悔"。鉴真很受感动,积极筹划第四次东渡,拟至永嘉郡(今浙江温州)扬帆东渡。弟子灵祐担心鉴真东行遭遇不测,请求官府劝阻鉴真东行。于是江东道采访使派人追踪,迎回鉴真。鉴真忧愁不已,呵责灵祐,灵祐每夜从一更站至五更,以求宽恕。天宝七载(748),鉴真与荣叡、普照做第五次尝试,船出海后,历尽险难,遇飓风漂流十四日,漂至海南岛南部。于是北返,荣叡在途中病逝。鉴真发誓说:"为传戒律,发愿过海,遂不至日本国,本愿不遂!"([日]真人元开《唐大和上东征传》)由于在南方频经炎热,鉴真患眼疾不愈,遂至双目失明。在北返途中,率先支持他东渡并决心随行的祥彦去世。后住广陵龙兴寺。

天宝十二载(753),日本遣唐使藤原清河等请玄宗派鉴真和弟子五人到日本传戒,玄宗想把道教传入日本,要求使臣同时邀道士东渡,当时日本统治者不奉道教,使臣颇感为难,于是建议留人在唐学道士法,但也不便再奏请鉴真等东渡。日人求学心切,藤原清河向鉴真表示:"愿和上自作方便。弟子等自有载国信物船四舶,行装具足,去亦无难。"广陵道俗皆不愿鉴真冒风波之险,执意挽留。龙兴寺也"防护甚固"([日]真人元开《唐大和上东征传》),但一切阻挠困难鉴真都在所不计,终于乘日本副使第二舶东渡。十二月二十日至日本九州南部萨摩国,日本朝廷遣使迎接慰劳。第二年至首都平城京(奈良),住东大寺。经过十余年的努力,鉴真终于实现了东渡的愿望,时年六十七岁。鉴真在日本十年,于公元763年(唐代宗广德元年,日本淳仁天皇天平宝字七年)五月圆寂,埋骨于海东,终年七十六岁。

鉴真所学以律宗为主,他在东大寺立坛授戒,后又建立唐招提寺,作为传戒的中心,日本律宗从此建立。他的弟子如宝等后来都成为有名的"律师"。鉴真东渡时还带去一部分天台宗、密宗的著作,他和他的弟子也讲授过天台宗经典,日本天台宗、真言宗的开创也与鉴真有一定关系。当时日本寺院中所用经典,大都是从朝鲜半岛传入,凭口耳相承传袭下来,讹误较多,受日本朝廷委托,鉴真对这些经卷一一加以订正。

鉴真又是一位百科全书式的学者,他对日本文化的贡献远远超出了宗教范围。随同鉴真东渡的共二十四人,鉴真和他的弟子不仅传授戒律,还把中国的建筑和雕塑艺术介绍到日本。唐招提寺的殿堂是他和他的弟子们设计并指导建成的,其中的佛像有的是他从中国带去的,有的是到日本后雕造的。鉴真还带去了干漆夹纻像雕塑技术,唐招提寺的木雕群是日本雕刻史的起点。鉴真赴日携有王羲之父子的真迹法帖,这在中国已属难见之国宝,在日本极受珍视,孝谦天皇在东大寺大佛前造大献物帐,把二王真迹献给大佛。他的弟子中有长于二王书法的,日本书坛流行"王字",与此有极大关系。鉴真精于药物学,并通晓医道,他曾为皇太后治病,还曾用鼻嗅的办法对正仓院所藏药物进行鉴别,说明其药性和用途。因此,他长期被日本药商奉为始祖。成书于9世纪末的《日本国见在书目录》中有《鉴上人秘方》一卷,是他对日本医学的贡献。

伟大的文化使者鉴真大师,他的东渡体现了盛唐时代中国人慷慨无私的精神风貌和伟大气魄。日本十多次派遣遣唐使到中国学习,以鉴真为代表的中国文化使者不辞艰辛东渡扶桑,传播中国文化,大大提升了日本国的社会文化水平。不仅日本,当时周边国家和民族都在文化上受益于大唐文化的滋养和沾溉,因此促使本国本民族社会文化的长足进步。在这个过程中,中国人始终以帮助邻邦为己任,站在文化的高峰,无私地对周边国家和民族施以援手。

虚者虚之空城计

读《南齐书·高帝纪》,又读到一位用空城计退敌的将军,就是萧承之。其事发生在南朝刘宋时期,但因为萧承之是南齐高帝萧道成的父亲,故附记在《南齐书·高帝纪》中。刘宋时,萧承之任济南太守。宋文帝元嘉七年(430),右将军到彦之北伐大败,北魏军队乘胜反攻,破青部诸郡国。其别帅安平公乙旃眷进犯济南,萧承之率数百人拒战,击退了魏军第一次进攻。随后魏军大规模集结,兵临济南城下。面对如此危急情势,萧承之命士兵放下武器,打开城门。众人说:"贼众我寡,何轻敌之甚!"萧承之说:"今日悬守穷城,事已危急,若复示弱,必为所屠,惟当见强待之耳。"魏军怀疑城内有伏兵,遂退军而去。这就为历史上的空城计增加了一个战例。由此引起了我对空城计的兴趣,浏览相关史料,并略加梳理,以供有兴趣者参考。

一提到空城计,人们自然想到诸葛亮。《三国演义》第九十五回有这样的情节:诸葛亮错用马谡而失街亭,魏将司马懿率十五万大军扑向诸葛亮所在的西城。诸葛亮身边无大将,只有一班文官,所统领的人马有一半运粮草去了,城中只剩两千五百名士兵。听说司马懿大兵压城,众官都大惊失色。诸葛亮令偃旗息鼓,各守岗位,私自外出及大声喧哗者斩首。又叫人把四个城门打开,每个城门派二十名士兵,扮成百姓模样,洒扫街道。他自己一身便服,鹤氅纶巾,领着两个小书童,到城上敌楼前,凭栏而坐,燃起香,然后慢慢弹起琴来。魏军先头部队到来,不敢轻易入城,司马懿听了报告,飞马前去观看。但见诸葛亮端坐城楼,笑容可掬,焚香弹琴。左一个童子,手捧宝剑;右一个童子,手执拂尘。城门里外,一群百姓低头洒扫,旁若无人。司马懿疑惑不已,命后军作前军,前军作后军撤退。他的儿子司马昭说:"莫非是诸葛亮无兵,故意弄出这个样子来?父亲为什么要退兵呢?"司马懿说:"诸葛亮一生谨慎,不曾冒险。现在城门大开,里面必有埋伏,我军如果进去,正好中了他们的计。还是快撤吧!"于是各路兵马都退了回去。

这就是诸葛亮"弹琴退仲达"的"空城计",人们耳熟能详,妇孺皆知。但《三国演义》是小说,情节可以虚构,甚至可以移花接木,所以不能当正史来读。最早记载诸葛亮以一万人对抗司马懿二十万,用空城诈欺得逞的,是《蜀记》,此书已佚,《三国志》卷三五裴松之注引用该书中所谓"郭冲五事",即郭冲从五个方面肯定诸葛亮"权智英略,有逾管、晏"。其中第三事即所谓空城计。裴松之对郭冲五事一一进行批驳,以为皆不足凭信。据他考证,所谓诸葛亮屯兵阳平,使用"空城计"诈退司马懿的情节,在时间、地点上皆不符史实,当时司马懿和魏军都未到阳平。经易中天先生考证,原来"空城计的故事是有的,但不是发生在诸葛亮的身上,而是发生在曹操的身上"。"空城计"其实是曹操在与吕布的一次交战中,因兵力奇缺而急中生智"发明"的。《三国演义》实行贬抑曹操的方针,才让诸葛亮抢了功劳。但据有的网友考证,曹操和吕布之战其实是一场彻头彻尾的"伏击战",而并非易先生所说的"空城计"。《资治通鉴》记载:"布复从东缗与陈宫将万余人来战,操兵皆出收麦,在者不能千人,屯营不固。屯西有大堤,其南树木幽深,操隐兵堤里,出半兵堤外。布益进,乃令轻兵挑战,既合,伏兵乃悉乘堤,步骑并进,大破之,追至其营而还。"并没有像易先生说的那样,曹操把城里的妇孺都弄到城墙上,制造歌舞升平的假象,迷惑吕布。也有网友提出,曹操那个伏兵计是设于营寨的,最多勉强算是个"空营计"。

说诸葛亮或者曹操是空城计的发明者,都不符合史实。史书上记载的最早的空城计,发生在春秋时期。《春秋左氏传·庄公二十八年》记载,鲁庄公二十八年,以子元为统帅的楚国大军以战车六百乘讨伐郑国,楚军长驱大进,先是"入于桔秩之门",桔秩是郑国远郊之门。接着又"入自纯门,及逵市",纯门是郑国都城(在今河南新郑)外郭门之一,逵市是由纯门进入外郭城内大道上的集市。楚军进入了外郭城,兵临内城城下。入侵者看到的景象是"县门不发,楚言而出"。"县门"即"悬门",上古汉语中"县"通"悬"。悬门是古代城门所设的门闸,这种门闸施于内城门,平时挂起,有警时放下。"县门不发",就是没有把门闸放下,像平时一样挂起,以示一点戒备都没有。城里也没有搞戒严,郑国人像往常一样,从城门进进出出,谈笑风生。为了让楚国士兵听明白,出城的郑国人都用"楚言"交谈。总之是一点紧张畏惧的气氛都没有。楚军元帅子元看到这种景象,说:"郑有人焉。"这句话可以有两种理解:一是说郑国有人才,不是轻易可以对付的;一是说看来郑国城内是有一定兵力的,城内可能有埋伏。子元犹豫了,没有立刻发兵攻城。这一犹豫造成了楚军延误战机,"诸侯救郑",各国救援郑国的军队陆续到位,最终"楚师夜遁"。这件事在《东周列国志》中曾被小说家铺演成一段曲折生动的战争情节。

这样的空城计是在危急处境下,以空虚掩饰空虚,骗过对方的策略,是不得已而为之。在"三十六计"中,被描述为"虚者虚之,疑中生疑;刚柔之际,奇而复奇"。兵力空虚,就故意显示出空虚,按照兵不厌诈的原则,表面空虚可能掩盖着真实的实力,这可以令对手生疑,因为有怀疑,缺乏肯定的判断,还会对另一种可能产生新的疑问。这种真真假假、虚虚实实会使敌人产生错觉,不敢贸然进攻,从而摆脱险境。"刚柔之际"是用典,语出《易经》第四十卦"解卦"。本卦为异卦相叠(坎下震上)。上卦为震为雷,下卦为坎为雨。依照大自然的法则,由秋至冬,冻结闭塞。当闭塞到了极点,春天到来,随着雷雨到来,涤旧更新,一切解除。故卦名为解。解,险难解除。本卦初六卦辞是"无咎"。《象》辞曰"刚柔之际,义无咎也",谓在刚柔相应的状况下,应当不会有灾难。善用兵者妙用此计,令对方主将无法准确判断自己力量的强弱,可以产生奇妙而又奇特的功效,使祸患解除。

这种空城计是一种被动行为,是在实力空虚、强敌压境而走投无路的时刻被迫采用的,这是险棋。因为兵力不足,用此计者承受的心理压力可想而知。在子元犹豫不决之际,郑国人上下都惴惴不安。在得不到援军消息的时候,他们一边观望楚军动静,一边准备弃城出逃,连逃跑的去向都考虑好了。楚军撤离的第二天早上,郑国的间谍发现楚军留下的营幕上有乌鸦栖息,回来报告,郑国人判断楚军已经人去营空,才停下了逃亡的脚步。"郑人将奔桐丘,谍告曰:'楚幕有乌。'乃止。"桐丘在今河南许昌市东北,那里古有桐丘城。正如小说中诸葛亮所言:"吾非行险,盖因不得已而用之。"

空城计是一种转危为安的心理战术,在"三十六计"中列为第三十二计,为"败战计"六计之一。它是在紧急关头,以大胆的冒险行动来造成敌人错误判断,达到转危为安之目的。作为一种心理战术,它不是用实力战胜敌人,而是以真假难辨的现象强化敌军主帅的疑惑,左右其心理活动,以谋胜敌,诈退敌兵。历史上用此计者,我们还可举出若干战例,如鱼豢《魏略》记载三国时魏将文聘退孙权。"孙权尝自将数万众卒至。时大雨,城栅崩坏,人民散在田野,未及补治。聘闻权到,不知所施,乃思惟莫若潜默可以疑之。乃敕城中人使不得见,又自卧舍中不起。权果疑之,语其部党曰:'北方以此人忠臣也,故委之以此郡,今我至而不动,此不有密图,必当有外救。'遂不敢攻而去。"(《三国志》卷一八《文聘传》裴注引)又如作为"三十六计"典型战例的北齐祖珽退陈寇、唐张守珪退吐蕃。《北齐书·祖珽传》记载,祖珽为北徐州刺史,"至州,会有陈寇,百姓多反。珽不关城门,守埤者皆令下城静坐,街巷禁断行人,鸡犬不听鸣吠。贼无所闻见,不测所以,或疑人走城空,不设警备。珽忽然令大叫,鼓噪聒天,贼大惊,登时走散"。《旧唐书·张守珪传》记载,张守珪为瓜州刺史,筑州城防御吐蕃入侵,"版堞才立,贼又暴至城下,城中人相顾失色,虽相率登陴,略无守御之意。守珪曰:'彼众我寡,又创痍之后,不可以矢石相持,须以权道制之也。'乃于城上置酒作乐,以会将士。敌疑城中有备,竟不敢攻城而退"。还有本文开头讲到的南朝萧承之退魏军,亦属此例。此计具有很大的风险,成功与否在主观上取决于用计者的胆识和策划、对方主帅的指挥性格和心理素质,客观上取决于情报的严密封锁,弄得不好,便会弄巧成拙。

实者虚之空城计

《三国演义》中,诸葛亮演过两次空城计,除在西城计退司马懿之外,还有就是火烧新野的一次。曹操率军南征,曹仁等统军十万杀奔新野,诸葛亮藏兵城外。"曹仁领兵到,教且夺新野城歇马。军士至城下时,只见四门大开。曹兵突入,并无阻当,城中亦不见一人,竟是一座空城了"。曹仁以为刘备"势孤计穷,故尽带百姓逃窜去了",便在城中驻扎下来。结果初更以后,狂风大作,西、南、北三门火起,曹仁领兵从东门出城,又被赵云追击,刘封、糜芳截杀,关羽上流放水,曹兵溺于水中,死者极多。

因此,空城计除以空虚掩盖空虚,迷惑敌人,令敌人不知虚实,不敢贸然攻城之外,还有一种就是以表面的空虚掩盖实力,埋伏设陷,诱敌人城,从而达到击溃或消灭敌人的目的。这在兵法上称为"能而示之不能,用而示之不用,近而示之远,远而示之近,利而诱之,乱而取之"。在《孙子兵法》中属诱敌战术,与不得已而为之的"虚者虚之"的空城计相比,其原理虽然同是建立在敌人的误判上,但这是主动的,是在有一定进攻能力的条件下,实而示虚,诱敌骄进,我们称之为"实者虚之空城计"。

这样的战例,最早也见于春秋时期,鲁襄公十年(前562)夏,以晋国为首的几个诸侯国联合攻打一个小国偪阳(在今山东枣庄南),鲁国是参战国之一。诸侯军很快兵临城下,可是"围之,弗克"。偪阳守军后来故意"启门",把城门打开,放诸侯军入城。从当时的情势看,偪阳怎么也不是诸侯军的对手,诸侯军有轻敌心理。偪阳守军开门,实际上是利用对方的轻敌心理,示弱于敌,开门意味着放弃抵抗,以此诱敌入城。诸侯军果然中计,"诸侯之士门焉",诸侯军蜂拥而上,攻入城门,争抢头功。就在这紧争关头,"县门发",城门上的闸门突然放下,攻城的部队立刻有被拦腰切断的可能,入城的士兵将被偪阳守军关门打狗,瓮中捉鳖。千钧一发之际,鲁国士兵中有一位大力士奋勇上前,双手托起下降的闸门,直到攻入城中的战士全部退回(《春秋左氏传·襄公十年》)。这位勇士就是叔梁纥,即孔子的父亲。他因此获得"有力如虎""以勇力闻于诸侯"的名声。由于这个偶然的因素,偪阳的空城计失败,一次扭转危局的机会丧失了,偪阳终于被灭。

这种掩盖实力以示虚从而诱敌深入的战例,也就是"实者虚之"的空城计,在历史上要比"虚者虚之"这种不得已而为之的空城计更多地被采用,因为用计者属主动一方。只是己方的伏兵有时在城内,有时在城外。汉武帝派人去匈奴,诳骗单于马邑无兵防守,引诱其发兵打马邑,而汉朝在马邑城周围埋伏三十万大军。只是由于有人向单于告密,匈奴的军队才没有进入汉武帝给他们布下的口袋。三国时,江东黄盖曾用此计成功诱敌。史载荆州武陵蛮夷起兵叛乱,武陵太守大开城门,故意暴露守备不足的弱点。蛮夷大胆进城,结果黄盖发动伏兵,在蛮夷半入时下令反击,一口气斩首数百,其余蛮夷败北逃亡。三国时曹刘两军交战,曹军运粮北山下,蜀将黄忠引兵欲截曹军粮草,过期未返。赵云率数十骑出营接应,碰上魏兵大出,赵云猝与相遇,且斗且却。魏兵散而复合,追至营下,赵云入营,大开营门,偃旗息鼓。魏兵怀疑赵云有伏兵,引去。这时赵云命兵士擂鼓震天,以劲弩于后射魏兵,魏兵惊骇,自相踩践,堕汉水中死者甚多。第二天刘备亲自来视察,视昨日战处,说:"子龙一身都是胆啊!"赵云的空营计与空城计性质是一样的。

这种"实者虚之"的空城计在史书和小说中都很多。正是由于这种以虚掩实诱敌深入的战术是常态,而"虚者虚之"的用险是特例,所以当突然遇到那种对方冒险示弱的空城计时,才让人举棋不定,担心误中埋伏而撤兵。在敌情不明的情况下,主帅宁愿错失战机,也不肯铤而走险中敌人的埋伏,因为后者有一失足成千古恨全军覆没的危险,前者只是占不到便宜罢了。

唐太宗深以为耻的两件事

唐高祖李渊建唐过程中和唐朝建立之初,李渊向突厥称臣;李世民刚即位,突厥大兵压境,李世民贿赂求和。这两件事,曾是唐太宗李世民引以为耻的事情。

始毕可汗在位时,突厥迎来了一个辉煌时期。这时隋朝在中原的统治面临崩溃,炀帝的暴政激起各地农民不断起义,统治阶级内部一些野心家都想趁机夺取最高权力。大业十三年(617)二月,隋鹰扬郎将梁师都起兵占据朔方郡,马邑富豪、隋鹰扬府校尉刘武周起兵;四月,金城校尉薛举起兵,自称西楚霸王;五月,太原留守李渊父子起兵,而后乘虚攻入长安;七月,武威李轨起兵占据河西,自称凉王;十月,萧铣占据巴陵,称梁王,隋江都通守王世充在洛阳称帝。

中原地区的战乱和分裂为突厥的发展提供了机会,中原人避乱入突厥者很多。各割据势力纷纷投靠突厥,希望在逐鹿中原中获取臂助。他们不惜向突厥称臣,接受突厥封号。梁师都被突厥封为"解事天子"，刘武周被封为"定杨可汗"。李渊于太原起兵，进军长安，深恐突厥袭其后，又担心突厥支持其他割据势力，与自己为敌，所以派刘文静联络突厥，向始毕称臣。据说，李渊为了"资其士马以益兵势"，亲自为书，卑辞厚礼，向突厥请兵，而且与始毕可汗相约："若入长安，民众土地入唐公，金玉缯帛归突厥。"始毕大喜，遣使还报，允为发兵助李渊入关（《大唐创业起居注》卷一）。李渊进入长安，建立唐朝，始毕可汗的使臣骨咄禄特勤至长安，李渊宴之于太极殿，奏九部乐，特勤态度傲慢，目中无人，李渊曲为优容，不敢怠慢。

唐朝建立之初，突厥以助唐有功，得到李渊不少犒劳和赠物。但突厥仍恃强凌弱，不断进攻唐之边境。唐高祖武德三年（620）十一月，始毕可汗死，其弟颉利可汗继位。其时突厥士马强盛，打着为隋复仇的旗号，不断举兵南下，进扰唐之北边，兵力有时多达十余万骑。唐朝一方面听任突厥掳掠，一方面馈赠大量金帛，换取突厥退兵。雄才大略的李世民即位数日后，颉利便亲率大军兵临长安，进至渭水便桥之北，扬言攻城。便桥又叫咸阳桥，在长安和咸阳之间的渭水上，距长安仅几十里。

史载唐太宗做了防御的准备，又亲临渭水南岸，隔水怒斥突厥无礼，义正词严，令颉利及其随从下马拜伏于地。又约定时日，于渭水结盟。那一天，太宗驾临长安城西，杀白马，与颉利在便桥结盟，突厥撤兵。这就是历史上有名的"渭水之盟"，又叫"白马结盟"，被唐人津津乐道的表现太宗智勇双全的故事。实际上这不过是唐人记载中的替太宗粉饰之词。据太宗自己说，这一次还是通过输送大量金帛请突厥退兵,至于送给突厥多少金帛,史无明载。说明这次所谓结盟是妥协退让、屈辱求和。

父皇向突厥称臣,自己与突厥结城下之盟,都是唐太宗深以为耻的事情。后来李靖灭突厥,颉利可汗被俘,太宗抑制不住内心的激动和喜悦,立刻召集大臣,宣布了这个重大胜利。他说:"我听说,如果皇上忧虑,臣下就感到耻辱;皇上受到侮辱,臣子就耻活于世。当我大唐草创时,太上皇为了百姓的利益,向突厥称臣。那时,我为此痛心疾首,立志消灭突厥。突厥未灭,我坐不安席,食不甘味。现在只劳一军出征,我唐军所向无敌,连突厥可汗都被押解入京,大家说,当年渭水结盟的耻辱,是不是洗刷了?"群臣高呼万岁,太宗下令大赦天下,命百姓食肉五日以示庆祝。

这番话说明,这两件事就像两块大石,压在太宗心头真是太久了,他对这两件事一直耿耿于怀,深以为耻。知耻者勇,自古以来,对于那些明君贤臣、仁人志士来说,国家民族衰亡的耻辱之感,常常是他们发愤图强而卧薪尝胆、闻鸡起舞的动力。面对国家的衰亡和百姓的苦难无动于衷,安享尊荣,沉湎于声色享受的亡国之君,常常是不知耻辱的懦弱之辈。

集贪官、奸臣、酷吏于一身

——漫话唐代酷吏来俊臣

中国人追求留名后世。留名后世,当然追求的是流芳千古,而不是遗臭万年,但遗臭万年者确实也留名后世了。历史上著名的贪官、奸臣、酷吏便是这后一类,二十四史中不乏这些人的传记,其中一些人还被塑像展示。在山东省荣成市成山头福海风景区,大海之滨,有一大片古建筑,在依次穿过福寿殿(供奉福寿各位神仙)、圣君殿(供奉历代君王)、圣贤殿(供奉历代圣贤)、精英殿(供奉国内外精英人士)之后,矗立着一座雷人的展馆——"奸臣警示馆"。和前面那些金碧辉煌的大殿不同,这座展馆黑砖灰瓦,横生阴郁之气。

在这座奸臣警示馆陈列的十二名奸臣中,就有唐代的来俊臣。但一个"奸"字不足以概括来俊臣的为人。他是既奸又贪又酷。这座展馆实际上是历史的耻辱柱,来俊臣被钉在了这个历史的耻辱柱上。"历史可以透视今天,故事可以启迪现实",今天我们就讲一讲来俊臣的故事。

一、从"请君入瓮"说起

来俊臣是武则天时两名著名的酷吏之一,另一个是周兴,他们制造了无数冤假错案,许多人冤死在他们手下。但螳螂捕蝉,黄雀在后,有人密告周兴同丘神勣谋反。武则天派来俊臣审理此案,并且定下期限审出结果。来俊臣请来周兴,饮酒聊天。谈话间他满脸愁容,说:"最近审问犯人,老是没有结果,请教老兄,是否有新招?"周兴得意地说:"我最近发明一种新刑法,不怕犯人不招。用一个大瓮,四周堆满烧红的炭火,再把犯人放进去。再顽固不化的人,也受不了这个滋味。"来俊臣立刻吩咐手下人抬来一个大瓮,照着刚才周兴所说的方法,用炭火把大瓮烧得通红,然后站起来对周兴说:"周兄,有人告你谋反,太后命我来审问你,如果你不老老实实供认的话,那我只好请你入瓮了!"周兴惊恐万状,俯首认罪。

这是一个著名的历史故事。从这个故事里,我们了解到如下信息:

(一)故事的背景是武则天时代。武则天是中国历史上唯一的一位女皇帝。她为了夺取李唐的天下,建立武周政权,维持自己的统治,采用严刑峻法,清除异己。她手下培养了一批酷吏,借机诬陷自己的政敌,绞尽脑汁制造酷刑逼供。周兴、来俊臣便是典型,当时朝廷上下笼罩着一片恐怖气氛。

(二)周兴和来俊臣成为她的鹰犬。周兴、来俊臣之辈之所以在那个时代得势,是因为最高统治者需要他们这样做。由此可知,许多社会腐败和罪恶如果跟最高统治集团的利益联系在一起,就很难解决和根除。

(三)周兴、来俊臣从最高统治者那里获得生杀予夺之权,而权力可以兑换他们所需要的一切。这是他们实现个人贪欲的基础和条件。我们讲的贪官来俊臣的故事就是以此为背景发生的。

二、武后革命:来俊臣得势的背景

贪官的产生和存在,有其社会背景,就像庄稼的生长有其土壤和气候一样。来俊臣既贪且酷,其背景就是"武后革命"。唐高宗的皇后武则天称帝,篡夺李唐政权,建立武周政权,史称"武后革命"。

武后革命,女人称帝,非同寻常,很难被人认同。所以不动用权谋,不使用威慑,难得众人的拥戴。武则天即位前后,进行了"流血的"王朝更替。当唐高宗想立武则天为皇后的时候,唐太宗任命的顾命大臣,朝廷中最有权力的长孙无忌和褚遂良等人都竭力反对,他们认为武则天出身低微,不配当皇后。武则天当了皇后以后,她依靠庶族官僚李义府、许敬宗等支持,贬长孙无忌,杀褚遂良等人。高宗死后,武则天临朝听政。唐中宗、睿宗只是她的傀儡。武后光宅元年(684),柳州司马徐敬业以匡复唐室为号召,在扬州起兵,兵马曾发展到十余万。垂拱四年(688),宗室李冲、李贞又分别在山东、河南起兵反武则天。这两次起兵都很快被武则天派兵击溃。

一个新朝的建立,使原来依附于旧朝廷的皇亲、国戚、高官们失去了自己的靠山,他们不甘心,虽然公开叛乱被镇压,但他们终究是一股潜在的政治势力,时刻威胁着新朝的生存。武则天明察多识,当然不会漠然处之令其滋蔓。正在武则天苦思冥索对付这些人的策略时,一个叫鱼保家的人来献策,请铸"铜匦",奖励告密。这可正中女皇下怀。

三、鱼保家的故事

鱼保家是侍御史鱼承晔的儿子,他很聪明,而且热衷于"科技发明"。他注意到武则天希望体察民意,渴望从社会上获得第一手治国资料,便向武则天上奏了一份铸造"铜匦"的方案。

"铜匦"其实就是铜制的箱子,其内部分为东、西、南、北四格,箱子上面分设投书口,一旦信函投入后,就无法再取回。箱子东面写着"延恩",是为赞扬武则天并对她的政绩谢恩而设;西面写着"申冤",是给遭受冤屈者诉说苦衷、要求执法公正而设;南面写着"招谏",是对朝政的得失做讥谏而设;北面写着"通玄",为各种自然灾害及军事机密而设。

武则天看过鱼保家的奏章,以为这是下意上达的绝佳措施,命工部铸造。垂拱二年(686)三月八日,铜箱被置于宫门旁边。武则天还下令在洛阳各处贴出布告,向全国州县发出通告,向普通民众介绍铜箱的用法与用途,号召天下百姓都来向皇帝进言献策,大胆告密。为了鼓励百姓告密,武则天吩咐各地官员对告密者不问职业和身份,一律平等,不得歧视,只要自称告密者,沿途均可免费住宿朝廷官舍驿站,提供五品官膳食待遇。通知一出,天下告密者成群结队拥入洛阳。

随着"告密之门"在天下大开,一大批官吏被处斩或罢免,另一大批人因告密有功被提拔升迁,唐朝人做官从政从此又多了一条捷径——进京告密,而"告密铜箱"的发明者鱼保家更是备受武则天重用,不仅得到很多赏赐,还破格加官晋爵,一时颇为光彩得意。

但是好景不长,有一封未署名的告密信投入铜箱,指控鱼保家曾为起兵造反的徐敬业设计制造过武器。武则天立即下令逮捕了鱼保家,经过调查,情况属实,鱼保家被判处当街腰斩。告密铜箱的发明者自作自受,可能他自己也没有想到。发明告密铜箱的人死了,他发明的铜箱却继续被利用。

告密铜箱设置之后,可以"风闻言事"告密的人越来越多,其中主要的就是各类无赖。当时积案如山,日渐"垃圾化",武则天没有办法,就从无赖中拔擢了一大批官吏治狱,"无赖事,无赖毕"。这批无赖,大多数出身于市民与下层社会,却从此进入了宫廷与"上流社会",成为新朝官僚。

武则天正好要以这些人"为其刀斧",达到巩固政权的目的。在这些无赖的助力之下,她先诛杀宗室数百人,又杀大臣与高官数百家,刺史以下的军政官吏则不计其数,以千百万人头落地,来打击李唐宗室及旧朝势力。

武则天这一举措为一批无赖提供了进身的机遇,来俊臣就是在这种情况下找到了机会。他善于揣摩上意,积极参与,共襄"无赖革命"的"盛举"。经他的手诛杀的大臣和官员,据《新唐书》记载,共有一千多家。新朝滥杀,无赖当道,引起人人自危,造成了新的危机,武则天就反手诿罪于这些"无赖官吏"的"贪酷",以此脱卸责任,借用鹰犬的头颅,来缓解日趋紧张的社会矛盾。

四、以诬告起家:来俊臣的出身

来俊臣是"草根"出身,他父亲名叫来操,是个赌徒,也是无赖,他与同乡人蔡本是酒肉朋友,又与蔡本的妻子私通。来操与蔡本赌博,赢了蔡本数十万钱。初唐时五枚铜钱就可以买一斗米,数十万钱对唐代一个普通百姓来说是天文数字。蔡本没钱,就把老婆输给了来操。这个女人嫁给来操时已经怀孕,生下的孩子就是来俊臣。因为她本来就与来操有奸情,来俊臣的亲生父亲是蔡本还是来操,不进行DNA测验,很难说清。

这个家庭环境对来俊臣应该影响很大,他从小就继承父风,好勇斗狠,不事生产,反复无常,坑蒙拐骗,祸害邻里,属于地痞无赖、社会渣滓之类。在一个政治清明的时代里,这种人为人不齿。但他生活在武则天时代,特殊的社会环境为他的发家提供了机缘。

来俊臣从事抢劫和盗窃,流窜到和州作案,被抓。和州即今安徽省马鞍山市和县,地处皖东,长三角地区的边缘,向为江淮水陆之要冲。这里左挟长江,右控昭关,天门峙其南,濠滁环于北,依十朝古都南京,濒"九州米市"芜湖,是一个商业要冲,所以是强盗窃贼出没的地方。审讯中,来俊臣想以诬告立功,刺史东平王李续依据来俊臣的诬告审讯疑犯,发现疑犯无罪,来俊臣罪上加罪,被"杖之一百"(《旧唐书·来俊臣传》)。李续是太宗李世民的孙子,纪王李慎的长子,被封为东平王,任和州刺史。天授年间,李续被诛,其弟多为武后所杀。来俊臣又向朝廷告密,被武则天召见,来俊臣上奏称自己曾揭发李唐宗室谋反,却被李续冤枉,一直有"冤"无处申。这正是武则天所需要的,因为她一直在找借口诛杀李姓诸王,不管事之有无,只要告发李姓诸王,武则天就有理由动刀杀人。武则天以为来俊臣忠于武周政权,经过连续提拔,来俊臣当上了侍御史,加朝散大夫。

侍御史,官名,御史台官员。御史台是中国古代一种官署名,东汉始置,设于禁中兰台,又称兰台、宪台。历代沿置,明洪武中改为都察院。是中央行政监察机关,也是中央司法机关之一,负责纠察、弹劾官员、肃正纲纪。唐朝贞观之前,御史台仅仅风闻奏事,没有司法权力。贞观间,御史台设置台狱,受理特殊的诉讼案件。侍御史属御史台官员,作为御史大夫、御史中丞的佐贰官,掌纠举百官,入阁承诏,知推(审问)、弹(弹劾)、公廨(知公廨事)、杂事(御史台中其他各事)等事。

朝散大夫,文散官名。隋始置。唐为从五品下,文官第十三阶。散官是古代表示官员等级的称号,与职事官表示所任职务的称号相对而言。凡九品以上职事官皆带散位,称为本品。职事官随才录用,迁徙出入,参差不定;散位则皆以门荫结品,然后劳考进叙。职事官与散官品级未必一致,散官低而充高级职事官称守某官,散官高而充低级职事官称行某官,待遇则按其散官品级。来俊臣的待遇是"从五品下",相当于现在的副局级,享高干待遇。

一个无赖,能爬上高干的位置,说起来有点儿荒唐,分析起来主要有两个原因:一是武则天诛杀李氏宗族,来俊臣告发李姓亲干,正合武则天口味;二是武则天奖励告密,有良心的人不干诬告的事,只有小人才昧着良心诬告,而来俊臣正是这种小人。这样的人担任侍御史这个职务,倒霉的便是那些政府官员,因为侍御史"掌纠举百官"。

五、坐族千余家,恶贯满盈

来俊臣担任侍御史,干了些什么事儿呢?史书记载:"按制狱,少不会意者,必引之,前后坐族千余家。"制狱是特殊的监狱,皇帝特命监禁罪人的狱所。《新唐书·狄仁杰传》:"会为来俊臣所构,捕送制狱。"据说这种特殊监狱是当时另一名酷吏索元礼所发明。之所以要在一般监狱之外另设制狱,主要是因为犯人太多了。于是以皇帝名义专门关押犯罪大臣的狱所,称为制狱。来俊臣负责制狱事务,审讯这些特殊犯人。那些不听从来俊臣旨意的大臣,只要有点儿小过节,来俊臣一定把他们牵连进去,"生平有纤介,皆入于死"(《新唐书·来俊臣传》)。前后株连灭族者一千多家,这是什么概念呢?按当时平均一户五口人算,一千多家少说五千多人。按当时一人治罪牵连几十人或上百人的情况来推算,被他冤杀的有几万到十几万人。而按株连三族、六族、九族来算,被杀的可能有数十万人之多。

这个双手沾满无辜者鲜血的刽子手,却飞黄腾达,青云直上。因为他"按诏狱,数称旨"(《新唐书·来俊臣传》)。他诬陷大臣,令武则天满意,两年后便被提拔为左台御史中丞。御史中丞,西汉始置,为御史大夫的副职,或称御史中执法,秩千石。汉哀帝废御史大夫,以御史中丞为御史台长官,后历代相沿,唯官名时有变动。唐朝时御史大夫与御史中丞并置,只是御史大夫极少除授,基本上以御史中丞为长官。来俊臣成了"国家大法官",这一下朝臣都傻了眼,朝廷上再无人敢乱说话。来俊臣与侍御史侯思止、王弘义、郭霸、李仁敬,司刑评事康昡、卫遂忠等,同恶相济。他们招集无赖数百人,让他们诬告大臣,一起罗织罪名,一人告发,千里响应。想诬陷一个人,就让大家数处举报,而且口径一致,上惑朝廷,下惑百姓。而且他们都说:"请付来俊臣推勘,必获实情。"为了处理这些疑犯,武则天在丽景门另外设置推事院。因为来俊臣审讯,犯人必定招供,武则天专令来俊臣等审问。推事院又叫"新开门",但入新开门者,能保全性命的百无一例。王弘义戏称丽景门为"例竟门","言入此门者,例皆竟也"。"竟"就是终,就是死。

来俊臣怎么做到"坐族千余家"?为什么来俊臣审讯,犯人必定招供呢?第一个问题的答案是罗织罪名,株连九族。第二个问题的答案很简单:严刑逼供。

1.罗织罪名,株连九族

史载来俊臣与其党朱南山、万国俊等人"造《告密罗织经》一卷,皆有条贯支节,布置事状由绪"。这是一部专门讲罗织罪名,构人以罪,兼且整人治人的书。《罗织经》实际上就是"整人经""害人经",研究的就是如何编造罪状,安排情节,描绘细节,以陷害无辜的人。台湾学者柏杨注疏《资治通鉴》,对《罗织经》作过这样的评价:"武周王朝,在历史上出现短短十六年,对人类文化最大的贡献,就是一部《罗织经》。"

可惜这部人类有史以来第一本整人经典,至今已佚千年。前些年曾有人拼凑出一本《罗织经》,似乎非真。今天考察《罗织经》,内容大致如下:

(1)先确定对象。来俊臣的职责就是检举大臣的违法犯罪,他利用这个职务肆意陷害大臣。来俊臣总是以谋反诬陷大臣。朝廷哪有那么多人谋反?所以他整天琢磨制造嫌疑犯。谁对皇帝有威胁,或者哪怕是谁不买他的账,他就诬陷谁谋反。据说他找了若干块石头做成靶子,每块石头上面写着当朝官员的名字,他和手下人一起掷小石子,砸中谁就拿谁开刀。这说明来俊臣办案根本不考虑事实根据。

(2)从四面八方向中央发告密信件或检举信件,以期控制舆论。他在全国各地招一帮流氓,想陷害哪个人,就让这帮流氓一起诬告,口径一致,不由人不相信,最后把这个人置于死地,这就是所谓的"罗织"。

(3)等候有关机关或当权人物把这些告密、检举信件"指示转交"下来,再进行相关调查。

(4)根据交办的信件,进行逮捕、审讯。

(5)审讯时施用酷刑逼供,被告只有两条路可以选择:一是招认,二是死于酷刑之下。

(6)审讯时让犯人们在口供中互相牵引,并扩大向外牵引,人数多寡和范围大小,随心所欲。

(7)整理编撰被告口供,使互相吻合,毫无破绽。

《罗织经》中这一套办法大行于世,主要还是因为有最高统治者的支持。这本书强调对皇帝的忠诚,只要有利于皇帝,没有他不可以干的。一个人主动把自己置于狗的位置,能不讨得主子的喜欢吗?何况,他是武则天从囚犯里直接提拔上来的,武则天就是他的重生父母,他怎么会不忠诚呢?所以这本书是受武则天欢迎的。

真可谓整人有术。整出了系统的理论和方法指导,那是多么可怕。据说武则天看到这部书,感叹说:"如此心机,朕亦未必过也。"史称"汉唐少冤狱",并不确切。汉有"钩党",唐有"罗织"!

2.严刑逼供

严刑逼供古已有之,来俊臣及其党羽又有许多发明。在用刑上,来俊臣无所不用其极,什么损招、阴招、狠招、怪招都使得出来,有不少恶毒的"发明创造":把人的手脚绑在椽子上,再转动椽子,叫作"凤凰晒翅";用东西固定人的腰部,将脖子上的枷向前反拉,叫作"驴驹拔撅";让人跪在地上,在枷上垒瓦,叫作"仙人献果";让人立在高木台子上,从后面拉住脖子上的枷,叫作"玉女登梯"……此外还有将人倒吊后在脑袋上挂石头,用醋灌鼻孔,用铁圈套住脑袋后在脑袋和铁圈之间钉楔子,让犯人置于粪秽中遭受各种痛苦等。有时不提供饮食,以饥饿折磨犯人,有人饿得吃自己的衣絮。犯人非身死不得出狱。朝廷每有赦令,来俊臣就派狱吏先把重犯全部杀死,然后再宣布朝廷赦令。

枷是约束重罪者的刑具,规格本有规定。来俊臣命索元礼等人制造特号大枷,"凡有十号:一曰定百脉,二曰喘不得,三曰突地吼,四曰著即承,五曰失魂胆,六曰实同反,七曰反是实,八曰死猪愁,九曰求即死,十曰求破家"(《旧唐书·来俊臣传》)。又用铁笼头与枷相连,让犯人站在轮上,轮转于地,而头却被木枷和铁笼头固定,因此片刻之间人便一命呜呼。

审讯时,囚犯不分贵贱,先把木枷、大棒摆放地上,召囚犯上前,告知:"如果不招,就用这些刑具用刑。"让人一见便魂飞魄散,自诬有罪。武则天给来俊臣重赏以奖励,因此酷吏都比着用酷刑,而告密之徒络绎不绝,官员们都数着日子等死,不知道哪一天便消失于这个世界。朝廷大臣大多在上朝时突遭掩袭,外界不知消息,从此便无音讯。所以当时大臣们每入朝,必与其家人诀别:"不知道今天入朝,还能不能再见面。"

来俊臣的残忍,从下面数例可知。来俊臣在洛阳牧院审问大将军张虔勖、内侍范云仙。张虔勖等人不堪忍受痛苦,自讼于司刑丞徐有功,言辞严厉,来俊臣命令卫士乱刀砍死张虔勖,又割去范云仙的舌头。士子和庶民闻此都吓破了胆,没有敢揭发他的。来俊臣诬陷司刑史樊戬,以谋反诛之,樊戬的儿子到朝廷申诉,司法机关不敢过问,樊戬儿子剖腹以自白。秋官侍郎刘如璿为之流泪,来俊臣弹劾刘如璿与之同恶,刘如璿被判处绞刑,因武则天宽宥才免于一死,流放汉州。

六、来俊臣之贪

来俊臣之贪,可以用贪财、贪色、贪功、贪权八个字概括。

1.贪财

"徇财曰贪"(《册府元龟》卷三〇七),贪财是贪官的主要特征。

来俊臣本来就利欲熏心,没有做官时,盗窃、抢劫是为了钱财。当了官,利用职权,巧取豪夺,也是为了钱财。来俊臣迎合武则天排除异己、改朝换代的政治需要,官职不断升迁,既是检查官,又是刑法官,占据了监察和治狱大权,这两者结合起来,既可以随时检举劾奏,又可以亲手治狱鞫案。他利用手中的权力满足自己的私欲,以狱行贪,因此其贪赃的手段带上了明显的职权特征。

右卫大将军兼羽林卫泉献诚,乃高丽人,受到武则天的重用。来俊臣认为泉献诚肯定有钱,就向他"求货"——索贿。泉献诚不买账,他觉得自己有武则天的宠信,万事不求人。来俊臣大为恼怒,立即诬陷泉献诚"谋反",推鞫"缢杀之"。待武则天知情,泉献诚已命归黄泉。泉献诚的例子说明,来俊臣就是利用手中的检举和治狱之权来贪污受贿的。

还有一个例子,也说明来俊臣是怎样利用职权,贪赃枉法,无恶不作,把国家刑狱视为个人的敛财工具。蓝田县有一富户姓倪,因利息钱起争执,告状到官府,被肃政台(御史台)判为无理。倪氏想翻案,便以重金贿赂来俊臣。来俊臣受贿,不论是非曲直,下令蓝台县令发放义仓粮食数千斛补偿倪氏。义仓,是隋唐两代在地方上设立的储粮备荒的公共粮仓。隋文帝开皇三年(583),长孙平被征拜为度支尚书,他见天下州县多罹水旱,奏令民间每秋家出粟麦一石以下,贫富差等,储之闾巷,以备凶年,名曰义仓。隋文帝表彰并采纳其建议。这种义仓的粮食属地方百姓的公共积累,用于灾荒之年的补歉救荒。来俊臣收贿纳赃,则不顾百姓利益。

来俊臣还利用自己的职权,卖官鬻爵。史载:"方俊臣用事,托天官得选者二百余员,及败,有司自首,后责之,对曰:'臣乱陛下法,身受戮;忤俊臣,覆臣家。'后赦其罪。"来俊臣为二百多人说情,让他们通过吏部的考试做了官,他们哪一个不感恩戴德,奉送好处费呢?而在那些吏部官员的眼中,违背来俊臣的旨意比违背皇帝的旨意后果还要严重。

正是因为贪财,来俊臣多次犯事被贬。史书记载"俊臣累坐赃",即多次因贪赃犯罪。他下过狱,贬过官,但不思悔改。"俊臣纳贾人金,为御史纪履忠所劾,下狱当死。后忠其上变,得不诛,免为民。长寿中,还授殿中丞,坐赃贬同州参军事,暴纵自如"(《新唐书·来俊臣传》)。

参军不过相当于现在的科长,但来俊臣仍"暴纵自如",毫不悔改。

2.贪色

来俊臣好色,看到美女,跟看到金钱一样眼红。只要是来俊臣看上的人,也不管人家是未出阁的姑娘,还是已嫁人的媳妇,一定要弄到手里。要是不给,客气一点,他就假传圣旨,让对方自动把姑娘送给他;要是这家人不识相,他就告人家谋反,把人家全家杀光,然后把姑娘弄过来。他对别人的妻妾特别感兴趣,别人妻妾有漂亮的,他都千方百计地夺取,惯用的手法是指使别人罗织罪名上告,然后他便用酷刑迫使别人认罪。《历代通鉴》中记载,自宰相以下,来俊臣都登记姓名按顺序夺取他们的妻妾。他还厚颜无耻地说自己采花求色之才可比石勒。

他看到太原王庆诜的女儿很漂亮,就逼王庆诜把女儿嫁给他。太原王氏是头等的世族,唐朝非常讲究等级门第,按道理讲,无论如何不会把女儿嫁给来俊臣这样的人,何况当时王庆诜的女儿已经嫁给段简了。来俊臣到段家去假传武则天的圣旨,说皇帝已经把王庆诜之女赏给他了。段简虽然明知道这纯属胡说,但是又怕来俊臣诬陷他谋反,只好把夫人拱手送他。来俊臣也就成了太原王氏的乘龙快婿。段简另有美貌小妾,来俊臣又放出风声索取,段简畏其淫威,将美妾送上门去。

来俊臣被贬到同州任参军,在那里他曾强夺一个同僚参军的妻子,并奸污了同僚的母亲。武则天离不了来俊臣这样的人,不久授予他合宫县县尉之职,又提拔为洛阳县县令、司农少卿,升任为太仆卿。

在他刚刚被授予司农卿的时候,武则天赐他奴婢十人,他觉得都长相一般。当时,西蕃酋长阿史那斛瑟罗家中有小婢,能歌善舞,来俊臣想霸占这个小婢,就指使党羽诬告斛瑟罗谋反。眼看斛瑟罗蒙受冤屈,将被依法处斩,众酋长来到朝廷,数十人割耳破面,替斛瑟罗诉冤,他才没有获灭族罪。

3.贪功和贪权

来俊臣知道,金钱、美女都是靠权力兑现的,因此他汲汲于权力。他深知只有立功才能获得升迁和更大的权力,不仅自己屡兴大狱,借别人的生命获取升迁的机会,还攘夺别人的功劳。綦连耀与刘思礼等人谋逆,被明堂县县尉吉顼发觉,便告诉了来俊臣。来俊臣向朝廷告发了此事,有数十人受到牵连而被灭族。来俊臣想把"发奸"之功记在自己的功劳簿上,"即中顼以法",对吉顼也罗织罪名,欲置其死地。"顼大惧,求见后自直,乃免"(《新唐书·来俊臣传》)。

七、来俊臣的下场

恶有恶报,来俊臣一生害人无数,自己也落得个可悲下场。

来俊臣倒台,要从一件小事说起。来俊臣与河东郡人卫遂忠有交情,卫遂忠名望不高,但很好学,有口才,很得来俊臣的赏识,本来是来俊臣的死党。有一天,卫遂忠带着酒去看望来俊臣,本想痛饮一番。当时来俊臣正与妻子的家人设宴聚会,守门人谎称来俊臣不在。卫遂忠闯进去,把来俊臣谩骂羞辱一顿。来俊臣在亲戚面前遭人谩骂,感到没面子,指使人殴打卫遂忠,还把他反绑起来。虽然又放了他,但从此结下了仇隙。

一个人活着,千百人不安,那么十百人都成为他的敌人,来俊臣终于成为众矢之的。当时想干掉来俊臣的主要有如下一些人:是宰相李昭德,"万岁通天中,上巳,(来俊臣)与其党集龙门,题搢绅名于石,抵而仆者先告,抵李昭德不能中。或以告昭德,昭德谋绳其恶,未发"。二是群臣与皇嗣,"俊臣知群臣不敢斥己,乃有异图,常自比石勒,欲告皇嗣及庐陵王与南北衙谋反,因得骋志"。三是武氏集团,"初,俊臣屡掎摭诸武、太平公主、张昌宗等过咎,后不发。至是诸武怨,共证其罪"(《新唐书·来俊臣传》)。来俊臣要罗织罪名,诬告武姓各王及太平公主、张昌宗等人,这都是武氏集团的要人和政治核心人物。怀恨在心的卫遂忠率先揭穿他的阴谋。卫遂忠知道来俊臣是武则天的红人儿,直接跟武则天说来俊臣谋反未必起作用,所以他求见武则天的侄子魏王武承嗣。他问武承嗣:"您可知上次来俊臣掷石头砸中的是谁的名字?正是魏王您呀!他准备告您谋反呢!"这可把武承嗣吓坏了。他也曾经风闻来俊臣在武则天面前诋毁自己,从来俊臣的心腹卫遂忠口里再听说,那就更让他深信不疑了。俗话说先下手为强,后下手遭殃,武承嗣立刻行动起来了。

武承嗣联络了武家子弟和太平公主,因为当时太平公主已经嫁到武家,算是武家的人。后来为了增强实力,又把皇嗣李旦也拉了进来,最后干脆连禁军将领也给拉上了,说:"来,我们一块儿告倒来俊臣!"这些人本来不是一个阵营的,彼此有诸多矛盾,但是在痛恨来俊臣这一点上却空前一致。因为来俊臣让大家都人心惶惶,正好趁着人多势众,一起打倒他。联络好了之后,就以魏王武承嗣为首,这些人联名上奏,控告来俊臣。既然这么多人联名上告,那就立案审理吧。一审起来,罪名可就多了,行贿受贿、欺男霸女已经算是小意思了,更重要的罪状是来俊臣想要自己做皇帝！证据是来俊臣曾经把自己比作十六国时期的后赵皇帝石勒。这石勒原本是个奴隶，后来从奴隶成了将军，又从将军晋升为皇帝。来俊臣自比石勒，不就是要谋反吗！谋反就得判处死刑。这个处理意见就上报给了武则天。

武则天对来俊臣有好感。她知道来俊臣得罪人很多，但那都是自己让他干的。至于说来俊臣想要当皇帝，武则天无论如何是不相信的。何况来俊臣还是个美男子，武则天对于美色总是很感兴趣。她想保住来俊臣，因此迟迟没有答复。那些告来俊臣的人很害怕，要是来俊臣不死，接下来就得是这些人回家准备棺材去了，因此他们一起诋毁他。武则天不得已，下诏将来俊臣处死。

武则天将来俊臣斩于闹市，并陈尸示众。最后结束来俊臣性命的还是酷吏，这个酷吏名字叫吉顼，也是一个美男子。此人曾经和来俊臣共事，心机深沉，胆略非凡，当时也正得武则天信任。斩首那天，洛阳城的老百姓倾城而出，都来看热闹。来俊臣人头刚一落地，百姓便蜂拥而上，争相去剐他的肉，很快就把他的肉割净。不论是士子庶民还是男人女人，人们都在大街上相互庆贺说："自今可以睡个安稳觉了！"

来俊臣的得势与失势都与武则天时期的政治有关。当武则天夺权已经成功，政权已经巩固，来俊臣这些鹰犬自然也就失去了价值。当来俊臣之流臭名昭著时，武则天又要用他们的脑袋来换取自己的美名，因此，来俊臣又不能不替武则天背黑锅。这就是来俊臣倒台的根本原因。

唐玄宗为什么不提防安禄山

在阻止安禄山发动叛乱的道路上,有一块巨石拦路,这块巨石就是玄宗皇帝。没有人搬得动这块石头,安禄山便始终获得一种庇护。那么,这块石头为什么就搬不动呢?

在中国历史上,唐玄宗是少数几位励精图治有所作为的皇帝之一,又是奢侈享乐导致国家破亡的皇帝之一。与他的名字有关的两个重要的历史名词,一个是"开元盛世",另一个是"天宝之乱"。正负对应,天地悬殊,但他的政绩却不能简单地用"正负相抵等于零"来判断,他的正面影响和负面影响都同样给后世留下持久的后果。

能否阻止或者避免安禄山发动叛乱,最关键的人物一直是最高统治者唐玄宗。直到安禄山起兵,玄宗一直掌握着朝廷大权,李林甫专权也好,杨国忠专权也好,谁也取代不了他的地位。他虽然年事已高,他不点头,任何事情都不能推进。对于安禄山的反叛,不是他没有能力阻止,实际上是他一直不相信安禄山会反。

任何事件的发生都有其必然性,但并不是所有发生了的事情都是不可避免的。处置得当,许多事情本来可以化险为夷。即便当时危机四伏,按下葫芦浮起瓢,动乱必然发生,但也可能在别的方面出现裂缝,而不是发生在范阳。一件惊天动地的事件的发生,不可能没有任何迹象可循。一件惊动天下的事件,可以瞒住一个人或一部分人,却不可能瞒住天下所有人。关于安禄山谋反的动向,早就有人察觉,也有人明里暗里告诉过玄宗,但玄宗不肯相信。

安禄山的叛乱阴谋并不是都掩盖得非常成功,而且至少安禄山身兼三镇节度使,手下拥有强兵,存在着发动叛乱的严重危险,怎么就始终不能引起玄宗的警惕呢?安禄山拍马屁的水平并不算高明,他说的话极其浅薄,其中的虚情假意都是极容易被看穿的。可是玄宗怎么就深信不疑呢?

李林甫活着时,安禄山觉得自己没有李林甫狡猾,所以佩服、害怕李林甫,不敢轻举妄动。他只能悄悄地做点儿准备,在雄武城贮存点儿兵器,已经被王忠嗣看破玄机,王忠嗣不止一次地向上反映,但玄宗不介意。及至杨国忠为相,安禄山瞧不起他,经过长期的准备,安禄山发动叛乱的条件已经成熟,更不把杨国忠看在眼里,因此将相间产生了嫌隙。杨国忠一再说安禄山可能谋反,玄宗都不听。太子李亨也察觉到安禄山欲反叛的迹象,告诉玄宗,玄宗也不相信。发展到后来,许多人告诫玄宗,但都动摇不了玄宗对安禄山的信任,玄宗甚至把告发安禄山的人绑送给安禄山处理。他对安禄山的信任,几乎达到了一种变态的程度,其中的原因到底是什么呢?

我们认为,玄宗对安禄山反叛始终不加戒备,除安禄山故作憨愚给玄宗造成了假象外,应该从唐朝建国以来的政治斗争了解玄宗的心理。一百多年来,唐王朝政治上的斗争主要表现在宫廷政变上。唐太宗发动玄武门兵变,杀死哥哥李建成和弟弟李元吉,逼父下台;武则天把亲生儿子杀的杀,放的放,终于篡位夺权,再诛杀李氏宗室;张柬之等人发动政变,逼武后让位,拥立中宗复辟;太子李重俊发动政变,诛杀武三思,率兵众杀入内宫,以失败告终;韦后和安乐公主合谋,毒死中宗,十六岁的太子李重茂即位,韦皇后临朝称制;太平公主、李隆基联手诛武韦集团,扶持睿宗上台;中宗次子李重福阴谋在东都洛阳叛乱,自立为帝,被洛州长史崔日知平定;太平公主策划废黜太子李隆基,李隆基却收拾了太平公主,继位为帝。长期以来,唐朝政治上的斗争,或最高权力的争夺,主要在皇室内部,一场又一场流血的、不流血的政变令人触目惊心。

玄宗年轻时目睹或亲身经历了一系列的宫廷政变,这对他的心理影响非常深刻。因此我们推测,他即位以后,所感到的对皇权的威胁仍是朝廷高层和皇室内部。玄宗和他的宰相们如姚崇等人认真总结了"再三祸变"的起因,极力避免重蹈覆辙,以安定皇位。他们采取的重要措施有如下三个方面:一是不用功臣,二是诸王外任和伺察,三是整顿禁军。他们注意到,在历次政变中,常常是那些有功之臣权势过大,拥立某一位亲王阴谋夺权,禁卫军常常成为他们发动政变的工具。

那些功臣有特殊的地位,有号召力,能够影响甚至动摇皇帝的地位。玄宗采纳了姚崇的建议,把拥立玄宗为帝的功臣们都一个个罢免,或调到外地任职,或解除实权,虚职架空,如郭元振、张说、刘幽求、钟绍京、王琚、崔日用、魏知古等人,都在玄宗夺权的斗争中立过大功,先是受到重用,任为高官,但不久都或被罢职,或被外任,或被流放。玄宗在位时任用的宰相,如果考察一下他们的出身,大致有两类:一是边帅,出将入相,这种情况后来被李林甫杜绝;二是门第不高,也没有太多的政治资本,如张九龄、李林甫、杨国忠等,他们不可能在朝廷形成大的势力,搞点儿小团体可以,搞成凌越于皇权的朋党势力都不行。所以,尽管后来李林甫、杨国忠等人专权自恣,还是都要讨好玄宗,都要看玄宗的眼色行事。

李氏诸王也常常是祸乱的根源,因为只有他们才有可能在政变中被人拥立为帝,成为对皇权的直接威胁。玄宗即位不久,根据姚崇的建议,命诸王外任刺史。开元二年(714)六月,以宋王李成器兼岐州刺史,申王李成义兼幽州刺史,豳王李守礼兼虢州刺史。七月,以岐王李范兼绛州刺史,薛王李业兼同州刺史。考虑到诸王未必有行政能力,而且朝廷并不希望他们掌握地方实权,因此特作如下规定:州务由州长史、司马主持;外任刺史诸王不得经常回京师,每季二人轮流入朝,周而复始。

后来政局稳定后,朝廷陆续召回外任诸王,但朝廷没有放松对他们的警惕,"上禁约诸王,不使与群臣交结"(《资治通鉴》卷二一二)。我们看到开元十年(722)的《诫宗属制》云:"自今以后,诸王、公主、驸马、外戚家,除非至亲以外,不得出入门庭,妄说言语。所以共存至公之道,永协和平之义,克固藩翰,以保厥休。贵戚懿亲,宜书座右。"玄宗把亲王们的日常生活和行动置于严密的监督之下。这种约法三章,是非常不人道的,在这样的制度下,身为皇室的人皆形同禁囚。至于玄宗有时亲赴诸王住处,赐金分帛,都不过是掩盖其提防猜忌心理的面纱而已。

从唐初李世民发动玄武门兵变夺位以来,唐朝一系列的宫廷政变常与北门禁军有关系。玄宗非常注意对北门禁军的掌控。他先是重用心腹王毛仲掌管禁军,当王毛仲权势过高时,又及时解除了他的兵权,把他流放。接着任命"淳朴自俭"的陈玄礼为禁军将领。陈玄礼对玄宗忠诚不贰,一直到安史之乱发生,禁卫军没有发生过类似过去参与宫廷政变的行动。

在防范政变方面,玄宗用心极细。他注意到在历次政变中,常有僧道参与其中。这些人与朝官相勾结,而且利用宗教迷信,妄说天象吉凶,为一些人谋反篡位制造舆论,还利用他们的特殊身份出入达官贵人之家,传递情报和消息。所以,他即位不久就下了一道诏书,禁止百官与僧道交往。诏书中指斥那些僧人、道士"诡托禅观,妄陈祸福,事涉左道,深敦(败坏)大猷(治国大道)",因此,"百官家不得辄容僧尼道士等,至家缘吉凶,要须设斋,皆于州县陈牒寺观,然后依数听去,仍令御史、金吾,明加捉搦"(《禁百官与僧道往还制》)——谁家有婚丧之事,需要请和尚、道士设斋打醮,必须向州县打报告,指定人数。违犯者,御史台和金吾卫可以随时抓人。

在防范政变、巩固皇权的各种措施都取得良好效果以后,玄宗的心里便产生了强烈的安全感。从唐朝建立以来,还没有发生过统兵的将军发动叛乱的严重事件,没有前车之鉴,不太容易产生后顾之忧。不仅本朝,再回溯一下唐以前的历史,由边将发动叛乱成功的例子也极少,改朝换代要么是农民战争,要么是大丞相篡位,要么是北方那些游牧民族一窝蜂地杀进中原,而由一个边将举兵成功的例子几乎没有,这可能是他对安禄山放松警惕的主要原因。

不光是他,宰相李林甫也没有意识到这一点,所以他才敢放手让那些蕃将常任久戍,拥强兵保卫帝国的边境。

安史之乱为张九龄恢复名誉

在历史上,张九龄曾经受到极大的误解,特别是受到唐玄宗的误解,因而被罢相贬官。这种误解由于安史之乱的发生而被消除,他的正直、贤明因而被人们认识,贤相的声名流传至今。可以说,安史之乱为张九龄恢复了名誉,成就了他的美名。

一、曲突徙薪:唐玄宗悔之已晚

当安禄山叛军进逼长安时,唐玄宗从长安出走,经崎岖山路奔向成都。寄居成都的玄宗已经失去皇位,回想颠沛流离、痛失爱妃的经历,面对眼前的艰难处境,遥望战火纷飞的中原,他想起了一个人——张九龄——那位被贬出朝廷的宰相。此时,他心里涌起一股强烈的悔恨和愧疚之情。

当年,担任平卢讨击使的安禄山进攻奚、契丹,由于恃勇轻进,吃了败仗。唐玄宗爱惜安禄山的将才,不忍心杀他。张九龄坚持应依法处斩,并预言:"不杀必为后患。"结果,玄宗不仅赦免了安禄山,还对张九龄老大不高兴,他说:"卿勿以王夷甫识石勒,枉害忠良。"

念及当年张九龄有先见之明,而且不怕触犯龙颜,力主杀安禄山以绝后患,后悔自己没有听从他的建议,年过七旬的玄宗老人伤心涕泣。在一种强烈的愧疚之情驱使下,他决定派人到张九龄的家乡韶州曲江(今广东韶关西南),祭奠张九龄,并对他的家人厚加赏赐,算是对死者的告慰和补偿。于是,一名宦官衔命出使,从成都出发,踏上了奔往张九龄家乡的路途。他水陆兼行,奔波千里,向张九龄的墓敬献了玄宗的祭品,并焚香礼拜,宣读玄宗的诰命,追封张九龄为司徒。

这让我们想起一个典故——曲突徙薪。那位遭受火灾的哥儿们,不仅置宴犒赏一群被烧得焦头烂额的救火英雄,还把那位没有投身救火的贵客请来,让他坐了上座。因为那位贵客警告过他:不把笔直的烟囱(突)改成弯曲的,不把柴堆搬得远远的,你家就要发生火灾了。那时他不以为然,以为是杞人忧天。现在大家都认为,论功此客最大。

玄宗算有良心,但已于事无补。如果确实没有一个阴间,也无所谓灵魂的话,沉眠地下已十余年的张九龄大人,哪里还能享受这迟来的祭品!历史不会倒退,乱局已成,皇位已失,爱妃已死,一切都成了过眼云烟。——所能补偿的,其实只是自己心灵的自惭和遗憾。

二、平步青云:一代才子的辉煌仕途

张九龄曾有一段辉煌的仕宦生涯。

张九龄幼年就聪明异常,善作文。十三岁那年,曾受到广州刺史王方庆的赞赏,说这孩子将来有大出息。十九岁中进士——这个年龄中举在当时很少见,接着便担任秘书省校书郎。校书郎之职,是文士们踏上仕途的最佳起点。按照白居易描绘的唐代升官图,秘书省秘书郎、著作郎、校书郎、正字等,是唐代朝廷中的基层文官,同时也是最低一层的升官台阶,是仕途的辉煌起点。从此出发,逐级提拔,一步步升至公卿将相。

唐玄宗让天下推举富有文才的人,亲自面试。张九龄参加了这次选拔,在对策中回答玄宗提出的涉及国计民生的问题,他的回答特别令玄宗满意,被任命为右拾遗。拾遗是谏官,职责很重要:陪侍皇上,对皇帝进行规谏;皇帝出行,紧随前后,以备顾问,并及时提出建议,举荐人才;有资格参与朝廷大臣的议事,所写封奏章疏直接递交皇帝。

在这个职位上,张九龄很快就表现出卓越的才华和明识,尤其在参与对吏部选人的考评中,他和另一位右拾遗赵冬曦能做到择优录用,公平明允,受到普遍好评。因此,开元十年(722),一年之内他连升三级,至吏部司勋员外郎,从六品上(副处级)。这在唐代的官场上是很少见的。

第二年,张九龄升任中书舍人。中书舍人是朝廷要职,正五品上,是高干。这一年他才四十多岁。中书舍人参与朝廷重大决策的讨论;朝廷的诏令或任命书由中书舍人起草,经朝廷批准后,由他们署名下达;朝廷册命大臣,由中书舍人当朝宣读册命;将帅有功,外国来宾,朝廷派他们去慰问;有冤假错案,与门下省的给事中、御史台御史共同鞠问审理。

宰相张说特别信任和器重他。张说是当时有名的文豪,经常称赏张九龄,说他今后必然取代自己的地位,成为文坛领袖。虽然张说是长辈,但张九龄比他更有头脑。

开元十三年(725),玄宗到泰山举行封禅典礼。在这个重大的活动中,由张说确定随驾登山人选,有不少品位很低的人入选。封禅活动结束后,这些人都被破格提拔为五品官,包括张说的女婿。张九龄劝他加以纠正,但张说不听,后来张说受到舆论的批评。"泰山之力"的典故由此而来,这个典故包含着对张说的讽刺。

御史中丞宇文融受到玄宗的信任,负责户口田赋工作。每次上奏朝廷,张说都唱反调。张九龄劝张说加以防备,张说不听。宇文融弹劾张说,玄宗罢免了张说的宰相职务。张九龄受到牵连,贬为太常少卿。太常少卿负责祭祀礼仪方面的工作,是闲职。不久他又被任命为冀州刺史,离开了朝廷。

这不过是张九龄前期辉煌仕途中一个小小的挫折。张说曾向玄宗推荐张九龄,认为张九龄可以进集贤院任学士,他的才学胜任皇帝的顾问。张说去世后,玄宗想起张说的话,召张九龄进京,任命他为秘书少监、集贤院学士、副知院事,又提拔为中书侍郎。中书侍郎是中书省的副长官,地位仅次于中书令,已经是副宰相了。其时,张九龄多次向玄宗提出建议,很多被玄宗采纳。但他从不向别人自夸,那些取得良好效果的举措,别人都以为出于玄宗的圣断。

母亲病故,他要丁忧还乡。古时候官员因父母去世而离职守丧,称为"丁忧"。但玄宗觉得朝廷里离不了张九龄,没有等到期满,就召他返京复职。开元二十一年(733)十二月,任命他为中书侍郎、同中书门下平章事。官名后加"同中书门下平章事",就列名宰相。第二年正月,玄宗至东都,张九龄从韶州赶到洛阳,他又向玄宗提出希望能克尽孝心,还乡丁忧,期满再返朝任职,但玄宗没有答应。同年提拔他为中书令,兼修国史。兼修国史,对当宰相的人来说,是一项很光荣的工作。至此,张九龄的政治生涯达到辉煌顶点。

三、误解是怎样造成的

这样一位才华出众、仕途得意的才子,怎么会被罢相贬官呢?

从客观上说,一是因另一个宰相李林甫的口蜜腹剑,以及对他不遗余力地进行中伤和谗害;二是玄宗本人由励精图治变为渐肆奢欲,由开明仁智变得偏听偏信。主观的原因是张九龄本人的品质和性格。

唐玄宗时担任宰相的人,张九龄以正直著称。《资治通鉴》卷二一四云:"上即位以来,所用之相,姚崇尚通,宋璟尚法,张嘉贞尚吏,张说尚文,李元纮、杜暹尚俭,韩休、张九龄尚直,各其所长也。"正是他们与玄宗共治天下,开创了开元盛世的局面。张九龄的正直与韩休齐名,而这种正直常常不能为人所理解和接受。

张九龄虽然得到张说的器重,被提拔到高位,但对张说也不断进行批评。他是张说的亲信,张说虽不能接受,但能理解他的好意。那李林甫和唐玄宗可就不同了,张九龄的正道直行正好与李林甫的奸佞、玄宗后期的昏庸形成冲突,这种冲突造成李林甫对他的排斥、中伤和玄宗的误解,于是他的悲剧命运便不可避免。担任宰相期间,张九龄的正直敢言多次惹玄宗生气,再加上李林甫的有意陷害,玄宗终于疏远了他。当他与玄宗意见不和时,他没有像李林甫那样随声附和,而是据理力争。史书上记载他多次与玄宗意见相左,而遭到李林甫谗害。

张守珪任幽州节度使,多次击破奚、契丹的侵犯,玄宗对张守珪很赏识,想提拔他任宰相。张九龄极力反对,他说:"宰相之职代天子治理天下,不能用来奖赏战功。"玄宗说:"只给他宰相的称号,挂个名可以吗?"张九龄说:"不可以!官称和权力不是奖品,而是君王的工具。张守珪打败契丹,陛下就任命他为宰相,如果他把奚、契丹和突厥都消灭了,陛下还有什么官职奖赏他呢?"

当初玄宗想任命李林甫做宰相,张九龄反对,他说:"宰相的任命关乎国家安危。陛下要让李林甫做宰相,将来会成为朝廷的祸患。"玄宗对张九龄的意见不以为然,还是任命了李林甫。那时张九龄正受到玄宗器重,李林甫虽然记恨他,但仍然奉迎巴结他。后来,张九龄看到玄宗有什么不好,大小事都极力论争。李林甫看到了他们的嫌隙,便巧妙地揣摩玄宗的心意,寻找机会中伤张九龄。

开元二十四年(736)十月,玄宗在洛阳,计划明年二月返长安,因为洛阳宫发生怪事,玄宗想提前动身。张九龄和同为宰相的裴耀卿都认为,眼下正是秋收季节,车驾西行,沿途各地必然安排迎送,给百姓造成负担,最好等到十一月。裴耀卿和张九龄离开后,李林甫便向玄宗说:"长安、洛阳,就是陛下的东宫和西宫,随时可以临幸,还选择什么时日啊!即便妨碍一点儿秋收,免收沿途各地的租税不就得了。"玄宗很高兴,立刻让李林甫安排启程。李林甫的表现自然让玄宗感到顺心,同时也就觉得张九龄为人执拗。

赵丽妃生太子李瑛,皇甫德仪生鄂王李瑶,刘才人生光王李琚,武惠妃生寿王李瑁。玄宗宠幸武惠妃,在所有的儿子中,最疼爱李瑁。太子李瑛和李瑶、李琚几个小孩子聚会时,都说了些不满的话。武惠妃听说后又哭又叫,说太子私结朋党,指斥皇上。玄宗大怒,要把太子和鄂王、光王废掉。张九龄不同意,据理力争,他说:"陛下必欲为此,臣不敢奉诏。"李林甫当众什么都不说,退朝后私下告诉玄宗身边的宦官说:"这是皇上的家事,皇上自己可以做主,何必问外人呢?"这话当然让玄宗感到顺耳,而怪张九龄多事。

李林甫处处与张九龄唱反调,赢得了玄宗的好感,却让玄宗一天比一天地讨厌张九龄。君相间的矛盾终于激化。有两件事使玄宗对张九龄不能容忍,再加上李林甫的挑拨,玄宗最终罢免了张九龄的宰相职务,并贬出朝廷。这就是牛仙客事件和严挺之事件。

牛仙客担任河西节度使时,政绩显著。玄宗很赏识,想给牛仙客加官为尚书。张九龄不同意,他说:"尚书是古代负责向皇帝提建议的大臣,牛仙客出身河湟小吏,一下子提拔到朝廷要职,会影响朝廷的声誉。"玄宗又问:"只给牛仙客加个爵位可以吗?"张九龄仍然反对,说:"爵位是对立功者的鼓励,作为边将使仓库充实,器械修整,都是分内事,不算立功。如果陛下认为他工作勤劳,可以赏赐金帛,而分封土地,赐给爵位,极不合适。"玄宗心里不舒服。李林甫跟玄宗说:"牛仙客有宰相之才,给他个尚书称号有何不可!张九龄所说全是书生之见。"玄宗觉得李林甫说得对。第二天,玄宗又提起封牛仙客爵位,张九龄仍然极力反对。玄宗顿时大怒,厉声说:"难道事事都由你说了算吗!"张九龄叩首谢罪,说:"陛下让我担任宰相,我觉得事有不妥,不敢不直言。"玄宗说:"你嫌牛仙客出身寒微,你的门第也不高啊!"张九龄说:"我家在岭南，出身低贱。但是我出入朝廷，职掌诰命已经多年。牛仙客出身边境小吏，大字不识，如果一下子提拔为高官，众人会轻视朝廷。"李林甫又跟玄宗说："只要有才能见识，要什么学问才华！天子用人，什么样的人不能用！"有了李林甫的赞同，玄宗不顾张九龄的反对，赐给牛仙客陇西县公的爵位。

李林甫推荐萧炅担任户部侍郎。萧炅没学问，有一次读文件，把"伏腊"读成了"伏猎"。中书侍郎严挺之向张九龄抱怨："尚书省这样的中枢机构，怎么能任命一个'伏猎侍郎'！"张九龄报告玄宗，玄宗让萧炅出京做岐州刺史。张九龄与严挺之关系好，想举荐严挺之为宰相，曾经告诉严挺之，跟李林甫搞好关系。严挺之为人清高任性，从不到李林甫门上去。这些都使李林甫怀恨在心。严挺之前妻嫁蔚州刺史王元琰，王元琰犯了贪污罪，朝廷交刑部、御史台和大理寺会审。严挺之看在前妻的情分上，为王元琰托人说情，希望能宽大处理。李林甫抓住了把柄，让手下的人告发此事。玄宗告诉宰相说："严挺之竟然为罪人说情。"张九龄为严挺之辩护，他说："王元琰的妻子是严挺之的前妻，不应该有私情。"玄宗说："他们虽然已经离婚，仍然有私情。"只有张九龄才这样跟玄宗争辩。

玄宗觉得既然严挺之为王元琰说情是事实，那么张九龄明显是袒护严挺之。考虑到张九龄、裴耀卿和严挺之常常互相声援，玄宗认定他们结成了朋党。开元二十四年（736）十一月，玄宗罢免了裴耀卿和张九龄的宰相职位。张九龄曾推荐周子谅任监察御史，张九龄罢相后，周子谅弹劾牛仙客不胜任宰相之职，但被认为理由荒唐。玄宗亲自审问，将其流放。李林甫说:"周子谅是张九龄提拔的,张九龄难辞此咎!"于是,张九龄被贬为荆州大都督府长史,他的政治生命基本结束。

四、历史证明了他的敏感

多年来,张九龄给世人留下的印象,一直是把持朝政,直言犯上,结党拉派,用人失察,因而被罢相贬官。还有一些诸如急躁、好骂人之类。甚至在河南种水稻,扩大屯田,造成经济损失,也归罪于他。这些从来就没有人去澄清。

我们想查唐朝的原始档案,看当时朝廷究竟是以什么理由把张九龄罢相贬官的。可惜只看到撤张九龄宰相的文书,即玄宗《罢侍中裴耀卿中书令张九龄为尚书左右丞相制》,奇怪的是文中全是褒奖之词;贬张九龄为荆州大都督府长史的文书则没有查到。显然,这两件有损玄宗令名的文书一篇被删改,另一篇则被有意地销毁了。

安史之乱的发生,使人们重新认识了当年被贬的张九龄。渔阳鼙鼓把玄宗惊醒了,他要为张九龄平反,他是张九龄一案的当事人,最有发言权。至此,关于张九龄的评价出现了转弯,张九龄从此为人颂扬,历史需要重写。把张九龄定位为贤相,人们获得如下共识:

他多次冒犯龙颜,大多是从百姓和国家利益考虑问题,而没有顾及个人的处境和安危,没有顾及玄宗的面子和心理。他正直敢言,他不善于明哲保身,以至于给李林甫以可乘之机。

玄宗贬斥张九龄,信任李林甫,对开元、天宝政局造成了不良影响。李林甫在位造成的政局动荡和边防政策的严重失误,为安禄山发动叛乱创造了条件。李林甫死后三年,安史之乱发生,人们仍然认为李林甫有不可推卸的责任。

张九龄与玄宗的重要分歧表现在边防政策上。玄宗采取扩张政策,奖励边功,宠厚边将;张九龄则抑制边功,反对重用那些靠军功而进身的将军。他最早觉察到边帅作乱的危险性,历史证明了他的敏感。如果玄宗听取了张九龄的意见,对边将稍加裁抑,哪怕是提高一点儿警惕,可能安禄山也不会蕴蓄十年,坐大东北,造成"禄山一呼,四海震荡"的局面。

张九龄不是完人,但以他对国家的责任感,对百姓的关怀,对政治形势的敏感和洞察,以及他杰出的才华和刚正不阿的品格,他不愧为富有远见的卓越的政治家。在当时的政坛,没有人能够跟他站到同样的高度。他的敏感和预见遭到误解和冷落,如一声警钟没有和声,那是一个时代的悲剧。

杨贵妃的哈巴狗从哪儿来的

杨贵妃性格温柔，聪颖可爱，总能讨玄宗欢心。史书说她"智算警颖，迎意辄悟"（《新唐书》卷七六），"每倩盼承迎，动移上意"（《旧唐书》卷五一）。

段成式《酉阳杂俎》卷一记载了唐玄宗的一个故事：

> 上（玄宗）夏日尝与亲王棋，令贺怀智独弹琵琶，贵妃立于局前观之。上数枰子将输，贵妃放康国猧子于坐侧，猧子乃上局，局子乱，上大悦。

说的是玄宗跟儿子下棋，杨贵妃抱着自己的宠物"康国猧子"在一旁观战。当玄宗快要输时，贵妃便唆使她的宠物上去踏乱棋局，不让玄宗丢面子。玄宗龙颜大悦。

康国是唐时地处中亚的昭武九姓国之一。据《新唐书》记载，现在中亚五国地区，唐时存在由粟特人建立的九个小王国，即康、安、曹、石、米、何、火寻、戊地、史。康国是其中最大的一个王国，在今乌兹别克斯坦撒马尔罕一带,是昭武九姓国的中心,地处丝绸之路的要道。史载其国大臣三人共掌国事,兵马强盛,多是赭羯(意为勇士)。唐高宗永徽时以其地为康居都督府,授其王拂呼缦为都督。万岁通天元年(696),武则天封其大首领笃娑钵提为康国王。唐玄宗先天元年(712),大食(阿拉伯)人破其城国,国王乌勒伽投降并缔结条约,于开元七年(719)又上表请唐助其反抗大食。天宝三载(744),唐封其子康国王咄曷为钦化王。安史之乱中,昭武九姓国亦遣兵助唐平叛,杜甫诗中提到的"赭羯"就是来自中亚的援军。

"猧子"就是哈巴狗,但康国并不是这种狗的原产地,杨贵妃的哈巴狗只是从康国传来的。唐时从域外引进不少动物,据美国汉学家薛爱华《撒马尔罕的金桃:唐代舶来品研究》一书,这些洋动物有二十五种之多,其中有一种狗来自拜占庭。《通典》卷一九一记载,高祖武德七年(624),高昌王麴文泰"献狗雌雄各一,高六寸,长尺余,性甚慧,能曳马衔烛,云本出拂菻国"。"拂菻"就是拜占庭。这种小狗很聪明,口里衔着蜡烛,背后还拖着缰绳,为舞马引路。《旧唐书》卷一九八、《册府元龟》卷九七〇也有同样的记载,并说:"中国有拂菻狗,自此始也。"

这种狗曾经是希腊妓女和罗马主妇珍爱的宠物。杨贵妃怀里抱的康国猧子来自西域,可能就是通过康居传来的"拂菻狗"。

雄才未展的郭子仪
——唐代中兴诸将之一

"中兴诸将"的说法,源于唐代诗人杜甫的诗。唐肃宗乾元二年(759)春,杜甫在洛阳听说河南、河北平叛胜利的消息,高兴地写下《洗兵马》一诗,第一句云"中兴诸将收山东"。唐平安史之乱,王朝中兴,全赖文臣用谋,武将卖命。平乱中涌现出一批著名的文臣武将,他们运筹帷幄,出生入死,消灭了安禄山、史思明叛乱势力,保住了大唐江山。可是考察那些中兴将军的命运,却令人扼腕叹息。

郭子仪,华州郑县(今陕西渭南市华州区)人,参加武举,高分录取,被任命为左卫长史,后来又先后在边境各地驻军中担任长官。由于军功显赫,安史之乱发生前,他已经担任九原郡太守、朔方节度右兵马使。安史之乱发生后,朝廷任命郭子仪接替安思顺为卫尉卿,兼灵武郡太守,充朔方节度使,并命他统军东征。郭子仪的战略思想、军事指挥才能和忠厚品质是在平叛战争中显示出来的。关于朔方军,我们有必要作一点儿介绍,因为这支部队在平息安史之乱的战斗中功勋卓著,而郭子仪的功业和命运也与这支部队有关。

朔方军是唐朝的一支节度使军队,这支部队最早出现在武则天时,那时讨伐东突厥的朔方道行军大总管的部队,可以称为它的前身。此后,这支部队由临时出征到长期镇守,一直活跃在唐都长安的西北部地区。按照开元、天宝时期各沿边节度使分区备边的边防形势,"朔方节度捍御突厥,统经略、丰安、定远三军,三受降城,安北、单于二都护府,屯灵、夏、丰三州之境,治灵州,兵六万四千七百人"(《资治通鉴》卷二一五)。这是一支有光荣历史的部队,在安定北部边境地区、抵御北方草原游牧民族进扰的军事斗争中屡立战功,同时也涌现了许多战功卓著的将军。安史之乱爆发,在国家生死存亡的关头,朔方军在郭子仪等人统率下,发挥了重要作用。

一、兵出河北,断敌要路

接到朝廷任命和指令,郭子仪率军从单于府出发,合并静边军,斩敌将周万顷,把他的首级送到长安。此时北方的形势是,叛军力图控制河东地区,以此为跳板西进,击败朔方军,出河西、陇右,千里迂回,包抄长安。唐朝已在河东地区布署防御,王承业守太原,程千里守潞州,这两处主要是守御,没有重大战事。同时,唐朝指示郭子仪率朔方军东进,占领河东,而后出太行山,进入河北,直捣叛军根据地。安禄山派大同军使高秀岩率兵进犯河曲,被郭子仪击败,郭子仪乘胜收复云中郡马邑城,打开东陉关。根据他的战功,朝廷授予他御史大夫的宪衔(唐宋以来官制中在正职外所加的御史之类虚衔)。朔方军进入河东地区,使安禄山经营河东并从河东西进的计划破产。

天宝十五载(746)正月,敌将蔡希德攻陷常山郡,颜杲卿被俘,河北各郡县都落入敌手。二月,郭子仪与河东节度使李光弼率军出井陉关,攻克常山郡,又在九门击败敌军,然后南攻赵郡,活捉四千多名敌兵,斩伪太守郭献璆,缴获大量军资器械。这就切断了叛军老巢范阳与安禄山新都洛阳间的交通,因此引起叛党的极大恐慌。安禄山急调大军向常山郡反扑。当郭子仪与李光弼统军返常山郡时,史思明率数万人紧追于后。郭子仪挑选精锐骑兵与之周旋,且行且止,三天后到行唐县,敌人追得筋疲力尽。当敌人掉头回返时,郭子仪指挥部队乘势追击,在沙河县大败敌人。

安禄山又派精兵增援史思明,当郭子仪的部队来到恒阳县时,敌军也赶到这里。郭子仪命部下修建坚固的壁垒防守,敌来坚守,敌退我进,白天虚张声势,夜晚袭击敌营,搞得敌人没有喘息之机。几天后,敌人懈怠疲惫,李光弼和郭子仪决定与敌人决战。六月,郭子仪、李光弼率仆固怀恩、浑释之等人在嘉山列阵,敌将史思明、蔡希德、尹子奇等也列阵而至,双方展开激战,敌人大败,唐军斩首四万,活捉五千,获战马五千匹。史思明露顶赤足逃到博陵。于是,河北十余郡都杀死敌人的太守,迎接官军。郭子仪想向北进军,攻打敌人的巢穴范阳,但他的意图没有实现。

二、收复两京,功高当代

潼关失守,玄宗逃往蜀中,太子李亨北上灵武。七月,在郭子仪的部下杜鸿渐等人拥立下,太子在灵武即皇帝位,即肃宗。朝廷策划收复两京,诏令郭子仪、李光弼统兵返灵武。当时,新朝刚刚建立,兵力薄弱。郭子仪和李光弼率五万大军来到,朝廷才有了兴复的资本,人们才看到一线希望。朝廷任命郭子仪为兵部尚书、同中书门下平章事,列名宰相,仍担任灵州大都督府长史、朔方军节度使。

房琯陈涛斜兵败,丧师六万,朔方军成为朝廷掌握的主要军事力量。十一月,敌将阿史那从礼率五千同罗、仆骨骑兵出塞,引诱河曲九府、六胡州各部落数万人,想进攻肃宗所在地。早在太宗贞观二十年(646),铁勒九姓部落回纥、仆骨、同罗等大首领率部投降唐朝,朝廷在夏州设置了瀚海、燕然、金微、幽陵等九个都督府,称河曲九府。虽然唐朝在漠北的羁縻州府实际上早就不存在了,但此地仍为各少数民族聚居地区,因此这里的河曲九府、六胡州是对这一带蕃人聚居之地的习惯称呼。郭子仪与回纥首领葛逻支率唐、回纥联军,击败阿史那从礼,杀敌数万,平定了河曲,又乘胜平定河东。

肃宗至德二载(757)三月,安禄山死,朝廷将进兵长安,诏郭子仪率军至凤翔。四月,进位司空,担任关内、河东副元帅。九月,郭子仪与广平王李俶率兵收复长安。郭子仪是实际上的最高指挥官。在回纥军队的配合下,唐军击溃长安城外布防的敌军,敌人西京留守张通儒等人弃城而逃。唐军在长安只停留了三天,便挥师东下,在陕州与敌人大军交战,又取得重大胜利。唐与回纥联军继续东下,敌人放弃洛阳,退保相州,两京光复。因收复两京之功,朝廷加封郭子仪为司徒、代国公,食邑千户。不久郭子仪回长安朝见肃宗,肃宗派仪仗队到灞上迎接。见到郭子仪,肃宗感激地说:"虽然是我李氏的国家,实际上是由将军您重新缔造。"十二月,又命郭子仪回东都,谋划向河北进军。

三、投闲置散,才志难伸

肃宗乾元元年(758)七月,郭子仪率军在黄河边击败敌军,俘虏敌将安守忠,押送到长安,并入京朝见肃宗。肃宗命文武百官至长乐驿迎接,自己专程到望春楼等待。郭子仪到长安,进位中书令。九月,奉肃宗之命,九节度使兴兵讨伐安庆绪。郭子仪率兵围卫州,击溃安庆绪派来的援军,攻拔卫州,俘虏伪郑王安庆和,押送到长安。又乘胜进围邺城,与敌人战于愁思冈,敌军又败。安史之乱是由拥兵自重的边将造成的,唐朝廷不希望看到再有一个安禄山出现,因此唐朝大军不设统一的元帅,只命宦官鱼朝恩做观军容使。由于九节度不能统一步调,对邺城的围攻拖延至第二年二月。

当史思明从范阳率军增援安庆绪,官军与叛军相遇,大风造成双方兵溃。官军方面,当沙尘暴起时,郭子仪的部下首先溃散,郭子仪率朔方军退保河阳,朝廷诏命郭子仪留守东都。三月,朝廷任命郭子仪为东都畿、山南诸道行营元帅。这时宦官鱼朝恩专横,他嫉妒郭子仪的战功,把相州兵溃的责任推给郭子仪,在肃宗面前极力贬低郭子仪,不久朝廷把郭子仪召还京师,而任命赵王李係为天下兵马元帅,以李光弼为副元帅。郭子仪虽然失去兵权,但对朝廷忠心不贰,始终没有怨言,而且始终关心战局,为战乱未平而寝食不安。

史思明再陷洛阳,肃宗十分不安,又担心吐蕃进逼长安。乾元三年(760)正月,任命郭子仪为邠宁、鄜坊两镇节度使。由于鱼朝恩作梗,郭子仪没有赴镇,仍留长安。当时有人上奏朝廷,认为郭子仪对国家有大功,现在叛乱未平,不应该把他放在闲散的位置,肃宗认为这话有理。这一年闰四月改元上元,上元元年(760)九月,朝廷任命郭子仪为诸道兵马都统,任命管崇嗣为副都统,命他们率英武军、威远军等禁军及河西、河东诸镇兵马,经邠宁、朔方、大同、横野军,直捣范阳。诏下十天后,又因鱼朝恩的阻挠,朝廷收回成命。

宝应元年(762)二月,河东军乱,杀节度使李国贞。太原节度使邓景山也被部下所杀,朝廷任命郭子仪为朔方、河中、北庭、潞、仪、泽、沁等州节度行营兼兴平军、定国军副元帅,充本管观察处置使,进封汾阳郡王,出镇绛州。郭子仪至绛州,处死为首作乱的王元振等数十人,使河东的局势稳定下来。

四月,代宗即位,宦官程元振嫉妒郭子仪的功劳,离间代宗与郭子仪的关系,罢郭子仪副元帅的职务,夺其兵权,让他负责肃宗的山陵事务,实际上是把他投闲置散。郭子仪气愤之余,把皇帝所赐手诏一千多篇附表进奉朝廷。代宗下诏安慰他说:"朕不德不明,致使大臣产生忧虑和疑心,是我的过失,我很惭愧,请您不要放在心上。"代宗想到自己过去和郭子仪同甘苦共患难,一起收复两京,对郭子仪越发尊重和礼敬。这时史朝义占据洛阳,年幼的雍王李适督师东讨,代宗想让郭子仪为副元帅辅助雍王,可是宦官鱼朝恩、程元振扰乱朝政,致使裴茂、来瑱丧命,郭子仪又被这两个人离间,没有成行。

郭子仪失去兵权后,李光弼、仆固怀恩先后任兵马副元帅,但他们二人的命运还比不上郭子仪。郭子仪忠厚本分,德高望重,虽然受到程元振等人的嫉妒和排斥，他的忠诚与才能没有得到充分发挥，甚至说是被埋没，但他始终任劳任怨，忠心耿耿，而且在安史之乱后，国家危难时他常常挺身而出，挽狂澜于既倒，辅助玄宗、肃宗、代宗、德宗四朝，功高无比，史称"天下以其身为安危者殆二十年"，政治上一直保持令名。史官评价他："富贵寿考，繁衍安泰，哀荣终始，人道之盛，此无缺焉。"《旧唐书·郭子仪传》赞语云："猗欤汾阳，功扶昊苍。秉仁蹈义，铁心石肠。四朝静乱，五福其昌。为臣之节，敢告忠良。"

功大而枉死的来瑱

——唐代中兴诸将之二

来瑱是邠州永寿县(今陕西永寿县)人。唐玄宗开元十三年(725)改豳州为邠州,治所在新平(今陕西彬州市),辖境相当今陕西省彬州、长武、旬邑、永寿四地。永寿县有"秦陇咽喉"之称,来瑱是这个县的历史名人,当地人不应该忘记他。来瑱的父亲来曜出身行伍,因军功升迁,开元十八年(730)以鸿胪卿同正员的朝衔,担任安西副都护、持节碛西副大使、四镇节度使。后来他的朝衔升至右领军大将军、仗内五坊等使,名扬西域。代宗宝应元年(762),因来瑱立功,来曜被追赠为太子少保。

来瑱自小重名望气节,慷慨有大志,读过不少经书史传。天宝初,他随父亲在西域四镇节度使下任职。天宝十一载(752),以左赞善大夫、殿中侍御史的朝衔和宪衔,担任伊西、北庭节度使下的行军司马。玄宗诏令群臣向朝廷推荐智谋果决和才堪统众者各一人,担任右拾遗的张镐向玄宗推荐了来瑱,张镐称赞他"有纵横之略,临事能断,堪当御侮之任"。但还没来得及任命,因母亲去世,来瑱停职丁忧。

一、坚守颍川,立功扬名

安禄山发动反叛,张垍又向玄宗推荐他,这时来瑱丁忧期未满。朝廷急于用人,夺情起用他代理汝南郡太守。汝南,古属豫州,豫州为九州之中,汝南又居豫州之中,故有"天中"之称。汝南为八方辐辏之地,地理位置十分重要。尚未成行,叛军进攻颍川郡,朝廷又紧急任命他为颍川郡太守。

颍川郡,秦王政十七年(前230)置,以颍水得名。治所在阳翟(今河南禹州),辖境相当今河南登封、宝丰以东,尉氏、漯河以西,新密以南,叶县、舞阳以北地。后来治所屡有迁移,辖境渐小,最大时管辖至今河南驻马店地区。唐至德时又曾改许州(治今河南许昌)为颍川郡。颍川城军粮储备丰盈,来瑱修筑防御工事,做好了迎战的准备。敌军进至颍川城下,双方展开激战,来瑱登城督战,亲身投入战斗。他箭法极准,百发百中,敌人应弦而倒。敌人看到城头上的来瑱,派降将毕思琛向来瑱喊话,劝来瑱投降。毕思琛是来瑱父亲的旧将,毕思琛在城下跪拜哭泣,表示对来曜的哀悼,劝来瑱投降,来瑱置之不理。在颍川保卫战中,来瑱与敌人进行多次激战,杀敌无数,敌人闻风丧胆,给他起了个绰号,叫"来嚼铁"。朝廷因为他卓越的战功,为他增加银青光禄大夫的散官官衔,代理御史大夫的宪衔,任命他担任本郡防御使和河南、淮南游奕使、逐要使和招讨使等。

鲁炅在叶县战败后,退守南阳,朝廷任命来瑱为南阳郡太守,兼御史中丞,充山南东道节度使、防御使和处置使,代替鲁炅。不久朝廷任命嗣虢王李巨为御史大夫、河南节度使,李巨上奏朝廷,说鲁炅能守南阳,朝廷下诏令他们仍担任各自原来的职务。敌人围攻南阳好几个月,来瑱和襄阳节度使魏仲犀都分出手下的兵马救援南阳。魏仲犀派弟弟魏孟驯领兵赴南阳,魏孟驯来到明府桥时,看到敌人兵势很盛,心生畏惧,没有交战就急忙退兵,敌人在后猛追,魏孟驯大败而还。来瑱部下兵力本来就不足,魏孟驯战败的消息传来,人们都心惊胆战。来瑱安定军心,加紧训练,固守颍川,敌人对颍川郡无计可施。朝廷又下诏任命来瑱为淮南西道节度使。

唐军先后收复长安、洛阳,在收复两京的战役中,来瑱都立下显赫战功,和鲁炅同一道制书加封为开府仪同三司,兼御史大夫,来瑱为颍国公,食实封二百户,其他职务不变。食实封指受封爵并可实际享用其封户租赋。《资治通鉴》卷二〇九:"(唐中宗景龙三年)于时食实封者凡一百四十余家。"胡三省注云:"唐制:食实封者,得真户,户皆三丁以上,一分入国。开元定制,以三丁为限,租赋全入封家。"

二、与朝廷的嫌隙

肃宗乾元元年(758),朝廷召来瑱入朝任殿中监。第二年,又任命他为凉州刺史、河南节度经略副大使。当时凉州陷于吐蕃之手,凉州刺史的职务其实只有虚名,他的主要职务是后者,主要职责是统兵。来瑱还没有出征,相州官军被史思明击败,东都受到威胁。元帅郭子仪镇守谷水,朝廷改派来瑱为陕州刺史,充陕、虢等州节度使,并仕潼关防御使、团练使、镇守使,以防叛军西进。乾元三年(760)四月十三日,襄州军将张维瑾、曹玠发动兵变,杀刺史史翙。为了安定襄州,朝廷任命来瑱为襄州刺史,兼御史大夫,充山南东道襄州、邓州、均州、房州、金州、商州、随州、郢州、复州等十州节度使、观察使和处置使等。上元二年(761)春,来瑱率部与叛军战于鲁山、汝州,两战斩首上万。

次年,肃宗召来瑱赴京任职,这时来瑱性格上的弱点表现出来,他不能像郭子仪那样召之即来,他习惯于襄阳的生活,不想离开襄阳。山南东道的士兵也喜欢他,他就授意部下将领和官吏上表朝廷,请求来瑱留在襄阳。朝廷答应了山南东道将士的请求,当来瑱走到邓州时,又接到朝廷的诏令,命他回到山南东道节度使的任上。后来肃宗听说来瑱在山南东道做的这些小动作,开始在心里讨厌起来瑱。

荆南节度使吕谭、淮西节度使王仲升及来往于襄阳与长安间的中使都向朝廷反映,说来瑱滥发赏赐以收买人心,恐怕时间久了他得到士兵的拥护,会不利于朝廷。肃宗听信了这些人的话,任命来瑱为邓州刺史,把原隶属于山南东道节度使管辖下的商州、金州、均州、房州等四州分割出来,另外设置观察使管辖,让来瑱只管六州,以达到削弱来瑱势力的目的。来瑱对这些人意见很大,当史朝义的部将谢钦让围攻驻守申州的王仲升时,来瑱按兵不救,王仲升被围好几个月,来瑱担心王仲升会向朝廷告发他,勉强出兵,但王仲升已经战败被俘。来瑱手下的行军司马裴茙一直想夺取来瑱节度使的职位,向朝廷上了一道密表,告发来瑱不救王仲升之罪,并说他善谋而勇,倔强难制,应该早点除掉他,请求发兵袭击来瑱。肃宗采纳了裴茙的建议。

当年三月十四日,朝廷任命来瑱为淮西、河南十五州节度使,表面上显示朝廷对他的宠信,实际上是想夺其兵权,寻机除掉他。同时密令裴茙接替来瑱担任襄、邓等州防御使。来瑱听说让他徙镇淮西,非常害怕,他上奏朝廷说:"淮西没有军粮,我去年在本地种了麦子,请等到收麦以后赴任。"又授意部下上表朝廷,请来瑱留镇山南东道。肃宗本想姑息迁就,不想无事生非,二十三日,又重新任命来瑱为山南东道节度使。而裴茙已经在商州召募部队,观察着来瑱的动静。

当年四月,改元宝应,代宗即位。朝廷又任命来瑱为襄州节度使、奉义军渭北兵马使等,其他官职不变。同时,朝廷暗令裴茙设计除掉来瑱,新上任的襄、邓等州防御使裴茙驻屯谷城。这月十九日,裴茙得到朝廷的密旨,立刻率麾下乘船浮汉江赴襄阳。傍晚时侦察兵把这一消息报告了来瑱,来瑱与部下商讨对策,副使薛南阳说:"来尚书奉诏留镇襄阳,裴茙却率兵而来,要取代您,他师出无名;而且裴茙的智谋勇力都不是尚书的对手;人心归向尚书,也不归向裴茙。他如果趁我们不加防备,今晚偷袭我们,我们的部下一定会畏惧混乱,他们乘乱进攻,那后果就不堪设想。如果到明天白天来,我们肯定能消灭他。"

四月二十日,裴茙督五千人马在谷水北布阵。来瑱也率军相迎,登高而列阵,高声喊裴茙手下将士,问裴茙为什么率兵而来。裴茙回答说:"来尚书不听从朝廷的诏命,所以我带兵来。如果你遵朝廷之命,跟我进行交接,请你放下武器,交出军队。"来瑱说:"我已接到朝廷的恩命,让我仍留镇襄阳,交接什么?"他取出朝廷敕令和告身让裴茙看,裴茙既吃惊,又困惑,不明白朝廷玩的什么把戏。

正在裴茙犹豫不决时,他的部下都说:"这一定是假的,我们接受朝廷的命令讨伐来瑱,岂能空手而归,取富贵就在今天。"大家争着发箭射来瑱。来瑱奔回大旗下。薛南阳说:"情况危急,尚书暂时不要与他们交战,请让我带三百名骑兵奇袭敌后,形成前后夹攻之势。"当来瑱的部队与裴茙的军队接触时,薛南阳率领的部队绕过万山,从裴茙的部队背后出现,裴茙的士兵顿时惊惶失措,来瑱和薛南阳纵兵夹击,大败裴茙。裴茙全军覆没,他和弟弟裴荐落荒而逃,逃到申口镇,被来瑱的追兵捕获。来瑱把裴茙送到长安,朝廷将其流放费州,至蓝田县时,又赐死于蓝田驿站。

三、遭诬流放,赐死途中

八月十九日,来瑱来长安,朝见代宗,表示谢罪。代宗优待来瑱,不加责怪。九月四日,朝廷任命来瑱为兵部尚书、同中书门下平章事,为宰相,仍任山南东道节度使和观察使,并让他代左仆射裴冕任山陵使,负责肃宗的陵墓修建事务。来瑱在襄阳时,程元振曾有所请托,但来瑱没有领他的人情。及至来瑱身带宰相之称,程元振诋毁他,说来瑱说过一些不忠朝廷的话。王仲升被敌人俘虏后,因为屈服于敌人而保全了性命。敌人被打败后,他回到朝廷,与程元振友善,记恨来瑱当初不发兵相救,于是秉承程元振的旨意,诬奏来瑱与敌人通谋,导致申州兵败,主将落入敌手。代宗本来对来瑱的作为一直不满,现在有了这些理由,宝应二年(763)正月二十八日,下诏以通敌罪削除来瑱一切官爵,流放播州,第二天又赐死于路,抄没所有家产。

来瑱被处死后,他的门客纷纷逃散,有人草草挖个坑掩埋了他。校书郎殷亮曾蒙来瑱之恩,他听说消息,从长安赶来,一个人在来瑱尸体旁哀哭,又把自己骑的那头驴子卖掉,买下棺材寿衣,趁黑夜安葬了来瑱,并举行了一个简单的祭礼,然后步行回长安。各藩镇节帅听说此事,都对程元振恨得咬牙切齿。代宗后来知道是程元振诬陷了来瑱,再加上程元振一系列的罪过,把程元振流放溱州。

来瑱的行军司马庞充率两千人赴河南,至汝州,听到来瑱被杀的消息,气愤的兵士在一位叫鱼目的将领指挥下,回师进攻襄州。襄阳左兵马使李昭击败了这支哗变的部队,鱼目等人逃奔房州。李昭、薛南阳与右兵马使梁崇义有矛盾,梁崇义趁混乱之机杀了李、薛二人,朝廷任命梁崇义为襄阳节度使,兼御史中丞,接替来瑱的职务。

梁崇义为来瑱建立祠堂,每年四季交替时都举行祭礼。他不住来瑱住过的房子,也不在来瑱节度使府的正堂办公,而在使院东厢建一小室休息。他向朝廷上表,强烈要求朝廷安葬来瑱,朝廷接受了他的建议。广德元年(763),朝廷为来瑱平反昭雪,追复他的官爵。

令名不全的李光弼
——唐代中兴诸将之三

李光弼,营州柳城(今辽宁朝阳市)人,祖上是契丹酋长。父亲李楷洛,开元初年任左羽林将军同正、朔方军节度副使,封蓟国公,以骁勇果敢而著名。李光弼自幼重气节,有品行,善骑射,能读班固的《汉书》,年少从军,有大将军气度,被提拔为左卫郎。天宝初年,升至左清道率,兼安北都护府都虞候、朔方军都虞候。

天宝五载(746),河西节度使王忠嗣任命他为兵马使,兼赤水军使。王忠嗣器重李光弼,说:"李光弼将来一定能接替我的官职。"李光弼战功卓著,有名将之称。天宝八载(749),担任河西节度副使(相当于边境大军区副司令员),封蓟郡公。天宝十一载(752),被朝廷任命为单于大都护府副大都护。天宝十三载(754),朔方节度使安思顺上奏朝廷,任命他为朔方节度副使。安思顺喜欢李光弼的才能,想把女儿嫁给他,李光弼托病辞官。陇右节度使哥舒翰听说这件事,上奏朝廷,李光弼被召回长安。

安禄山谋反,注意扶植个人势力。他手下高邈最有谋略,知道李光弼有将才,劝安禄山延请李光弼入幕,任命李光弼为左司马。安禄山没有采纳高邈的建议,但不久便后悔了,安禄山为失去李光弼常常忧形于色。后来,时间久了,安禄山安慰自己,虽然没有得到李光弼,史思明也足以抵挡李光弼,心理上才找到一点儿平衡。在后来的战争中,李光弼与史思明的确"棋逢对手",各有长短,谋略相当。

一、东出井陉关,收复常山郡

安史之乱发生,封常清、高仙芝先后战败,被斩于潼关。朝廷又以哥舒翰统兵东征。不久朝廷任命郭子仪为朔方节度使,收兵河西。河东、河北方面迫切需要一名良将领兵,郭子仪向玄宗推荐了李光弼。天宝十五载(756)正月,朝廷任命李光弼为云中郡太守、河东节度副使。因为河东节度使乃亲王遥领,所以节度副使就是实际上的河东大军区实际长官。二月,转魏郡太守、河北道采访使,率朔方军五千人与郭子仪会师,东出井陉关,收复军事要地常山郡,切断了占领洛阳的安禄山与范阳老巢的交通。安禄山急令史思明夺回常山。当史思明率数万兵马来救常山时,被李光弼击败,李光弼率军乘胜收复藁城等十多个县,南攻赵郡。朝廷任命李光弼为范阳长史,兼河北节度使。

三月八日,李光弼又率军攻克赵郡。从安禄山之乱发生,官军与叛军反复争夺常山郡,这一带不断成为激烈的战场,遍布战死、饿死者的尸体。李光弼祭奠那些阵亡的将士和饿死的百姓,把被敌人关押的人放出去,发誓平息叛乱,实现个人建功立业的抱负。六月,又与蔡希德、史思明、尹子奇等人在常山郡嘉山大战，这些人都是安禄山手下的猛将，被李光弼打得大败，史思明露顶赤脚而逃。这一仗杀敌上万人，俘虏四千人。河北十多个郡归顺朝廷。

二、太原保卫战显威名

李光弼本想进兵叛军的巢穴范阳，因潼关失守，朝廷召郭子仪、李光弼从河北撤出，赴肃宗行在凤翔。朝廷任命李光弼为户部尚书，兼太原尹、北京留守，同中书门下平章事，为宰相。此时河东兵力单薄，朝廷担心叛军进兵河东，命李光弼率兵增援太原。李光弼率景城、河间两郡的车队五千人赴太原。

起初，河东节度使王承业不作军事防御和进攻的准备，政事也出现不少纰漏。朝廷派侍御史崔众到太原，收回王承业的兵权，不久又派中使至太原，把王承业处死。崔众看不起王承业，并侮辱其人格，对此李光弼一向看不惯。后来，朝廷敕令崔众把兵权交给李光弼，崔众见李光弼时礼数不周，又没有按时交出兵权，李光弼大怒，收擒崔众，要处死他。朝廷派来的中使赶到，要任命崔众为御史中丞。中使怀揣着朝廷的敕书，问崔众在哪，李光弼回答说："崔众有罪，已经抓起来了！"中使把朝廷敕令拿给李光弼看，李光弼说："现在只是杀一个侍御史；你如果宣布朝廷的任命，那我就杀御史中丞；朝廷如果任命崔众为宰相，那我今天就杀宰相。"中使害怕了，怀揣着敕书又回了长安。第二天，把崔众斩首示众，三军震慑。

至德二载（757），史思明、蔡希德、高秀岩、牛廷玠等率兵十多万来攻太原，这些人都是安禄山手下猛将。李光弼手下精兵尽赴朔方，只有不满一万人的乌合之众。李光弼指挥了著名的太原保卫战,他以奇用兵,以少胜多,大破敌军,杀敌七万多人。在五十多天中,李光弼亲临前线,多次路过家门而不入,敌人退兵后三天,才回到家里看望家人。朝廷加封李光弼为司空,兼兵部尚书,同中书门下平章事,进封魏国公,食实封八百户。太原保卫战让史思明领教了李光弼的厉害,他对李光弼善于守城的本事铭心刻骨。乾元元年(758),李光弼与关内节度使王思礼到长安朝见肃宗,肃宗命四品以上的朝廷官员都出城迎接,荣耀无比。在长安,升李光弼为侍中,改封郑国公。

三、为天下兵马副元帅

乾元元年(758),肃宗令郭子仪等九节度使率二十万唐军讨伐逃往黄河之北卫州(今河南卫辉)一带的叛军首领安庆绪,叛军大败,逃往相州(今河南安阳)。郭子仪率军进至相州西南的愁思冈,安庆绪将主力投入决战,又被唐军击败。安庆绪一边龟缩相州城,一边派部将薛嵩带重金向驻在魏州(今河北大名)的史思明求救。史思明派部将李归仁率军一万多人进驻滏阳待命。唐军包围相州城,北引安阳河水灌城,平地水深数尺,叛军只能在房屋和树木上起居。城中粮尽,"易口而食,米斗钱七万余,一鼠钱数千"。叛军掏土墙上的碎麦秸,洗马粪中的草屑喂牲口,但仍不投降。形势危急,安庆绪再次向史思明求救,又派部将安太清将伪帝玉玺送给史思明,并致书愿让出帝位。史思明大喜,统八万大军救相州,与唐军相遇于相州城北。

朝廷怕郭子仪、李光弼功高震主,拥兵自重,便不立主帅,而任用宦官鱼朝恩为观军容宣慰使监军。李光弼等数名唐将率先头部队与叛军接战时,突然狂风大作,飞沙扬石,遮天蔽日,树被连根拔起,白昼如同黑夜,对面不分物色。唐军溃乱,向南逃奔,与郭子仪的后继唐军自相践踏,辎械满野,尸横遍地。叛军转危为安。

相州兵溃,各节度使引军而退,溃逃路上剽掠百姓,只有李光弼和王思礼的军队没有溃散,整军而还。朝廷把郭子仪召回长安,任命李光弼代郭子仪为天下兵马副元帅。因为元帅是亲王遥领,李光弼是实际上的全军最高指挥。史思明杀安庆绪,自立为帝,率兵出范阳南下,攻克汴州,而后向西进军。李光弼观贼势不可挡,弃洛阳而退守河阳。史思明得到的洛阳只是一座空城,只好驻扎在白马寺附近,南边控制不过百里。

四、宦官掣肘,邙山之战失利

因为李光弼驻守河阳,敌人不敢西向进攻长安。十月,敌军五千余人进攻河阳,李光弼大破敌军,杀敌一千多人,俘虏五百余人,敌人大半淹死在黄河里。经河阳苦战,敌人败走。李光弼进军怀州。史思明派来救兵,李光弼迎击于黄河边,又大败史思明的援军。敌将安太清固守怀州,李光弼攻打一个多月没有攻下。李光弼命仆固怀恩、郝玉从地道入城,得到敌人的号令,登上陴城高呼,城外的官军奋勇登城,于是攻克怀州,活捉敌将安太清、周挚、杨希文等,押送到长安。朝廷封李光弼为临淮郡王,累加实封至一千五百户。

观军容使鱼朝恩一再向朝廷上言,说消灭敌人的时机已经来临,朝廷催促李光弼尽快收复东都。李光弼一再上表,说:"敌人尚有实力,请等待时机出兵,不可轻举妄动。"仆固怀恩想败坏李光弼的战功,附和鱼朝恩,也说与敌人决战的时机已经到了,因此朝廷一再派来中使促战。李光弼无可奈何,只好进军,在邙山下布阵。叛军擅长野战,出城对阵,官军不如叛军。敌人集中全部精锐兵力接战,官军大败,军资器械全部为敌人所获,河阳也丢掉了,李光弼渡过黄河以保闻喜县。朝廷认为战败是由李光弼与仆固怀恩意见不一致造成的,下诏征李光弼入朝,仍对李光弼进行表彰。

五、出镇临淮,令名不全

李光弼到长安,上表请朝廷降罪,肃宗下诏免罪。李光弼又恳切地辞掉太尉之职,朝廷虽然听从了他的意见,但又任命他为开府仪同三司、侍中、河南尹、行营节度使等,不久又恢复了他的太尉之职,让他担任河南、淮南、山南东道、荆南等副元帅,出镇临淮。

史朝义乘邙山之胜,进犯申州、光州等十三州,并亲自率精锐骑兵包围宋州。面对敌人的疯狂反扑,李光弼手下将士都感到畏惧,请李光弼放弃河南各地,南保扬州。李光弼没有听从这种建议,他直接赶到徐州督战,派田神功击败敌人,史朝义退走。浙东发生袁晁领导的农民起义,声势很大。此时浙东百姓不堪忍受沉重的赋敛剥削,纷纷加入起义的队伍。李光弼赶赴临淮,路上患病,让人抬着赴镇。监军使认为江淮地区正因袁晁起义而局势不稳,李光弼兵力很少,劝他进驻润州以避开袁晁的兵锋。李光弼说:"朝廷把国家安危寄托给我,我不能畏敌不前。现在敌人虽然很强盛,但不知道我兵力多少,如果出其不意,敌人会不战自溃。"李光弼直接赶到泗州前线,分兵讨击袁晁各地兵马,各个击破,使江南安定下来。

田神功平刘展之乱后,逗留扬州,留恋当地风物,安于扬州生活,没有及时返回河南;尚衡和殷仲卿在兖州、郓州互相残杀;来瑱在襄阳不听调遣。这些是当时朝廷最忧虑的几件事。及至李光弼带少量人马赶到徐州,田神功急忙引兵返回河南,尚衡、殷仲卿和来瑱都对李光弼心存畏惧,先后到长安朝见皇上。宝应元年(762),李光弼进封临淮王,朝廷赐铁券,并把他的肖像挂在凌烟阁上,作为中兴名臣加以表彰。

李光弼在徐州,只有用兵打仗的事才亲自裁决,其余事务全都交判官张傪处理。张傪处理官府事务非常干练,各位将领有事汇报,李光弼大多让他们先与张傪商议,诸将也非常敬重张傪。徐州军中纪律严明,政务整然,东部地区迅速安定下来。田神功从一名裨将升任节度使,他辟请了先前的节度使府中的僚佐,例如判官刘位等人,他们都是颇有名望的人。田神功像接受那些武将的拜礼一样,接受这些文职僚佐的拜礼。及至在徐州看到李光弼与判官张傪平礼交拜,田神功非常吃惊,为表示道歉,他把刘位等人回拜了一遍,说:"我行伍出身,不知礼仪,各位为什么不早说,使我犯下这样严重的过错!真是得罪诸位了。"

代宗广德元年(763),吐蕃入寇长安近郊,代宗诏令天下各地兵马入援京师。由于与宦官程元振有矛盾,李光弼害怕入京后招致陷害,没有奉命。十月,吐蕃的军队进犯长安,代宗驾幸陕州。朝廷把抗击吐蕃的希望寄托于李光弼的入援,又担心因此造成误会和嫌隙,因此多次下诏慰问李光弼的母亲,但李光弼心存畏惧,始终没有奉命进兵,使朝廷很感失望。

吐蕃退兵以后,朝廷任命李光弼为东都留守,以考察李光弼对朝廷的态度。李光弼知道朝廷的用意是夺其兵权,又担心一旦失去兵权,更成为程元振的俎上肉,始终借故推托,没有到东都赴任,却到了徐州,想得到江淮的租赋供给自己的部队。代宗回到长安,一方面派中使慰问李光弼,传达朝廷对李光弼及其将士的关心;一方面命郭子仪把李光弼的母亲秘密接到长安,作为控制李光弼的手段。

六、凄凉的最后时日

李光弼害怕权阉的陷害,不敢入朝,令朝廷深感失望。当李光弼与朝廷发生矛盾后,田神功等将军们都不再服从他的命令,李光弼深感惭愧和耻辱,患了重病,他写下一封遗表,派衙将孙珍送到朝廷,以表明自己的心迹。广德二年(764)七月,李光弼死于徐州,终年五十七岁。

代宗听说李光弼去世,三日没有上朝,赠李光弼太保,谥号为武穆。当李光弼病重时,将吏们问他死后的安排,李光弼最感内疚的是生前没有对母亲尽到孝心,他说:"我常年在军中,一直忙于打仗,没有能够孝养母亲,成了一个不孝之子,还有什么要说的呢!"他让手下人拿出自己封存的三千匹绢布、三千贯钱,分给将士们。他的部下把他的灵柩护送到长安,代宗派宦官鱼朝恩到他的府上吊唁,慰问他的老母;又命第五琦负责他的丧事,诏令百官为他送葬,一直送到延秋门外。

在用兵方面,李光弼与郭子仪齐名,郭子仪以宽厚得人心,这方面李光弼不如他;但李光弼治军严肃,敌我双方的将领们都畏服他的威名,每当他申明号令时,将领们不敢仰面看他,因此能做到令行禁止,这一点郭子仪不如他。史书上把李光弼与古代的名将孙武、吴起、韩信、白起等人相比,认为李光弼"雄才出将,军旅之政肃然;以奇用兵,以少败众,将今比古,询事考言,彼四子者,或有惭德"。就是说在用兵打仗方面,古代这四位有名的将军有时还比不上李光弼。人们对他的结局也深表惋惜,认为"邙山之败,阃外之权不专;徐州之留,君侧之人伺隙。失律之尤难免,匪躬之义或亏,令名不全,良可惜也"。

身败名裂的仆固怀恩

——唐代中兴诸将之四

仆固怀恩出身蕃族,本是铁勒部落仆骨歌滥拔延的孙子,因语音的讹误,人们把"仆骨"喊成了"仆固"。铁勒部落归附唐朝在唐太宗时。贞观二十年(646),铁勒九姓大首领率部落投降唐朝,朝廷在夏州设置了瀚海、燕然、金微、幽陵等九个都督府,作为铁勒九姓蕃人聚居之地,让他们防御边境。仆固怀恩的祖父歌滥拔延就是九位都督之一,即金微府都督。歌滥拔延的儿子是乙李啜拔,乙李啜拔的儿子就是仆固怀恩,祖孙三代世袭都督。

一、出生入死,战功卓著

唐玄宗天宝年间,朝廷加仆固怀恩为左领军人将军同正员、特进。仆固怀恩先后为王忠嗣、安思顺的部下。因为他善格斗,了解各蕃族风情,又有统军才能,王忠嗣、安思顺等人都把他视为心腹爱将。安思顺为朔方军节度使时,安禄山发动叛乱,朝廷考虑安思顺与安禄山的特殊关系,解除了他的兵权,由郭子仪接替他的职务。仆固怀恩跟随郭子仪出兵云中郡,进击高秀岩获胜,又在背度山下击败薛忠义,杀敌骑兵七千多,活捉薛忠义的儿子,进克马邑郡。天宝十五载(756),郭子仪率军与李光弼会合,与史思明在常山郡、赵郡、沙河郡、嘉山郡交战,连续取得重大胜利,其中仆固怀恩战功最多。

肃宗在灵武即位,仆固怀恩随郭子仪赴灵武,任左武锋使。从长安叛逃的同罗部落、突厥兵首领阿史那从礼,诱使九姓府、六胡州各胡族数万人,在经略军北会合,将进犯朔方郡。郭子仪与仆固怀恩奉肃宗之命至天德军,发兵征讨。仆固怀恩的儿子仆固玢率兵与敌人交战,兵败投降,后来又逃回,仆固怀恩怒斥仆固玢,喝令斩首。看到仆固怀恩如此大义灭亲,凶狠刚直,将士们都心惊胆战。因此,在仆固怀恩率领下作战,战士们无不以一当百,击败同罗一千多骑兵,把他们的器械驼马全部缴获。肃宗虽有朔方军,但又想借助外族军队壮大声势,派仆固怀恩与敦煌王李承寀出使回纥,请回纥派兵助唐平叛,与回纥建立友好关系。回纥可汗把女儿嫁给李承寀,又求娶唐朝公主,派首领随仆固怀恩入朝。

至德二载(757)正月,仆固怀恩随郭子仪攻下冯翊、河东二郡,贼将崔乾祐只身脱逃。仆固怀恩率唐军继续进兵,又攻下潼关,切断敌人长安与洛阳间的联系。敌人疯狂反扑,敌将安守忠、李归仁从长安增援,经两天苦战,官军败退。仆固怀恩退到渭水,没有船只,抱着马脖子泅水过河,这一仗官军一半战死,一半幸存。仆固怀恩率残军奔河东,回到郭子仪驻地。四月,郭子仪奉命赴凤翔,李归仁率五千精兵在三原之北拦击,郭子仪遇到劲敌,处境危急,派仆固怀恩、王升等五将率兵埋伏在白渠留运桥,李归仁遇到伏兵,大败而逃。仆固怀恩又随郭子仪在清渠与敌人交战,战斗失利,回到凤翔。

当回纥派叶护帝得率数千骑兵入援唐朝,南蛮、大食的援军也陆续来到,肃宗任命广平王李俶为元帅,郭子仪为副元帅,进军长安。仆固怀恩领回纥兵随大军到澧水。官军与叛军在长安城外发生激战,敌人在阵东设有伏兵,仆固怀恩带回纥骑兵出击,尽歼敌人伏兵,敌人才溃退。日暮时分,仆固怀恩告诉广平王:"敌人要弃城而逃,让我率二百名骑兵追击,我可以把李归仁、田乾真、安守忠、张通儒等人活捉。"广平王说:"将军打了一天仗,也累了,等到明天天亮再考虑吧!"仆固怀恩说:"李归仁、安守忠都是敌人的猛将,偶遇败绩,是上天赐给我们的良机,为什么放掉他们呢?如果使这些人重新掌握了军队,又成为我们的后患,将悔之不及。兵贵神速,何必要等到明天?"广平王坚决制止了他,让他回营。仆固怀恩回到军营又返回,再三向广平王请求,一个晚上起床四五次,广平王始终没有答应。天亮时侦察兵来报告,李归仁等人果然乘夜逃走了。仆固怀恩又随广平王追赶敌人,在陕郡城西的新店大败敌军。

二、朝廷的提拔与恩宠

在收复两京的一系列战役中,仆固怀恩都建立了显赫战功。根据他历次功劳,朝廷加仆固怀恩为开府仪同三司、鸿胪卿同正员、同节度副使。十二月,封丰国公,食实封二百户。

乾元元年(758)九月,朝廷派九节度使围攻邺城,仆固怀恩随郭子仪率领朔方行营,击败安太清,攻克怀州、卫州,包围相州,与敌人在愁思冈交战。一连五个月,仆固怀恩常常做先锋,屡破敌阵,勇冠三军。不久他被任命为都知兵马使。相州兵溃后,李光弼代郭子仪为天下兵马副元帅,仆固怀恩又成为李光弼的副职。乾元二年(759),朝廷封他为大宁郡王,迁御史大夫、朔方行营节度。又随李光弼守河阳,击败敌将周义,活捉敌将徐璜玉、安太清,再次攻克卫州,仆固怀恩冲锋陷阵,战功第一。他的儿子仆固玚以开府仪同三司的身份在其军中带兵打仗,每每深入敌人的军阵,以勇敢闻名,军中称他是"斗将"。

仆固怀恩为人雄毅倔强而沉默寡言,与人讲话言语舒缓,可是刚直果断,敢于冒犯上司。起初他为裨将,如果大家意见不一致时,即使是主将他也敢怒斥喝骂。郭子仪为帅,宽厚容众,特别器重仆固怀恩。郭子仪的部下都是蕃汉精兵猛将,战功显赫,恃功骄傲,常常违法犯禁。因为用兵打仗多倚赖这些人的勇猛好斗,郭子仪对这些人总是尽量姑息迁就。但是李光弼执法严肃,遇事依法处罚,任何人都不宽恕,仆固怀恩对他既心存畏惧,也产生强烈的不满,两人意见常常不一致。上元二年(761),仆固怀恩随李光弼与史思明在邙山交战,失利。肃宗因为仆固怀恩战功最高,对他的恩宠超过其他将军。这年冬天,加仆固怀恩为工部尚书,敕令李辅国与常参官送他上任,让御膳房的厨师专门为他做了一席酒饭,表示对他的爱重。

代宗即位,任命他为陇右节度使,还没赴任,又改为朔方行营节度,为郭子仪的副职。这年秋天,代宗派宦官刘清潭赴回纥请兵,回纥登里可汗已经与史朝义有约,举全国十万兵马入援史朝义,且已经越过长城,刘清潭被回纥所囚,消息传到长安,关中震动。代宗又派殿中监药子昂骑马赶往塞上,慰劳回纥。登里可汗即位前,代宗在和亲时把仆固怀恩的女儿嫁给了他,因此他是仆固怀恩的女婿,这次他要求与仆固怀恩夫妻和仆固怀恩的母亲见面,代宗下诏答应了。但仆固怀恩有些害怕,担心回纥与唐朝一旦兵戎相见,自己和家人会受到连累。代宗亲手写下诏令,派他去与登里可汗相见,而且让他的母亲一起去,目的是通过他们与登里可汗的亲戚关系,争取回纥倒戈。回纥的骑兵战斗力很强,如果回纥与史朝义连兵,后果不堪设想。为了解除仆固怀恩的后顾之忧,代宗赐他铁券。铁券俗称免死牌。得到朝廷的铁券,不管多大的罪,都不至于处死。

仆固怀恩在太原见到登里可汗,由于仆固怀恩的劝说,登里改变了立场,答应与唐兵联合,讨伐史朝义。这对唐朝的生死存亡具有关键的意义。朝廷任命天下兵马元帅雍王李适为中军先锋,仆固怀恩为副先锋,加同中书门下平章事,为宰相,领河东、朔方节度行营及镇西、回纥兵马进军陕州,与各道节度使的军队一齐进军,收复东都。李适年幼,仆固怀恩成为唐军与史朝义叛军决战的总指挥。在回纥精骑的配合下,唐军再次收复了东都。

三、将门虎子仆固玚

史朝义从洛阳逃出,向河北奔窜,仆固怀恩派儿子仆固玚率兵万人乘胜追击,自己则随着战线的向前推进,紧追其后。唐军在仆固玚指挥下长驱直进,在郑州又大败敌人;进军到汴州,守将张献诚开门出降;又攻克滑州,击败史朝义于卫州。敌将田承嗣、李进超、李达卢等率四万多人到卫州与史朝义会合,在黄河岸上布置对唐军的抵御。仆固场组织部队渡河,猛攻敌阵,敌人溃逃,唐军一路追至长乐县城东。史朝义又率魏州兵马来战,失败而逃,李达卢投降。唐军的胜利进军极大地瓦解了敌人军心,史朝义任命的各地节度使纷纷向唐军将领投降。

史朝义到贝州,又与大将薛忠义会合,军威复振。仆固场进军到临清县,担心敌人兵力强盛,暂时驻扎下来,等待时机。史朝义率三万人马带攻城战具来攻临清县城,仆固场设下三处伏兵,令高彦崇、浑日进、李光逸等人分别管领,当敌人有一半人渡过黄河时,伏兵发起进攻,三路出击,敌人溃退。这时回纥骑兵也赶来了,唐军士气顿时更加高涨,仆固场轻骑追击,敌人在下博县城东南背水布阵,双方展开大战。唐与回纥的联军以大兵冲击敌阵,敌阵被冲垮,大批敌兵落入黄河,积尸顺流而下,黄河水面上甚至出现拥堵的状况。史朝义又逃往莫州,唐军尾随而追至城下,史朝义与田承嗣多次出城与唐军交战,都大败而归,史朝义临阵处死他任命的尚书敬荣。

面对唐军的猛烈进攻,田承嗣劝史朝义亲自往范阳调集援兵,史朝义领兵出城奔范阳,仆固场与高彦崇、侯希逸、薛兼训等人率三万兵马追史朝义,在归义县又发生激战,史朝义兵败后继续北逃。这时敌方的幽州节度使李怀仙投降,仆固场暂留其辖区,命李怀仙分兵追击史朝义。史朝义逃到平州石城县温泉栅,走投无路,到树林里自缢而死,李怀仙派内弟徐有济把史朝义的头送到长安献给朝廷。至此河北全部平定,长达七年多的安史之乱平息。

仆固怀恩率诸将凯旋。

四、遭受诬陷与朝廷的误会

朝廷下诏令仆固怀恩奉送回纥可汗回国,仆固怀恩便领兵从相州城西一个叫郭口的地方出发,到潞州与回纥可汗相会,打算经太原向北回到回纥可汗牙帐。当初仆固怀恩带老母来太原见登里可汗,河东节度使辛云京知道登里可汗是仆固怀恩的女婿,怀疑他召回纥兵侵犯边境,关闭城门不向朝廷汇报;又担心回纥进攻,不敢犒劳回纥的军队。现在仆固怀恩送走回纥,路过太原时,辛云京又像当初一样,回纥愤怒,想对太原动兵,仆固怀恩苦苦劝说,好不容易把回纥送出国境。仆固怀恩完成使命,返回太原,辛云京仍闭门不出,未加劳问。这些年仆固怀恩父子效命朝廷,攻城野战,出生入死,参加过无数次战斗;由于他结好回纥,一举消灭史朝义,收复燕、赵、韩、魏之地,自以为功劳无人能比。现在又受到辛云京的阻拦,仆固怀恩非常愤怒,上表朝廷告发辛云京,表中列举辛云京的罪状,然后驻军汾州,等待朝廷的消息,不奉诏回军。

中使骆奉先到太原,辛云京诬陷仆固怀恩与回纥达成了协议,说他反叛的野心已经暴露,他又送给骆奉先大量钱财,跟他结为密友。骆奉先回到仆固怀恩军营,仆固怀恩的母亲责备骆奉先说:"你们与我儿子约为兄弟,现在又与辛云京亲近,怎么做两面派呢?虽然如此,过去的事就算了,以后我们母子、兄弟还应该像从前一样,回到朝廷还请你多加关照。"酒喝到兴奋时,仆固怀恩起身舞蹈,骆奉先赠仆固怀恩丝帛,作为缠头彩,双方似乎消除了误会。仆固怀恩要回赠骆奉先礼物,骆奉先不敢接受,告诉仆固怀恩自己马上要动身返京。仆固怀恩说:"明天是端午节,请在这里再住上一个晚上,明天好一起过个节日。"骆奉先坚决要走，仆固怀恩苦苦劝留，命人把骆奉先的马藏起来。半夜时，骆奉先告诉随从说："我初来就责备我，现在又把我的马藏起来，是要害我呀！"骆奉先害怕了，越墙而逃。仆固怀恩听说后，知道这个误会闹大了，赶快派人追上来，把马还给他。骆奉先回到长安，上奏仆固怀恩要反叛。仆固怀恩向朝廷告发辛云京和骆奉先对自己的诬陷，要求朝廷杀掉这两个人。代宗考虑到辛云京有大功，亲手写下诏敕，令二人和解。这让仆固怀恩非常不满，他开始对朝廷产生背逆之心。

五、与朝廷的鸿沟越来越深

这年七月，改元广德，朝廷表彰平叛以来诸将战功，拜仆固怀恩为太保，任命他一个儿子为三品官，一个儿子为四品官，又加实封五百户。任命仆固玚一个儿子为五品官，加实封一百户。朝廷赐仆固怀恩铁券，把他的名字记录在太庙的功臣册里，又把仆固怀恩的肖像挂在凌烟阁上。不久又任命仆固玚为御史大夫、朔方行营节度。这里面既表现出朝廷对仆固怀恩父子的奖赏，同时也表现出朝廷对仆固怀恩的不信任。朝廷的任命架空了仆固怀恩，他失去了实权和兵权。仆固怀恩想到从安史之乱发生以来，为了平息战乱，效命唐朝，一家人中有四十六人死于战争；幸存者在战争中出生入死，皆"创痍满身"；为了结好回纥，女儿远嫁异域；两次收复西京和东京，都为回纥做向导，打前锋，摧灭强敌，功高无比。现在却为小人离间，心中愤愤不平。仆固怀恩出身胡族，性情本来就豪爽粗犷，不喜欢玩诡计，因此心中充满不快，压不住心头的怨气，就派人写下一道表疏，奏上朝廷，自叙多年来的功劳，指斥朝廷。这道表疏写得情词激烈，流露出对朝廷怨愤不满的情绪。在这道

表疏里,仆固怀恩自述六条所谓"不忠于国"之罪,都是反语:

——当年同罗背逆,扰乱河曲之地,兵连祸结,自己不顾老母年高,从肃宗于行在,募兵讨贼,击溃同罗。

——为了激励士气,取得对安史叛军战争的胜利,舍天性之爱,亲手杀死自己的儿子仆固玢,以效命王室。

——为了换取回纥入援唐朝,把自己两个女儿远嫁回纥,为国和亲,从而与回纥联兵,击灭强敌。

——与儿子仆固玚亲临兵阵,九死一生,为的是保国家,卫社稷。

——河北平定后,诸镇皆握重兵,自己替朝廷安抚诸镇,使他们归顺朝廷。

——与回纥搞好关系,平定中原,使陛下完成中兴大业,忠孝两全。

这六条"大罪",都是仆固怀恩一门效命王室的不世之功,却反说大罪,其内心的怨愤不满和激动的情绪,洋溢于字里行间。

九月,代宗考虑到回纥的军队离边境地区很近,仆固怀恩与辛云京发生这么深的矛盾,担心仆固怀恩勾结回纥入侵,派黄门侍郎裴遵庆出使汾州,表明朝廷信任仆固怀恩,劝仆固怀恩向朝廷道个歉,一切都不追究。当然也想利用这种机会,让裴遵庆观察仆固怀恩的动静。裴遵庆到汾州,仆固怀恩抱着裴遵庆的脚号泣哭诉,裴遵庆便宣布代宗的旨意,说皇上恩德无量,希望仆固怀恩入朝觐见,仆固怀恩答应了。

但仆固怀恩很快便改变了主意,因为他跟部下一商议,大家都劝他不要赴京搞什么觐见,特别是他的副将范志诚极力劝阻,说此时进京朝见皇上非常危险,简直就是自投罗网,范志诚说:"小人进谗,离间朝廷与太保您的关系,您有功高不赏遭受谗害的危险,既然与朝廷的矛盾已经形成,为什么要到吉凶难卜的长安?您没有看到来瑱、李光弼的下场吗?功高却不为朝廷所容,两人或被杀,或逃避,都不能保全名节。您如果现在听信裴遵庆的甜言蜜语,入朝就会成第二个来瑱。"

仆固怀恩觉得他说得很对,第二天就以担心朝廷处他死罪为理由,取消了赴长安的计划。裴遵庆退了一步:太保不敢去长安,那就让儿子代您去,也可以呀。仆固怀恩心眼儿直,又觉得这是好主意,答应让一个儿子入京朝见代宗。但与部下一商议,范志诚又不赞成。为什么呢?你想啊,派一个儿子到了朝廷,等于是送了一个人质,朝廷再有什么命令,你根本就失去了讨价还价的余地,朝廷动不动就以你儿子的生命相威胁,你必须乖乖听命。送去一个儿子,就等于把自己放在一个非常被动的地位。仆固怀恩舍不得儿子,裴遵庆回朝复命。

仆固怀恩与朝廷的鸿沟在加深,这与其部下的挑拨有关系,也是朝廷诛杀功臣造成的后果。仆固怀恩与回纥之间,可能的确有某种恐为人知的内幕。总之,仆固怀恩最终走向反叛朝廷的道路有其必然性。御史大夫王翊出使回纥,将要返回长安,仆固怀恩怕他与回纥之间的交往被泄露,把他扣留下来,这样他与朝廷的决裂便公开化了。

六、走向不归路

回纥、吐蕃的军队进犯河西。程元振把消息压下,不告诉代宗。广德元年(763)十月,吐蕃攻陷泾州,刺史高晖投降吐蕃,又为吐蕃做向导,带敌人深入,抢掠奉天县和武功县,过渭河南下,向长安方向行进,京师震动。吐蕃进入长安,代宗出幸陕州,号召各地兵马入援。这本来给仆固怀恩提供了一个机会,只要仆固怀恩率大兵救援朝廷,一切误会、猜忌都会化解,可是仆固怀恩却按兵不动。

吐蕃抢掠长安后撤离,代宗返回长安。第二年正月,代宗派检校刑部尚书颜真卿至朔方行营传达朝廷对仆固怀恩及其将士的关心和慰问。当代宗在陕州时,颜真卿曾请求去召仆固怀恩入援,代宗没有答应。代宗现在派颜真卿去,颜真卿说:"去召回仆固怀恩的时机已经错过了。仆固怀恩拥兵不动,反叛之心已经昭然若揭。当陛下避难到陕州时,我去可以用忠义道理说服他,说皇上蒙难,当臣子的理应尽忠报国。那时仆固怀恩来朝见皇上,是援助朝廷抵御入侵的敌人,他的理由很正当,就有了下台的阶梯;现在入侵者已经退兵,皇上已经回到长安,仆固怀恩在天子蒙难时没有率兵勤王,退守又不放弃兵权,在这种情况下召请他,他怎么肯来呢!而且说仆固怀恩背叛朝廷的,只有辛云京、骆奉先、李抱玉、鱼朝恩四人,其余的大臣都认为他冤枉。陛下不如任命郭子仪代替仆固怀恩,可不战而胜。"

汾州别驾李抱真发现仆固怀恩要背叛朝廷,从汾州逃出来,到了长安,代宗召见李抱真,问他对付仆固怀恩的计策。李抱真回答说:"仆固怀恩不值得忧虑,朔方兵思念郭子仪,就像旱苗久盼甘雨,子弟思念父兄。仆固怀恩欺骗他的部下说'郭子仪已经被鱼朝恩杀了',大家相信了他,所以为他所用。陛下如果任命郭子仪为朔方节度使,朔方将士会不召自来。"颜真卿、李抱真的攻心之计的确奏效。

仆固怀恩既然与朝廷公开对抗,使和河东都将李竭诚暗中谋划里应外合,攻取太原。辛云京察知这一阴谋,杀掉了李竭诚,做好了守城的准备。仆固怀恩派仆固玚率军进攻太原，终于与朝廷兵戎相见。辛云京领兵出战，仆固玚大败而还。仆固怀恩又派仆固玚领兵围攻榆次县。于是朝廷任命郭子仪为关内、河东副元帅，河中节度使。仆固怀恩部下听说后，军心开始动摇。

仆固玚攻榆次，十多天没有攻下，又调发祁县兵增援，祁县兵将白玉、焦晖不满仆固玚的凶暴，率兵杀了仆固玚。仆固怀恩听说郭子仪出镇河东，仆固玚被杀，率数百骑兵渡黄河逃到灵武，数万朔方兵投奔郭子仪。仆固怀恩在灵武召兵买马，兵力渐盛。

这年秋天，仆固怀恩诱导吐蕃十万大军侵犯泾州、邠州，走上了叛国投敌的道路。他曾到来瑱的墓上祭奠，自称与来瑱"俱遭放逐"。当他领吐蕃的军队进犯奉天县、醴泉县时，被郭子仪率军击退。永泰元年（765），代宗征天下兵马防御仆固怀恩和吐蕃。仆固怀恩纠集各蕃部军队，号称二十万，南犯长安。他让吐蕃军队从北道进犯醴泉、奉天，派任敷、郑庭、郝德从东道进犯奉先、同州，引西羌、吐谷浑、奴刺的军队从西南进犯盩厔、凤翔。朝廷震动，派郭子仪等人分道抵御仆固怀恩，代宗亲率禁卫军，屯守苑中，并下诏御驾亲征。

仆固怀恩领回纥及朔方军进军，行至鸣沙县，身患重病，被抬回灵武，九月九日死去。他的部曲按照铁勒族习俗把他火化后埋葬。仆固怀恩身死的消息传来，代宗沉默良久，说："仆固怀恩并不想反叛朝廷，是被他身边的人所迷惑。"

史书上常常把郭子仪、李光弼、来瑱、仆固怀恩等人的不幸遭遇归咎于宦官干政，或小人离间，实际上最高统治者对武将的猜忌才是根本原因。安禄山反叛的教训使朝廷深感武将功高难制,容易拥兵自重,因此百般设防,以免兵权旁落。那些宦官、小人的中伤、奸计之所以屡屡得逞,也正是利用了最高统治者的这种心理。统治者猜忌功高的将军,这在古代社会几乎是"铁律",历史上此类悲剧不断重演,正所谓"前车之覆,后车之鉴",唐朝几位中兴将军重蹈了覆辙。

唐朝时的一次沙尘暴

前些年,北京几乎每年都会遭遇沙尘天气甚至沙尘暴。沙尘来时,天色是黄的,地面上是黄的,远远近近,一派黄色,不见天日。最严重的时候,天地一片黑暗,白天就跟夜里一般。这种沙尘天气或沙尘暴也是由来已久,它还跟唐朝的一桩悬案有关,即相州之战唐军失利的原因。那时,唐军在回纥军队的援助下,已经收复了长安、洛阳两京,安庆绪龟缩至相州。唐朝九支大军六十余万人在九节度使率领下,渡过黄河,包围了相州。安庆绪手下只有六万人马,力量悬殊。安庆绪请来了史思明的援军,也就八万多人马。结果决战之日,两军相交,唐军溃败。

根据史书上记载,唐军溃败的原因是沙尘暴。《资治通鉴》卷二二一记载,肃宗乾元二年(759)三月壬申(初六)日,唐军步骑六十万在安阳河北布阵,史思明亲率精兵五万相拒。根据陈垣先生编的《二十史朔闰表》,这一天按公历是759年4月8日。对方人少,唐军将士都不把他们放在眼里。当史思明率军冲来时,唐军方面首先投入战斗的是李光弼、王思礼、许叔冀、鲁炅的部队,与史思明的军队"杀伤相半"。郭子仪的部队随诸军之后赶到,还没有布好阵,"大风忽起,吹沙拔木,天地昼晦,咫尺不相辨,两军大惊,官军溃而南,贼溃而北,弃甲仗辎重委积于路"。我们看新、旧《唐书》和《资治通鉴》的记载,好像双方打了个平手,其实不然,唐军吃了败仗。

这,我们只要看一下战后的结果便可知。诸军溃散,各归本镇,除李光弼、王思礼"全军以归"之外,其他诸路"溃归本镇,士卒所过剽掠,吏不能止,旬日方定"。郭子仪率朔方军退至河阳,断河阳桥以保东京洛阳。郭子仪的部队损失最为惨重,"战马万匹,惟存三千;甲仗十万,遗弃殆尽"。叛军方面却转入攻势,"东京士民惊骇,散奔山谷;留守崔圆、河南尹苏震等官吏南奔襄、邓"。面对史思明的攻势,郭子仪退至河阳后,还没有来得及守城,众人为敌情所惊,又奔缺门山。等到部下集合得数万人马时,大家还考虑放弃东京,退保蒲、陕。这些都说明,相州之战,唐军败于史思明。

唐军拥有绝对的优势,为什么吃了败仗?唐人提及此事和史书上的记载,都含糊其词。总结大家的说法,有两点原因:一是归罪于宦官监军。朝廷派鱼朝恩为监军容使,李光弼战前曾献奇计,鱼朝恩没有接受。《通鉴》注云:"使用光弼之计,安有滏水之溃乎!"九节度使围相州,把安庆绪包围数重,又决漳水灌城,城中陷于困境。大家都认为克城指日可待,"而诸军既无统帅,进退无所秉。城中人欲降者,碍水深,不得出。城久不下,上下解体"。二是归罪于天意(老天爷的安排)。《通鉴》注云:"史言滏水之战,天未悔祸,非战之罪。"杜甫的诗说:"岂意贼难料,归军星散营。"(《新安吏》)这两点都不能令人信服。

"天意"之谬,毋庸赘言。九节度使中郭子仪官职最高,为天下兵马副元帅,怎能说军中"无统帅"?《旧唐书·史思明传》明言"郭子仪领九节度围相州"。鱼朝恩是监军,打起仗来指挥权在郭子仪。两军相交,本来打个平手,及至郭子仪军后到,一遇大风,唐军却溃不成军。这是为什么呢?司马光曾看到《邺志》记载的一个材料,他没有采纳,却有参考价值。《邺志》云:

> 史思明自称燕王。牙前兵马使吴思礼曰:"思明果反。盖蕃将也,安肯尽节于国家!"因目左武锋使仆固怀恩。怀恩色变,阴恨之。三月六日,史思明轻兵抵相州,郭公率诸军御之,战于万金驿。贼分马军并滏而西,郭公使仆固怀恩以蕃、浑马军邀击,破之。还遇吴思礼于阵,射杀之,呼曰:'吴思礼阵没。'其夕,收军,郭公疑怀恩为变,遂脱身先去。诸军相继溃于城下。

在两军相交难分难解之时,唐军取得局部胜利,郭子仪的部将仆固怀恩在滏水之西打了胜仗。仆固怀恩没有投入增援其他阵地的战斗,率军班师,途中报私仇射死了吴思礼。他的行为造成了郭子仪的误会。郭子仪怀疑仆固怀恩叛乱,为了逃命,这位当主帅的将军乘夜脱逃。群龙无首,相州城外作战的部队发生了溃乱,"诸军相继溃于城下"。事后,观军容使鱼朝恩报告朝廷,朝廷撤了郭子仪朔方军节度使、天下兵马副元帅之职,由李光弼接任。但《肃宗实录》中记载,是沙尘暴造成了诸军的溃散,郭子仪被撤职是鱼朝恩中伤的结果,说他"恶郭子仪,因其败,短之于上"。鱼朝恩是宦官,历来为人所不齿,后因罪被杀,人们又把失败的责任推到他身上,认为是他监军造成了众心离散。郭子仪有收复长安、洛阳两京之盖世之功,肃宗曾说:"虽吾之国家,实由卿再造。"安史之乱中和乱后,他都职高位崇。史官们为尊者讳,把相州失败的原因归结为一次沙尘暴,还让鱼朝恩承担了一部分责任。在《肃宗实录》和《邠志》记载有出入的情况下,司马光"从《实录》",却没有说明原因。说明他只是不能辨明真相,姑从一说,但他把《邠志》的记载放在了《通鉴考异》里,以作备考。

阿拉伯人的"鹬蚌相争"故事

中国古代有个著名的寓言故事,成语"鹬蚌相争"便出自它。故事说,有一只蚌张开双壳在河边晒太阳,一只水鸟飞过来,伸出长嘴去啄蚌的肉。蚌用力合拢它的壳,把水鸟的嘴夹住了。水鸟对蚌说:"只要今天不下雨,明天不下雨,你就会晒死的。"蚌不服气,回敬说:"你那长嘴今天拔不出,明天拔不出,你也活不成。"鹬蚌都不肯相让,一个渔夫走来,毫不费力地伸手把它俩一起捉去了。这个故事出自《战国策·燕策》。战国时代,秦国最强,远交近攻,蚕食山东弱小国家。弱小国家之间常常互有摩擦,为秦国创造了扩张的机会。有一次,赵国扬言要攻打燕国,著名的游说之士苏代——他是苏秦的弟弟——受燕王之托,到赵国去劝赵王罢兵。在赵国都城邯郸,苏代见到了赵惠文王。赵王知道苏代是为燕国当说客来了,明知故问:"喂,苏代,你到我们赵国来做什么?"苏代说:"大王,我给您讲故事呢。"苏代便讲了上述故事,说这是他来赵国路上在易水边亲眼看到的。然后他严肃地对赵王说:

"听说贵国要发兵攻打燕国,如果燕赵交兵,可能要让秦国做渔人了。"赵王觉得苏代的话有道理,便放弃了攻打燕国的打算。

我读古代阿拉伯人的著作,发现一个与之类似的故事,这个故事见于《中国印度见闻录》。这本书分为两部分,第一部分的作者叫什么名字,现在已经不清楚了。第二部分的作者是尸罗夫港的阿布·赛义德·哈桑,故事见于这一部分。他讲的故事名字叫《化宝为粮》,大意是,有一个贝都因人来到了巴士拉,身上带着一颗十分值钱的珍珠,他到了一个交往甚密的香料商人那里,把珍珠给他看,想问问该怎样估价。商人欺骗他值一百个迪尔汗。贫穷的贝都因人觉得这已经非常可观了,便以此价售予这个商人,他用这些钱给家里买了食物。而香料商人则把珍珠拿到"平安之都"巴格达,以高价转手出去,用这笔钱做本金,把生意扩大了。香料商人曾问及贝都因人珍珠的来历,贝都因人回答:"我路过巴林海岸附近的桑曼村时,发现海滨的沙滩上躺着一只死去的狐狸,它的嘴巴好像给什么蒙住了。下马一看,原来是一个宛如盒盖的东西,里面洁白如洗,闪闪发亮。我瞅见里边有一颗圆滚滚的珠子,就把它取出来了。"哈桑据此进行了推理:那只贝爬到岸上来呼吸空气,它张开两壳,把里面的红肉暴露出来了。从旁边经过的狐狸一见,飞速扑将上去,把嘴伸进壳里,咬住了贝肉。可是刹那间,贝把硬壳关闭了。哈桑推想,狐狸给夹住嘴巴以后,发狂似的到处乱窜,朝地上撞击贝壳,左摔右打,但始终无法挣脱出来。最后,狐狸和贝同归于尽了。因此,那个贝都因人才能发现这只贝,从贝壳中取出了珍珠。后来真主指引他去了香料商人那里。这只贝对他来说,也就成为解除饥饿的粮食了。

中国故事中的河蚌和阿拉伯故事中的海贝都有一种习性：只要人用手稍稍触碰它，就会敏感地合拢两壳，死死钳住任何来犯的东西。用哈桑的话说："珍珠藏在贝壳内，要是不用铁具插入壳缝去撬，那就休想叫它张口。贝的这种固执的天性，正如母亲爱护儿女一样。"古代中国人和阿拉伯人都注意到这一点，都据此生发联想，编撰出这样富有哲理的故事。无论是鹬，还是狐狸，都被夹住而相持不下，最终被第三者得利。这两个故事情节是颇为相似的，但由此引发的哲理并不相同。中国故事产生在战国列国争霸的时代，强调的是弱小国家只有联合起来才能生存，因此两个相争的对手都成为被嘲笑的对象。阿拉伯人的故事产生在商业发达的社会里，人们关注的是如何在生意场上获得更大的赢利。在阿拉伯人的故事里，贝与狐狸的遭遇只是故事的陪衬，贝中的肉也是陪衬，而突出的是贝壳内的珍珠。对于一个没有知识的贝都因人来说，只要换取一点儿粮食便心满意足；而对于识货的香料商人来说，则可以获得更大利益。中国故事里的幸运获利者，在阿拉伯人的故事里又成为有眼无珠的无知者，由一个受人羡慕者成为被嘲笑的对象。阿拉伯半岛原来主要生活着游牧人贝都因人和商业民族赛伯伊人，这个故事包含着对贝都因人愚昧的挖苦，也包含着对商人薄情逐利的嘲讽。香料商人明知珍珠的贵重，却从朋友手里廉价赚取以谋厚利。

党参为什么敌不过高丽参

起初,中国人参以山西上党所产为佳,称为党参。商品怕出名,一出名便有假冒伪劣品出现。但党参功效明显,真假易辨,古人有验真伪之方。宋苏颂《图经本草》云:"欲试上党参,但使二人同走,一含人参,一空口,度走三五里许,其不含人参者必大喘,含者气息自如,其人参乃真也。"高丽参也早已传入中国,与党参同为中国人所欢迎,但仅作为贡品进献朝廷,数量非常有限。直到明代,高丽参才越来越被广泛接受,取代了党参的地位。在明代人所著的书中说:"人参,旧以上党为佳,今不复采。迩来所用皆辽参、高丽参。"

高丽参传入中国应该很早,但在文献上看到的最早记载是在南朝梁陶弘景的《名医别录》中。这本书列举了几种朝鲜半岛出产的药物,其中有人参。书中还比较了百济参、高丽参和党参的气味和药性:"百济者形细而坚白,气味薄于上党者;次用高丽者,形大而虚软,不及百济,并不及上党者。"中国古代的文献里还记载了新罗参,苏颂的著作中说人参"河东诸州及泰山皆有之,又有河北榷场及闽中来者,名新罗人参,俱不及上党者佳"。在中国古代的药学书中,高丽参、百济参和新罗参属不同品种,气味性能不同。明代陈嘉谟《本草蒙筌》云:"百济参白坚且圆,名白条参,俗名羊角参;辽东参黄润纤长,有须,俗名黄参,独胜;高丽参近紫体虚;新罗参亚黄味薄。"

据明代以前的药物学著作可知,朝鲜半岛诸参在性能上皆不及党参。那么是什么造成了党参的衰落和朝鲜半岛参的大量输入呢?李时珍《本草纲目》卷一二云:"上党,今潞州也。民以人参为地方害(一本作'累'),不复采取。今所用者皆是辽参。其高丽、百济、新罗三国,今皆属于朝鲜矣,其参犹来中国互市。"人参不仅有药用价值,对产地人民来说,又具有经济价值,本来是可以造福于百姓的,为什么反而"为地方害",或者为地方"累"而成了人民的负担呢?这便与封建统治者的诛求无厌有关。封建官府强制产参地百姓缴纳人参,作为达官贵人的奢侈品,索求的数量超过了人民实际能掘取的数量,当百姓不能如期完纳规定的数目时,便要遭受官家的责罚,人民便不堪其苦。百姓不愿承担此项贡赋,只能弃业改行,作别种经营,党参的产量便降低了。这样,先是辽参占领市场,继而高丽、百济、新罗诸参乘虚而入,于是便造成了"迩来所用皆辽参、高丽参",高丽、百济、新罗三国之参皆"来中国互市"的局面。历代封建统治者对人民总是杀鸡取卵,结果不仅最终无卵,连鸡也没有人养了。

根据李时珍的说法,党参的衰落还有一个大家都能意识到的原因,那就是假冒伪劣品充斥市场。《本草纲目》同卷同条写到人工种植的人参,说:"亦可收子,于十月下种,如种菜法。秋冬采者坚实,春夏采者虚软,非地产有虚实也。"我们都知道人工种植的人参在性能上不及野生的,但既然外形相同,一般人谁又能辨其真伪呢？另外还有几种与人参形状相似的植物,如沙参、荠苨、桔梗等,居然也假冒人参,出现在明代的市场上。李时珍谈到了市场上的这种混乱情况,他说：

> 伪者皆以沙参、荠苨、桔梗采根造作乱之。沙参体虚无心而味淡,荠苨体虚无心,桔梗体坚有心而味苦。人参体实有心而味甘,微带苦,自有余味,俗名金井玉阑也。其似人形者,谓之孩儿参,尤多赝伪。宋苏颂《图经本草》所绘潞州者,三丫五叶,真人参也。其滁州者,乃沙参之苗叶。沁州、兖州者,皆荠苨之苗叶。其所云江淮土人参者,亦荠苨也,并失之详审。今潞州者尚不可得,则他处者尤不足信矣。近又有薄夫以人参先浸取汁自啜,乃晒干复售,谓之汤参,全不任用,不可不察。

除了以假充真,居然还有人取人参汁后再销售没有任何药性之干人参,造伪作弊者真是挖空心思。市场上各种"李鬼"捣乱,假作真时真亦假,真假难辨时,真的"李逵"就没有人相信了。

在上述两方面的夹击之下,堪称上乘的党参便在市场上日益处于劣势。可见一种优良的商品能否得到正常的流通,能否保持其在市场上的优势,取决于一个良好的政治环境和商业环境。党参不是因为它的质量而在竞争中失败的,如何保证名牌产品在市场上永远立于不败之地,真需要各方面认真思之。